MÜLLER UND DAS LETZTE GEFECHT

AF196435

Raphael Zehnder wurde 1963 in Baden AG (Schweiz) geboren, wuchs in Birmenstorf (Aargau) auf, lebte sechsundzwanzig
Jahre in der Stadt Zürich und wohnt mit seiner Familie seit
2008 in Basel. Er verdiente sein Geld als Schallplattenverkäufer,
Nachtwächter und Musikjournalist, studierte Französisch und
Latein und promovierte in französischer Sprach- und Literatur-
wissenschaft. Er arbeitet als Redaktor beim Schweizer Radio
und Fernsehen SRF und ist Autor von zehn Kriminalromanen
um den Polizeimann Müller Benedikt. Bei Emons ebenfalls
erschienen: der Fotoband »Zürich in den 1970er Jahren« und
»41'285 km² Verbrechen, Kriminalpoesie à gogo«.
www.raphaelzehnder.ch

RAPHAEL ZEHNDER

MÜLLER UND DAS LETZTE GEFECHT

MÜLLER ZEHN

Kriminalroman

emons:

Bibliografische Information der Deutschen Nationalbibliothek
Die Deutsche Nationalbibliothek verzeichnet diese Publikation
in der Deutschen Nationalbibliografie; detaillierte bibliografische
Daten sind im Internet über http://dnb.d-nb.de abrufbar.

© Emons Verlag GmbH
Alle Rechte vorbehalten
Umschlagmotiv: stock.adobe.com/Jeremy
Umschlaggestaltung: Nina Schäfer, nach einem Konzept
von Leonardo Magrelli und Nina Schäfer
Umsetzung: Tobias Doetsch
Gestaltung Innenteil: DÜDE Satz und Grafik, Odenthal
Lektorat: Irène Kost, Biel/Bienne, Schweiz
Druck und Bindung: CPI – Clausen & Bosse, Leck
Printed in Germany 2024
ISBN 978-3-7408-2220-0
Originalausgabe

Unser Newsletter informiert Sie
regelmäßig über Neues von emons:
Kostenlos bestellen unter
www.emons-verlag.de

Für Annette, Julius und Vinzenz

Try to be Mensch.
Element of Crime

Die Personen

Er:
Müller Benedikt (53), Kriminalkommissär Basel-Stadt, privat:
4054 Basel

Polizeikräfte:
Allmendinger Valérie (29), Detektivin, Kriminalkommissariat
Basel-Stadt, 4052 Basel

Bachmann Leander (23), Aspirant, Kantonspolizei Basel-Stadt

Brügger Pascal (29), Gefreiter, Kantonspolizei Basel-Stadt,
privat: 4310 Rheinfelden

Bucher Manfred (53), Detektivwachtmeister, Polizei Zürich

Cattaneo Roland (42), Kriminaltechnische Abteilung der Kantonspolizei Basel-Stadt, während dieses Buches fast durch-
gehend in den Ferien

Dominguez Freddie (30), Detektiv, Kriminalkommissariat
Basel-Stadt, privat: 4123 Allschwil

Gormann Markus (43), Detektivwachtmeister, Kriminalkommissariat Basel-Stadt

Hurni Konrad (46), Kriminaltechnische Abteilung der Kantonspolizei Basel-Stadt

Imfeld Kevin (32), Leutnant, Kantonspolizei Basel-Stadt, privat: 4123 Allschwil

Inäbnit Jean-Luc (28), Polizist, Kantonspolizei Basel-Stadt

Krähenmann Thomas (49), Dr. iur. Erster Staatsanwalt ad interim des Kantons Basel-Stadt, privat: 4102 Binningen

Mastrantonio Angelo (29), Polizist, Kantonspolizei Basel-Stadt

Odermatt Amber (22), Aspirantin, Kantonspolizei Basel-Stadt

Sermeter Gülay (39), Detektivwachtmeisterin, Abt. Wirtschaftskriminalität, Kriminalkommissariat Basel-Stadt, privat: 4057 Basel

Thommen Gian (35), Gefreiter, Kantonspolizei Basel-Stadt

Vakulic Vlado (23), Aspirant, Kantonspolizei Basel-Stadt

Wäckerlin Romina (37), Detektivkorporal, Kriminalkommissariat Basel-Stadt

Zivilbevölkerung:

Botero Nenad (31), Vater, aus der Spur gefallen, wechselnde Adressen

Brodmann Claudio (42), Bankkaufmann, früher Bank Nordwest, heute Bank ████, privat: 4203 Grellingen

Brügger Corinne (29), Pflegefachfrau, 4310 Rheinfelden

Dobler Silvan (46), Privatkundenbetreuer Bank Nordwest, privat: 4105 Biel-Benken

Flury Dexter (47), Dr. iur., Leiter Compliance Bank Nordwest, Basel

Furger Giorgia, Rätsel, Verbleib unbekannt

Galati Fridolin (62), Glarner, vorübergehend wohnhaft: Notschlafstelle Alemannengasse 1, 4058 Basel

Gassmann Marky (46), freiberuflicher Hehler und Händler Import/Export, 4053 Basel

Grieder Roger (52), Ökonom, früher Bank Nordwest, heute Senior Consultant bei ████ Pharma, privat: 4103 Bottmingen

Halbarter Bruno (19), zurzeit nicht berufstätig, ohne festen Wohnsitz

Hänggi Monika (49), Verwaltungsangestellte Kanton BL, Mutter von Mahrer Gregor, 4153 Reinach

Hauri Peter (43), lic. iur., Rechtsanwalt, oft Pflichtverteidiger, 4125 Riehen

Knutti Sarah (39), Mutter und kaufmännische Angestellte, 4127 Birsfelden

Kramer Gusti (54), vorübergehend wohnhaft: Notschlafstelle Alemannengasse 1, 4058 Basel

Lacevic Edin, genannt Darko, (54), trinkt v. a. vor dem Bahnhof SBB, Adresse unklar

Locher Karlheinz (46), ehem. Bankangestellter, ohne festen Wohnsitz, Basel

Mahrer Gregor (25), nicht berufstätig, 4153 Reinach

Romano Salvatore (39), Sanitärinstallateur, zurzeit ausgesteuert und ohne Wohnung

Schmutz Urs (45), Allrounder ohne regelmäßige Anstellung, angemeldet bei seiner Schwester in 4058 Basel

Schulthess Anna-Barbara (43), Leiterin HR Bank Nordwest, Basel

Sermeter Céline (13) und Murat (14), Kinder von Sermeter Gülay, 4057 Basel

Strickler Elias (42), kaufmännischer Angestellter, 4415 Lausen

Szabó Lajos (39), Wohnadresse wechselnd und unklar

EINS

Vollgas.

Das Leben ist wild. Donnerstag, 14. Februar. Es gibt Tage, die sind schlecht. Es gibt Tage, die sind richtig mies. Und es gibt welche, die sind katastrophal. Aber nicht für alle.

Innerorts. 23:06 Uhr. Korrekt wären 50 km/h. Er fährt zu schnell. Der Kumpel auf dem Beifahrersitz kennt die Momente, wenn es ihn sticht. Wenn es ihn drängt zu überborden.

»He«, ruft der Mann am Lenkrad, »hast du das gesehen? Wo hat der Au-to-fah-ren gelernt? Also ... ehrlich, hey, alles, was recht ist.«

Reifenkreischen. Gummi. U-Turn, er wendet, und whoooosh folgt er dem anderen, einem schwarzen Wagen, matt lackiert, tiefergelegt. »Heckspoiler«, zischt er. Er verwirft die Arme. »Hach! Schau mal: Heck-spoi-ler! Wer so was nötig hat ...« Im Freien würde er jetzt ausspucken, doch in einem Auto niemals. Was für erbärmliche Pfeifen! »Sind garantiert ...«

Der Beifahrer schüttelt den Kopf. So ist der Kumpel halt, der kann nicht aus seiner Haut, dieses Temperament ist tief in ihm verankert. Manchmal bricht das eben heraus. Temperament, ja, das hat er, und er sprüht vor Energie, Charakter, Kraft. Der Fahrer schließt nah zum mattschwarzen Tiefergelegten auf. Lichthupe. Der Vordere beschleunigt. Er folgt ihm dicht. Nochmals Lichthupe.

»Willst du den wirklich ...? Ist doch ein kleiner Scheißer.«

»Nein, den holen wir uns.«

Er hupt. Rechts ranfahren und anhalten soll der Mattschwarze.

Doch plötzlich ... Stimmungsumschwung. Der Lenker tritt das Bremspedal durch. »Was soll's«, ächzt er, stößt einen Fluch aus und wendet erneut um 180 Grad. Die Rücklichter des Mattschwarzen werden im Rückspiegel kleiner, weit hinten verschwinden sie, verschwimmen sie, vermischen sie sich mit dem gelblichen Licht der Straßenlampen und lösen sich auf in der Dunkelheit. »Ein Schwachkopf«, knurrt er, »so ein Volltrottel! Wir haben Besseres vor.«

Jetzt lacht er.

Der Kollege auch, weil nach dem Adrenalin jetzt Entspannung, relax, super. Sehen, was geht.

Sie fahren zwischen dem Glas-Bürogebäude neben dem Bahnhof (früher SBB-Cargo) und dem leeren Backsteinkomplex (früher Pharma, noch früher Großbank) durch, und über die Brücke überqueren sie die Bahngleise, sie wollen hinüber nach 4053 Gundeldingen. Verkehr um diese Uhrzeit? Kaum mehr. Das ist gut, das ist prächtig. Beim Hotel links rein → Güterstraße.

Der Beifahrer: »Die Blonde dort!«

Der Lenker: »Wo?«

»In dem roten Wagen. Die –«

»Okay, ja?« Er hält Ausschau. »Also, vielleicht ... kann die was anderes ...«, der Mann am Steuer grinst, »aber Auto fahren? Pfff. Wer lässt so was ans Steuer. Blinkt *links*, fährt *rechts* ran ... Kommentar ü-ber-flüs-sig, ██████!«

Wie gesagt, so ist er, der hat Feuer und trägt sein Herz auf der Zunge. Bei dem weißt du, woran du bist, auf den kannst du dich verlassen, und ... er hat das Auge. Ihm entgeht nichts.

»Die lassen wir«, legt der Lenker fest. »Aber notier für alle Fälle das Kennzeichen.«

»Okay«, quittiert der Beifahrer.

Mötörengeräusch. Unter der Haube arbeitet die Mechanik. Regelmäßigkeit. Funktionalität. Schönheit. Durch Schläuchlein fließt Treibstoff. Kraftstoff nennt sich das nicht von ungefähr. Kontrollierte kleine Explosionen.

»Da vorne!« Der Fahrer zeigt auf einen Mann. Er kommt von der Tramhaltestelle Bahnhofseingang Gundeldingen her, überquert die Güterstraße und geht an der Kantonalbank vorbei in die Gempenstraße. Vom Trockenen ins ... nein, der Regen hat soeben aufgehört.

Der Beifahrer dreht sich auf seinem Sitz. Kontrollblick

360 Grad. Kein Auto, kein Mensch in Sicht. Er nickt dem Lenker zu.

***

Die Hauptrolle.

Kommissär Müller Benedikt, Kriminalpolizei Basel-Stadt. Kennen Sie ihn noch nicht? Nur kurz: Vor ein paar Jahren, fünf oder sechs, hat er von der Polizei Zürich nach Basel gewechselt. Weil berufliche Entwicklung: Aufstieg im Rang, mehr Einfluss, Kompetenzen, Sitzungen, Büroarbeit. Und weil seine Schwester Doris, Bachlettenstraße in 4054, zwei Söhne, gerade eine schwierige Trennungs- und Scheidungsgeschichte von diesem ███████ von Claudio durchgemacht hatte. Als Bruder wollte er in der Nähe sein.

Wie sieht Müller aus? Halb sportlich, vorteilhaft: Seit einiger Zeit rennt er regelmäßig und hält den Bauchansatz unter Kontrolle, einigermaßen kräftig, Haarpracht abnehmend, Augen graugrünschlammig und je nach Licht manchmal fast blau, höchstens Zweitagebart, etwas Falten auf der Stirn und um die Augen.

Wie ist er? Eher ruhig. Flucht nicht. Schlägt nicht. Brüllt nicht. Denkt gern.

Warum macht er Polizeiarbeit? Ist Idealist, will die Welt ein bisschen besser machen, die Schwachen schützen … siehe Präambel der Bundesverfassung: »… gewiss, (…) dass die Stärke des Volkes sich misst am Wohl der Schwachen …«

Und sonst? Lesen, seinen Lieblingsphilosophen Diodoros, die Zeitung. Plus Privatleben. Plus gerne die drei S: sitzen, schauen, schlafen.

Wichtig zu wissen: An den Rhein ist der Müller auch gezogen, weil er im Dienst der Polizei Zürich an der Müllerstraße in 8004 einen Flüchtigen erschossen hat. Der wollte sich der Festnahme oder Ausweiskontrolle entziehen. BLAMM. Schiefgegangen, dumm gelaufen? Sch███! Müller Benedikt ist nämlich keineswegs ein schießfreudiger SIG-Sauer-Polizeimann, sondern eher der besonnene Typ. Wegen dieser Schussabgabe deshalb in der Müllerpsyche heftige Kämpfe, schlechte Träume, Bedauern und Schmerz. Der Tod ist eine gnadenlose Einbahnstraße, und der Mensch darf ihn höchstens in Notwehr herbeiführen. Interne Untersuchung des Vorfalls, Staatsanwaltschaft et cetera, hat Müller entlastet. Trotzdem schlaflose Nächte, Konzentrationsschwierigkeiten, Verzweiflungsanfälle. Der Müller über Wochen, Monate auf Kostenstelle 0800 krankgeschrieben. Gesprächstherapie bei Dr. Andreas Borowski, dem Psychologen am Rigiplatz. Das hat ihm geholfen. Die bösen Bilder sind schwächer geworden, doch nicht aus dem U-Bewussten gelöscht. Die bösen Bilder von der Verfolgung zu Fuß im Kreis 4 und von der Schussabgabe, dem Ruck, der durch den Körper des Getroffenen geht: Er stürzt, schlägt am Boden auf. Der Müller erreicht den sterbenden Körper in dem Augenblick, als das Blut anfängt zu fließen. Aus dem warmen, noch lebenden Körper heraus rinnt es, roter Fleck, dunkelrote Lache, die sich ausbreitet auf den Kleidern, auf dem Boden … diese bösen Bilder … und Müller die Waffe noch in der rechten Faust, den Zeigefinger weiterhin am Abzug, den Blick starr auf dem Verletzten, dem Blutenden, dem Sterbenden … Diese Eindrücke blitzen bis heute, mehr als ein halbes Jahrzehnt später, gelegentlich auf, im Wach- und im Schlafzustand und in dem dazwischen. Immerhin seltener jetzt, weil Psychotherapie und die Zeit manche Wunden heilen und sich Müllers Ortswechsel ebenfalls auswirkt.

Denn auch in Basel lässt sich's leben. Obwohl die Kriminalität hier ebenfalls anzutreffen ist.

Ah ja, noch etwas Positives: In dieser Stadt hat Müller Benedikt die Liebe gefunden: Gülay Sermeter, auch Polizistin. In ihrer Wohnung an der Hammerstraße hat er mittlerweile sogar eine Zahnbürste, Rasierzeug, Laufschuhe und ein Regalbrett für seine Wechselkleider. Dort drüben, auf der anderen Seite des Rheins, wohnt Gülay mit ihren zwei Kindern Murat (14) und Céline (13) aus früherer Partnerschaft. Amore ♥ ist schön, wenn auch nicht immer Sonnenschein.

ZWEI

Hallo, Dunkelheit.

Dorenbach-Promenade: Stadtrand. Hier wächst etwas, das fast einem Wald nahekommt, davon zwar bloß ein schmaler Streifen. Gleich mehr darüber, zunächst aber Wochentag und Datum: Freitag, 15. Februar. Und nun die Hauptsache: Ein Jogger hat ihn gefunden. Morgens kurz nach sechs.

Wer geht denn so früh raus, wenn in der Nacht das Wetter plötzlich von feuchtkühl zu eisig kippt? Ivan Blagojevic (27), Immobilienbewirtschafter, Fitnessfreund und Hundebesitzer. Ihm gelingt es jeden Morgen, seine muskulären Bedürfnisse mit denen seines Anton zu koordinieren. Doppel-Win-Win von Wauwau und Homo sapiens.

Der Lichtkegel von Blagojevics Stirnlampe hat den Liegenden erfasst. Zuerst ist Blagojevic stehen geblieben, um nachzusehen, ob der längliche Gegenstand auf dem Boden wirklich keine Teppichrolle ist, die ein Schweinehund wild hier am Dorenbach entsorgt hat. Der Bach, Fußweg unter Bäumen, Kies, eine Bank ... eine blöde Stelle zum Rumlittern wäre das, denkt Blagojevic, denn mit dem Auto gelangst du gar nicht zu diesem Ort. Es gibt geeignetere Stellen, um Abfall zu deponieren: im Hardwald bei Birsfelden, an der Wiese bei den Langen Erlen, im Dreispitz zwischen den bloß noch zum Teil genutzten Industriehallen oder bei einer der Glasrecyclingstationen, etwa an der Brennerstraße neben dem Kompost. Schweig, Erzähler, die lokale Müllgeografie ist jetzt unerheblich. Weil es nämlich kein ausrangierter Bodenbelag ist, was der Jogger vor wenigen Sekunden entdeckt hat, sondern ein Mensch. Hingestreckt neben dem Gehweg liegt er, auf dem schmalen bewaldeten Damm, der den Dorenbach über ein paar hundert Meter daran hindert, die Häuserzeile an der Straße »In den Ziegelhöfen« zu überfluten, sofern das kleine Bächlein je tollkühn anschwellen sollte. Der Damm mit dem Kiesweg und den Bäumen, die Dorenbach-Promenade, gehört zu Ivan Blagojevics Laufrunde und zu den äußersten Quadratmetern von Basel-Stadt. »Wild Frontier« (The Prodigy).

Der Mann, der keine Teppichrolle ist, rührt sich nicht und gibt kein Geräusch von sich.[*] Blagojevic nähert sich dem Objekt. »Hallo?«, sagt er. Mit der Hand überprüft er: Die Stirn fühlt sich kalt an. Im Schein seiner Stirnlampe erkennt er, dass die Augen des Mannes offen stehen.

Er fischt das Schritte zählende Mobiltelefon aus der Rückentasche seines atmungsaktiven Laufdresses.

117. Die Nummer der Alarmzentrale.

Er meldet, wo er steht, was er sieht und dass keine Reaktion. Er präzisiert, wer er ist, und verspricht, sich nicht zu entfernen, die Position des Toten nicht zu verändern und nichts zu berühren.

Außer die Stirn, die hat er schon. Erste-Hilfe-Versuch. Menschenpflicht.

Ihm wird kalt. An Ort und Stelle Laufbewegungen auszuführen, um sich zu wärmen, das findet er unangemessen. Denn er denkt an den Tod. In dessen Angesicht willst du nicht rumhampeln. Dackel Anton hingegen ist aufgeregt. Rennt zwischen dem Toten und Ivan Blagojevic hin und her, winselt und wedelt. Der Mensch nimmt nun den Hund an die Leine, damit er nicht an der Leiche herumschnüffelt, und entfernt sich einige Schritte. In vier, fünf, bald in neun, elf Wohnungen In den Ziegelhöfen, der Häuserzeile mit vier- oder fünfgeschossigen Gebäuden, ist mittlerweile das Licht angegangen. In Sichtweite von Blagojevic, maximal hundert Meter von ihm entfernt, frühstücken die Menschen. Sie machen sich zur Arbeit bereit, die Kinder für die Schule, und die Depressiven begrüßt auch an diesem Freitagmorgen frisch und fies die Depression.

Im Winter singen keine Vögel, fällt Blagojevic unversehens auf. Ist das immer so? Obwohl er jeden Werktag zu dieser Uhrzeit hier seine Runde läuft, ist sie ihm bisher nie aufgefallen,

---

[*] Bertolt Brecht, Aufstieg und Fall der Stadt Mahagonny, Szene 18: »Die Toten reden nicht«.

diese laute Totenstille. Sein Blick fällt erneut auf den Toten. Wie ein Sack Kartoffeln liegt er da.

Zehn Minuten vergehen, bis die erste Polizeipatrouille eintrifft, zu Fuß die zweihundert Meter vom Allschwiler Weiher her. Zwei Männer, eine Frau, das Alarmpikett. »Herr Blago…?«, fragt der erste Uniformierte. »Blagojevic«, vervollständigt dieser. »Der Zeuge?«, fragt der zweite.

»Ich habe den Mann bloß *gefunden*, gesehen habe ich nichts.«

Die Polizistin tritt zum Toten. Stablampe. Erster Augenschein. Handy. Sie sagt etwas, hört zu und spricht schließlich zu niemand Bestimmtem: »Der Kommissär und der Kriminaltechnische Dienst sind unterwegs.« Die nächsten Worte richtet sie an den Jogger: »Nehmen wir Ihre Aussage auf, Herr Blagojevic. Dann können Sie in die Wärme.«

AEK:
Ausgangslage analysieren.
Erkenntnisse ableiten.
Konsequenzen ziehen.

Die Ermittlungsmaschine läuft an.

06:32 trifft an der Dorenbach-Promenade die Kriminalpolizei ein: Müller und Gormann, beide verschlafen, Mantelkragen hochgeschlagen, der Kommissär mit Wollmütze, beide mit Taschenlampe. Minuten später finden sich Konrad Hurni von der Kriminaltechnik und drei seiner Leute ein.

»Erdös, Kapo«, stellt sich die Polizistin vor, die als Erste eingetroffen ist.

»Guten Morgen.« Der Kommissär reibt sich einen Krümel Schlaf aus dem rechten Auge.

»Das ist Herr Blagojevic, Vorname: Ivan. Er hat den Toten gefunden.«

Apropos »Toter« … vom augenscheinlich Toten zum rechtlich verbrieft Toten wird der Mann durch François Haberthür, den forensischen Pathologen. Er kommt in dieser Minute an, grüßt in die Runde, den Müller mit Handschlag, und bückt sich zum Opfer.

»Licht kommt«, sagt Hurni und schaltet den Scheinwerfer ein.

»Danke«, sagt Haberthür, macht sich am Liegenden zu schaffen und stellt nach wenigen Sekunden fest: »Ja, dieser Mann ist unzweifelhaft tot.«

Hurni und seine Leute sperren mit rot-weißem Plastikband die Umgebung ab und fangen an, den Fundort Uefa-tauglich auszuleuchten, Fotos aufzunehmen und zu tun, was Kriminaltechniker tun. Der Pathologe Haberthür sieht ihnen zu und macht sich Notizen.

Kommissär Müller liest unterdessen Polizistin Erdös' Verschriftlichung von Blagojevics Aussage durch, stellt dem Jogger zur Kontrolle die gleichen Fragen, bedankt sich bei ihm und entlässt ihn. Er vergisst nicht, die Kollegin für den klaren Rapport zu loben. Dann stellt er sich zu Haberthür und Hurni an den Rand des Scheinwerferlichts.

»Und?«, fragt er.

DREI

Rätsel. Enigma.

Turbo gearbeitet hat Haberthür. Um 09:10 Uhr macht Müllers Computer bereits pling: Der summarische erste Autopsiebericht nennt als Todesursache Unterkühlung und verzeichnet frische Verletzungen durch zahlreiche Schläge und Tritte, und zwar am Rücken, an den Armen (vermutlich Abwehrbewegungen), an Brust und Beinen. Prellungen, Blutergüsse. Im Blut des Toten ein Alkoholpegel von 1.7 Promille. »Todeszeitpunkt zwischen Mitternacht und 01:00«, hält Haberthür in seinem Bericht fest. Der Kommissär ruft den Pathologen kurz an. Die Leber des Toten sei »nicht fluffig rosa«, sagt der, »sondern gräulich und hart. Gewohnheitstrinker klingt besser als Kampfsäufer«. Und er fügt hinzu: »Er war sehr oft draußen.«

Um 10:00 Uhr findet sich das Müllerteam vollzählig zur Einsatzbesprechung im Sitzungszimmer S 207 im Waaghof ein, dem Sitz der Staatsanwaltschaft und des Kriminalkommissariats. Vollzählig, das bedeutet, nach Dienstrang geordnet: Detektivwachtmeister* Gormann Markus, Detektivkorporalin Wäckerlin Romina, Detektiv Dominguez Freddie, Detektivin Allmendinger Valérie und die Aspirantin Odermatt Amber und der Aspirant Vakulic Vlado.

»Ein Alkoholiker wird zusammengeschlagen und stirbt nachts auf der Dorenbach-Promenade an Unterkühlung«, fasst der Müller vor seinem Team im Waaghof die Fakten zusammen.

Müller zeigt ihnen Fotos des Toten und des Fundorts.

»Nachbarschaftsbefragung In den Ziegelhöfen, wir alle«, befiehlt der Kommissär, »Markus fordert gleich Verstärkung an bei der Kapo.« Gormann auf den Korridor zum Telefonieren. Er bestellt die Kolleginnen und Kollegen der Kantonspolizei

---

* Gormann und Wäckerlin sind vor Kurzem befördert worden. Herzlichen Glückwunsch auch meinerseits.

direkt zur Post Neuweilerplatz. Dahinter liegt die zu untersuchende Nachbarschaft. »Die Blauen werden euch bei den Befragungen helfen. Romina, du erklärst ihnen, was sie fragen und worauf sie achten sollen.«

»In Ordnung, verstanden«, quittiert Wäckerlin.

Sie schütten den Restinhalt ihrer Kaffeebecher hinunter und »Hey! Ho! Let's Go!« (The Ramones). Raus in die Kälte, Knochenarbeit. Klingeln, befragen, klingeln, niemand da, klingeln, ist dein Papi zu Hause? Und die Mama? Dienstausweis vorzeigen. Klingeln, befragen, klopfen, fragen, im Treppenhaus grüßen, sich erkundigen, grüezi mitenand, Kriminalpolizei, befragen, klingeln, Fragen stellen, etwas Ungewöhnliches bemerkt? Danke schön. Ja, wir *sind* von der Polizei. Die Uhr, die macht ticktack, ticktack, von der Wirklichkeit blättert ab der Lack, wer hinter Glanz und Glamour schaut, sieht: Mit der Menschheit ist's nicht sehr weit. Befragen, befragen, klingeln, grüezi. Vorbei ziehen die Sekunden, sie ballen sich zu Stunden. Ungewöhnliche Sichtungen letzte Nacht: ein Fuchs. Ein Fuchs! Ach, ein Fuchs … Autos? Stimmen? Geräusche? Geschrei? Lichter auf der Dorenbach-Promenade? Bewegungen in der Dunkelheit? Nein? Nichts Außergewöhnliches? Nein? Ja, eine Routineuntersuchung. Machen Sie sich keine Sorgen, bloß eine allgemeine Überprüfung, danke schön. Der Fahrzeugverkehr In den Ziegelhöfen ist ohnehin sehr gering, keine Durchgangsstraße. Keine sonderbaren Menschen wahrgenommen, keine seltsamen … aber was bedeutet heutzutage schon, äh, »seltsam«, nicht? Haha. Draußen letzte Nacht weniger als nichts los, weil kühl, dunkel, ungemütlich und im Laufe der Nacht Kaltfront aus Nordwesten. Da tummeln sich die Anwohnerinnen und Anwohner lieber zwischen Küchentisch, Sofagarnitur und Streaming. Verständlich.

Also niente.

0:0 für die Wirklichkeit.

Dass hundert Prozent niente, muss die Kriminalpolizei allerdings erst im Zuge des Standardfeierabends am früheren Abend feststellen, als die zuvor nicht befragten Anwohnerinnen und

Anwohner von der Arbeit zurückgekehrt sind und ebenfalls nichts Substanzielles aussagen können.

Wäre auch zu einfach gewesen, das Buch an dieser Stelle zu Ende, und ich hätte Ihnen nichts Kriminalistisches mehr zu erzählen gehabt.

Wie Konfusius der Verwirrte feststellte: »Das Einfache ist es oft nicht.«

Der Mann, der Tote, lag wenige Dutzend Meter von den Betten von Dutzenden von Frauen, Männern und Kindern entfernt. Wahrscheinlich … nein: Er lebte noch, als manch einer »10 vor 10« oder das Nachtbulletin schaute oder sogar Spaß hatte. So nah beim Sterbenden oder Toten. Muss man im Kopf behalten. Ungemütlich. Ungemütlich.

Bevor die Equipe kurz nach 10:00 Uhr ausgeschwärmt ist, hat Müller bei der Kapo zusätzlich zu den von Gormann für die Nachbarschaftsbefragung aufgebotenen Sicherheitspolizist- und -innen noch mehr Einsatzkräfte angefordert. Zum einen, um an der Dorenbach-Promenade die zwei Wache haltenden Kollegen abzulösen, damit sie nicht festfrieren. Vor allem aber, um den Fundort großräumig abzusuchen.

Müller fragt sich: Hat sich der verletzte Betrunkene noch bewegen können, bevor er erfroren ist? Wollte er sich irgendwohin retten? Betrunken, wie er war, konnte er überhaupt einen Fluchtversuch unternehmen, als er angegriffen wurde?

Wurde er anderswo halb totgeprügelt, an den Dorenbach transportiert und dort bewusstlos liegen gelassen, worauf er erfroren ist?

Oder war er tot, bevor ihn die Täterschaft am Stadtrand deponiert hat?

Wer hatte es auf diesen Mann abgesehen?

Und natürlich will die Kripo wissen: Wer ist der Tote?

Polizistin Simone Jeanneret meldet am frühen Nachmittag, sie habe hundertfünfzig, zweihundert Meter vom Fundort der Leiche entfernt, im gefrorenen Dreck und Raureif am Rand der abschüssigen kleinen Wiese an der Ecke Am Weiher/Allschwilerweg Spuren gefunden. Von mehreren Personen. Sie beginnen hier, am unteren Ende des Weihers, und enden einen knappen Meter weiter am Kiesweg, der Promenade. »Höchstwahrscheinlich drei Personen, nehme ich an«, teilt Jeanneret Müller telefonisch mit. Zum Glück ist die Temperatur nicht gestiegen, sonst wären diese möglichen Indizien längst Matschdreckbrei. Eile ist trotzdem nötig. Müller bietet erneut die Kriminaltechnik auf, Konrad Hurni.

Nochmals Hurni? Warum er? Wo steckt Roland Cattaneo, der Leiter der Kriminaltechnik? Keine Sorge, nichts Drama. Cattaneo verbringt zwei Ferienwochen, weit oben, wo Schnee liegt. Zeiterfassungscode 0100 nach Karl-Käfer-Kontenrahmen. Darf auch mal sein.

Hurni und drei KTs fahren zu Jeanneret an den Stadtrand raus. Sie hat sichergestellt, dass niemand mit dem Bike über die Spuren rollt oder sie platt tritt. Haben die Schuhabdrücke am Wegrand mit dem Toten zu tun? Hurni & Cie. sammeln alles, was ein Hinweis sein könnte. Die Spuren liegen glücklicherweise um wenige Meter auf Stadtbasler Gebiet. Spart Papierarbeit und Telefonate. Obwohl die Zusammenarbeit mit Basel-Landschaft BL, die klappt schon, doch, doch.

Sohlenprofile im zäh gefrorenen Dreck … robustes Schuhwerk, wie's aussieht. Drei Personen, vermutete Polizistin Jeanneret. Korrekt, bestätigt Konrad Hurni. Er fotografiert. Einige Meter näher zum Weiher entdecken die Kriminaltechniker am Wiesenrand Reifenspuren. Über den weichen Boden muss jemand hier rangefahren sein und angehalten haben. Mehr Fotos.

Bericht Jeanneret und Hurni elektronisch → an den Kriminalkommissär.

In seinem Einzelbüro im Waaghof formuliert der Müller die erste Hypothese: Möglicherweise haben zwei Personen den Mann mit einem Auto zum Allschwiler Weiher gebracht, ihn dort zum Aussteigen gezwungen oder ausgeladen, ihn zu Fuß – deshalb drei Fußspuren, zwei von Tätern, eine vom Opfer – auf der Dorenbach-Promenade außer Sichtweite von Automobilisten getrieben, die zufällig den Allschwilerweg hinuntergefahren wären. Zwischen Kiesweg und Bächlein haben sie ihn abgelegt, und hier ist er schließlich erfroren.

Wenn dem so ist: Haben diese mutmaßlich zwei Täter dem Opfer auch die Schläge zugefügt, deren Verletzungen Haberthür dokumentiert hat? Wo haben sie das getan? Haben sie ihn zusammengeschlagen, bevor sie ihn an den Dorenbach verbracht haben, oder hat er die Schläge am Fundort erlitten? Haben sie ihn liegen lassen, und weil er schwer verletzt war, konnte er sich nicht retten, ja nicht einmal um Hilfe rufen? Hat er gerufen – und wurde von niemandem gehört?

Fragen ist richtig, vermuten wichtig, spekulieren nichtig: »Es kommt nicht darauf an, was wir wissen, sondern auf das, was wir beweisen können.« (Sherlock Holmes in: »Der Hund von Baskerville«) Beweisen. Alles. Restlos. Und zwar bis zum Ende. Analogie: Kein Komponist setzt sich mit dem Vorsatz ans Klavier: »So, nun komponieren wir zur Abwechslung mal ein paar unvollendete Sinfonien.« Sogar Schubert tat das nur einmal, dann wurde es ihm zu bruchstückhaft.

Überstunden.

Freitag, 17:26 Uhr. Der Müller schaut durchs Fenster in die Finsternis. Aus seinem persönlichen Fenster im Waaghof. Neunzigerjahrebau, Flachdach, Bürohaus. Wenn Ihnen der Sitz der Staatsanwaltschaft des Kantons Basel-Stadt und der Kriminalpolizei, der auch das Untersuchungsgefängnis einschließt, nicht vertraut sein sollte, begeben Sie sich auf der Viaduktstraße bis zur Mitte der Brücke. Wenn Sie von der Markthalle her kommen, schauen Sie scharf rechts in Richtung Innerstadt. Der lange Riegel an der Binningerstraße, oberhalb des ersten Stocks graugrünlich verkleidet, oberstes Geschoss leicht zurückversetzt, das ist der Waaghof. Zuoberst arbeitet der Erste Staatsanwalt ad interim Thomas Krähenmann, in den unteren Stockwerken unter anderem der Kriminalkommissär mit seinen Leuten.

Er denkt nach. Bei Gülay ♥ hat er sich telefonisch abgemeldet. »Ich komme erst spät heim.«

PPP … Polizistin-Polizist-Partnerschaft. Was gemeinsame Zeit angeht, nicht eben einfach.

Die Müller'sche Drei-I-Regel verschärft die Existenz als Paar prekär: »Irgendwas ist immer.«

Doch das ist Courant normal. Würde es einen zu sehr stören, hätte man den falschen Beruf gewählt. Kapitaldelikt geht vor Privatleben. Denn Standard ist auch, unnatürliche Todesfälle schnellstmöglich aufzuklären. Willst du, musst du. Gerechtigkeitsdrang und Pflichterfüllung. Auf dem Spiel steht schließlich die öffentliche Sicherheit. Oberste Priorität. Für einmal fallen weder die Kosten noch die Dienst- und Ruhezeiten des Arbeitsgesetzes ins Gewicht. Ein toter Mensch löst etwas aus. Und an Pietät denkt der Müller nicht zuletzt.

Kurz: im Kriminalkommissariat sämtliche Kräfte an Bord und das Wochenende vertagt. Egal, wer das Opfer ist.

Obwohl … ginge es um einen vor Wichtigkeit wippenden VIP, einen populärpotenten Politiker, einen Torpedo-Tribun oder one Businessman-Biggie, hätte der Kommissär längst seinen Vorgesetzten an der Strippe, eben Thomas Krähenmann. Halbtäglich würde der auf Ermittlungsfortschritte dringen und sich laufend erkundigen, wie krumm sich die Kripo legt. Weil er den Medien gerne ta-daa ta-daa sofort den Kopf des Schuldigen vorweisen möchte, wie Salome den Kopf von Johannes zu Herodias brachte (Mk 6,24–25; Mt 14,10–11). Den Krähenmann hat der Müller besser im Griff als dessen Vorgänger Stickelberger. Schließlich hat er den neuen Chef dabei unterstützt, den alten aus dem Organigramm tilgen zu lassen.[*] Dessen engstem Mitarbeiter, einem vermuteten Informationsleck, haben sie gemeinsam falsche Informationen untergeschoben. Der Mann ging in die Falle, was auf Stickelberger, den damals amtierenden Ersten Staatsanwalt, zurückgefallen ist: Die neu gewählte Regierungsrätin Gruber hat den Laden aufgeräumt. Durch dieses Manöver ist Krähenmann aufgerückt, zumindest interimistisch, und der Müller den Vorgesetzten losgeworden,

---

[*] Siehe »Müller und der Himmel über Basel«, 2022. Köln: Emons. Zum Beispiel S. 234.

der ihm zu autoritär war und sich zu sehr ins Operative eingemischt hat.

Das Leben ist kein Weißwaschgang. »Auch ein feiner Mensch kann bisweilen ein Saukerl sein.« (A. B. Clavadetscher)

Müller ruft Hurni von der Kriminaltechnik an. »Gibt es Hinweise aus den gefrorenen Spuren im Dreck? Hast du an den Kleidern oder am Körper des Toten Textilfasern gefunden oder DNS?«

Müller ruft Haberthür in der Pathologie an. »Hast du an den Händen des Toten etwas feststellen können? Fremdes Gewebe unter den Fingernägeln? Besonderheiten, was die Prellungen an dessen Körper betrifft?«

Die Kollegen sind noch nicht so weit. Sie arbeiten. Lass sie arbeiten, Kommissär! Geduld. Müller fällt es schwer, geduldig zu sein, und manchmal kommt es ihm vor, als werde er mit den Jahren ungeduldiger. Er will die Täterschaft überführen und festnehmen. Aus Überzeugung, aus Mitgefühl mit dem Toten. Mit dessen Angehörigen. Wer ist der tote Mann? Gibt es überhaupt jemanden, der um ihn trauern wird?

∗∗∗

Das Leben als Leerstelle.

18:45 Uhr. Fehlt der Tote niemandem? Eine Vermisstenanzeige liegt der Polizei bisher nicht vor. Gut, der Mann ist erst frisch tot. Sein Foto zirkuliert seit dem frühen Morgen in allen Dienststellen und im ganzen Polizeikorps. Kommissär Ruedi Stierli, Chef Fahndung, meldet sich bei Müller. Er kommt viel in der Stadt herum und kann ihn identifizieren: Karlheinz Locher (46).

Er war obdachlos, verkehrte unter den Alkoholikern vor dem Bahnhof und beim Soup & Chill an der Solothurnerstraße. Während der kalten Jahreszeit, also jetzt zum Beispiel, suchte er gelegentlich Unterschlupf in der Notschlafstelle für Männer an der Alemannengasse 1 beim Wettsteinplatz. 4058. Sie öffnet um 20:00 Uhr. Bis Mitternacht müssen die Unterkunftsbedürftigen eintreffen. Dann dreht sich der Schlüssel bis zum Morgen.

19:10 Uhr. Das Müllerteam zuerst → Bahnhof Basel SBB. Müller, Gormann, Wäckerlin, Dominguez, Allmendinger. Fünf Zivile auf einmal, das beeindruckt die anderthalb Dutzend Männer und drei Frauen, die unter dem Vordach vor dem Bahnhof sitzen, stehen, saufen, vor sich hin dämmern, rauchen, husten, schwanken, streiten, diskutieren und herumkrakeelen. Hier geht es weniger konventionsgefiltert zu als in der Restgesellschaft, weil hochpromilliger, hochprozentiger und hie und da hochtouriger. »Hemmige« (Mani Matter) werden durch die biochemischen Prozesse im Gehirn abgebaut. Kein Wunder, wirkt die Wortwahl unseren Einsatzkräften gegenüber wenig herzlich. Noch expliziter spricht die Körpersprache, in einem Wort: Mittelfinger. Denn wer ein Auge dafür hat, erkennt Zivile sofort. Und wer am Rand der Gesellschaft lebt, entwickelt notgedrungen zwei Augen für potenzielle Quellen von Ärger, Bedrohungen, Lämpe und Puff. Wir, die Bullen und Bullinnen, nun … wir … gut, Sie wissen, wie es sich zwischen uns und Teilen der Bevölkerung äh verhält: tendenziell kompliziert. Manche lieben uns innig nicht.

Wenn nämlich du oder deine Dienstkollegin oder ein flic, der deine Arbeit vor zwei, sechs oder elf Jahren ausgeführt hat, vor drei Wochen, sieben Monaten oder dreiundzwanzig Jahren den Kumpel oder die Schwester von dessen Cousin oder einen aktuellen Klienten festgenommen hat wegen

(bitte Zutreffendes ankreuzen, denn »Kreuze im Leben sind wie in der Musik: Sie erhöhen« (Beethoven))

☐ Ruhestörung
☐ Verunreinigung der Allmend
☐ Beleidigung und Angriff
☐ Drogenkonsum
☐ Ladendiebstahl
☐ _____

Komma dann gewinnst auch du bei den Personen vor dem Bahnhof SBB keine Sympathiepunkte. Kann man ja verstehen, nicht? Unterschiedliche Welten, Identitäten, Aufträge, Bedürfnisse, Lebenslagen. Alle kennen Dutzende von Festnahmegeschichten, polizeiliche Schimpfkanonaden, Beispiele von uniformiertem Überdruss, weil die Welt hart, anstrengend und ungerecht ist. Sie sind vertraut mit allen Varianten von schlechter Cop-Laune. Weil die Wirklichkeit einfach oft stinkt.

██████!

Persönlich darfst du die Welt nicht nehmen, heißt es immer. Darfst du nicht. *Nicht.* Aber man tut es trotzdem, und sie macht einen sogar aggggggrrrrressss...

(Notiz ans Über-Ich: Ausbildungsmodul »Deeskalation« repetieren.)

Persönlich darfst du die Welt nicht nehmen. Die Welt aber nimmt es persönlich, dass du existierst und dem BIP vom Karren gefallen bist. So ist es doch.

Shit. Trotzdem: Shit! Als die Müllerpolizei vor dem Bahnhof eintrifft, brummen und knurren die Leute dort. Der eine oder andere spuckt auf den Boden, und Aldo Manninger (36) wirft sogar eine fünftel volle Wermutflasche gegen das geballte Polizeiaufgebot, was a) Verschwendung ist, obwohl billiger Fusel, und b) Gewalt gegen Beamte Art. 285 StGB → Festnahme Manningers. Adrenalin- und Zeitverschwendung, aber komplett. Tubeliseich. Aber Manninger konnte ja nicht vorhersehen, dass nicht Repression bevorsteht. Sondern dass die Zivilen den Tod eines Mannes aufklären wollen, der vielleicht 24 Stunden zuvor mit ihm und den anderen hier den einen oder anderen Liter geteilt hat. Vielleicht waren sogar Speichelpartikel von Karlheinz Locher am Flaschenhals, den Manninger und Locher zusammen benutzt haben. Und dem wollten und könnten Müller und Cie. wirklich gar nichts Böses, da er bekanntlich dem Sensenmann begegnet ist.

»Bye Bye Baby« (Screaming Lord Sutch).

»Violent World« (The Misfits).

»Somebody Got Murdered« (The Clash).

»████ ████«, »███████« und »███«, solche Wörter vernehmen also der Kommissär und seine Equipe, als sie sich an die Leute unter dem Bahnhofsvordach wenden wollen. Gormann ist, er habe »hier stinkt es plötzlich so« gehört, was faktisch falsch ist. Denn die Gerüche in diesen Minuten vor dem Bahnhof Basel SBB stammen von schlechtem Schnaps, billigem Wein, von Bier, nicht gewaschenen Körpern, aber auch von radikalparfümiert einherstolzierenden Aftershave- und Egoïste-Bahnkunden wenige Meter daneben. Duftcocktail, soziologisch aufschlussreich.

Kurz: Die Müllerpolizei befragt Gestrandete, Alkoholiker und Junkies ... Ich könnte Ihnen auf Anhieb zwölftausendvierhundertsiebzehnkommafünf Dinge nennen, die sie lieber täten.

Ein Foto von Karlheinz Locher haben alle Müllerteammitglieder in der Tasche.

»Guten Abend. Kriminalpolizei Basel-Stadt. Kennen Sie diesen Mann?« So beginnen die Gespräche. Wer nicht die Schwalbe gemacht hat, wirft mehr oder weniger aufmerksam einen Blick auf das Foto. Der Pathologe und die Kriminaltechnik haben sich angestrengt, damit der tote Locher auf dem Bild nicht zu sehr einem von der Addams Family ähnelt. Aber ... ein Mann mit geschlossenen Augen auf einer Aufnahme, die dir ein Bulle unter die Nase hält ... alles klar, nicht wahr?

»Ist er tot?«, fragt ein Mann mit stark geröteter Gesichtshaut, aufgedunsenen Händen und zotteligen Haaren. Gormann schätzt ihn auf Mitte fünfzig. Die Ausweiskontrolle wird den Wert um fünfzehn Jahre senken und den Mann als Lajos Szabó (39) identifizieren.

»Ja, er ist tot«, bestätigt Gormann, »wir wollen herausfinden, was mit ihm geschehen ist.«

Der Kriminalpolizist schaut Szabó in die Augen. Dieser schweigt.

»Kennen Sie ihn?«

Der Mann schaut zuerst um sich und nickt sachte. Will er nicht, dass jemand mitbekommt, dass er mit dem Polizisten spricht?

»Lochi«, sagt er, »das ist Lochi.«

»Wann haben Sie ihn letztmals gesehen?«

Szabó denkt nach, fingert ein zerknülltes Zigarettenpaket

aus der Jackentasche und klopft sich eine heraus. Sie ist krumm, aber in Ordnung. »Hast du Feuer?«

Gormann hat nicht.

»Ich habe das Feuerzeug irgendwo verloren, oder einer hat sich's geliehen und nicht zurückgegeben.«

Gormann wartet.

»Darko, hast du Feuer?«, ruft der Zottelige zur nächsten Bank.

Ein Langer, Magerer mit Bürstenschnitt reagiert und tastet seine Jackentaschen ab. Dann kommt er her, stutzt aber, als er Gormann beim rauchwilligen Kollegen entdeckt.

»Lochi ist tot«, sagt der Zottelige.

Der Lange scheint zu überlegen, von wem die Rede ist.

»Die Bullen wollen herauskriegen, was mit ihm passiert ist.«

»Heute nicht gesehen Lochi«, sagt Darko, »weiß ich nichts. Gestern war da.«

»Bis wann? Mit wem?«

»Viele. Kenne ich nicht von allen Namen.«

»Und bis wann ist er hiergeblieben?«

»Zehn? Halb elf? Elf? So etwa.«

Szabó bestätigt: »Ungefähr, ja.«

Gormann wiederholt, was die zwei Männer soeben gesagt haben: »Zehn, halb elf, elf, so etwa, ungefähr, ja …« Er wartet. »Was denn jetzt?«

Schulterzucken.

»Können Sie mir das genauer sagen?«

Kopfschütteln. Schließlich fügt Darko (Personenkontrolle ergibt: Name lautet Edin Lacevic) hinzu: »Sind nicht alle da, jetzt, wo sind normalerweise. Vielleicht wieder morgen?«

Lacevic hat sich nicht sofort verzogen, als sich Markus Gormann mit dem Foto des Toten an ihn gewandt hat. Er hätte verschwinden können. Im Gegensatz zu manch anderen Männern und Frauen bei den Bänken vor dem Bahnhof. Manche starren vor sich hin, gewisse sind in sich zusammengesackt, einer hat sich gegen die Kälte in einem Schlafsack verkrochen. Bei einigen dringt die linke Gehirnhälfte nicht mehr konsequent zu dem durch, was die rechte vorhat. Und der Restkörper tut ohnehin, was er nicht will.

✻✻✻

Kleinarbeit.

Während die Müllerequipe im Umkreis des Bahnhofs ermittelt, versuchen im Gemeinschaftsbüro der Kripo Aspirantin Odermatt und Aspirant Vakulic Angehörige des Toten zu finden. Ergebnis: nichts. Keine Partnerin, kein Partner amtlich registriert, Eltern vermutlich tot, keine Geschwister. Keine Wohnadresse, an der die Ermittlungen ansetzen könnten. Ist wirklich niemand von Karlheinz Lochers Ableben zu benachrichtigen?

✻✻✻

Gute Nacht?

Freddie Dominguez und Romina Wäckerlin, unsere, sagen wir's ohne Blümlein, handfesten Polizeikräfte → zur Notschlafstelle für Männer an der Alemannengasse. Öffnet – wir sagten's – um 20 Uhr, verfügt über 75 Betten in Vier- bis Sechs-Bett-Zimmern. Die Uhren zeigen exakt 22:17 Uhr, als der dunkelblaue Skoda vorfährt. Dominguez und Wäckerlin steigen aus, richten die Kleider, drücken das Kreuz durch und betreten das Haus. Ein Mitarbeiter (Anfang 30, Jeans, dunkelroter Hoodie, Haare zu einem kleinen Dutt aufgesteckt) tritt auf sie zu. Sie zeigen ihm ihre Dienstausweise und Lochers Foto.

Sebastian Knauss, so heißt der Mitarbeiter, erkennt Locher sofort. »Das ist Lochi. Er ist regelmäßig hier.«

»Wann zum letzten Mal?«, fragt Wäckerlin.

Das Foto, die Formulierung »zum letzten Mal« … Knauss schaut die beiden an. Was geht ihm durch den Kopf? Denkt er an all das Elend, das er als Mitarbeiter der Notschlafstelle tagtäglich mitbekommt? An die Gewalt, die ihm nicht selten begegnet?

»Lochi war diese Woche hier, das war …«, sagt er nachdenklich. »Das muss … in der Nacht von Mittwoch auf Donnerstag gewesen sein. Ja, vorletzte Nacht.«

»Nicht letzte Nacht?«, erkundigt sich Wäckerlin so vehement, als könnte sie durch ihren Tonfall die Fakten beeinflussen.

Sebastian Knauss schüttelt den Kopf. »Nein, gestern Nacht nicht. Da habe ich ihn nicht gesehen.«

»Wir müssen die Leute hier befragen«, sagt Wäckerlin, »die, die hier übernachten.«

Karlheinz Locher sei nämlich tot, erklärt Dominguez.

»Wenn's nicht anders geht, tun Sie das«, gibt ihnen Knauss sein Einverständnis.

Im Erdgeschoss fangen sie an. »Behutsam vorgehen. Keine Personenkontrollen, um die Menschen nicht zu irritieren. Die haben es schwer genug«, hat ihnen der Kommissär eingeschärft. »Nur das Foto herumreichen und fragen, ob jemand Locher gesehen hat und falls ja, wann, wo und mit wem.«

Nicht alle Besucher der Notschlafstelle erkennen den Mann auf dem Foto. Manche sind erst seit Kurzem in der Stadt und ziehen morgen weiter. Andere haben ihn noch nie gesehen. Weitere wirken wenig kooperativ. Bei denen aber, die ihn kannten, sorgt die Nachricht von seinem Tod für Aufruhr, Unruhe und Trauer. Resigniertes Kopfschütteln, Seufzer, Fluchwörter.

René Morandi (43), ein ausgemergelter Schnauzträger und Veteran der Polytoxikomanie, besonders von Diacetylmorphin ($C_{21}H_{23}NO_5$, sprich: Heroin), gibt an, Locher »einige Tage nicht gesehen« zu haben. »Wir haben andere Interessen«, sagt er. Andere Drogenprobleme, denkt Dominguez.

Lajos Szabó (39), den Zotteligen, ebenfalls der Anwendung der organischen Chemie zugetan (C_2H_6O, Alkohol), hat Gormann vor einer knappen Stunde am Bahnhof befragt. Gegenüber Freddie Dominguez zeigt er sich gesprächiger, vielleicht stimmt jetzt der Pegel. Er sei ein Freund des Toten, erklärt er. »Er ist ein lieber Siech, der tut niemandem etwas zuleide.« Ihm ist an Karlheinz Locher nichts Ungewöhnliches aufgefallen. »Er war nicht nervös oder so was.« Am Vorabend hat er ihn ja vor dem Bahnhof getroffen und einige Zeit mit ihm verbracht.

Fridolin Galati (62) ist anzusehen, dass er sich viel im Freien aufhält und viel trinkt. Wettergegerbt und rotgesichtig, hält er sich an einer Gehhilfe fest und schwadroniert von einem Auto. Was er damit sagen wolle, will Wäckerlin von ihm wissen. Doch Galati kann sich nicht erklären. Er klagt über das nasskalte Wetter, das ihm nichts schenkt, sein Knie, das schmerzt, saumäßig schmerzt, ein Arbeitsunfall vor zwanzig Jahren, und bei Wetterumschwüngen spürt er die verdammte Verletzung immer noch. Ein Glarner, denkt Wäckerlin, das höre ich am Dialekt. Er ärgert sich auch über die Passanten, die vortäuschen, ihn und seinesgleichen krampfhaft zu übersehen. »Die schauen extra weg.« Wenn sich die Blicke ausnahmsweise begegnen, wenden die Leute den Kopf sofort ab, als wäre Obdachlosigkeit ansteckend. Ausblenden. Wegsehen. In Luft auflösen. »Ich habe seit Monaten mit keinem gesprochen, der nicht auch auf der Gasse lebt.«

»Doch«, unterbricht ihn Szabó, »mit den Leuten, die hier arbeiten, mit denen von der Gassenküche und im Soup & Chill. Und beim Sozialamt warst du doch auch, oder?«

Galati zuckt die Schultern und brummt etwas. Spricht er wieder von seinem Knie oder von diesem Auto?

Sollten wir Galati fragen, was das für eine Arbeit war, bei der er vor zwanzig Jahren verunfallt ist? Würden Sie sich bei Lajos Szabó erkundigen, wo er die fast drei Jahrzehnte verbracht hat, bis er vorübergehend und immer mal wieder hier in der Notschlafstelle für Männer an der Alemannengasse untergekommen ist? Was waren die Hoffnungen und Träume, was der Weg, was die Hindernisse, die René Morandi als kostbarsten Besitz eine abgenutzte wattierte Jacke übrig gelassen haben? Wollen wir das wissen? Haben wir die Zeit für eine Sozialreportage? Detektivkorporalin Romina Wäckerlin und Detektiv Freddie Dominguez haben sie nicht. Sie interessiert, was fallrelevant sein könnte. Davon abgesehen, ergeht es ihnen wie der überwiegenden Mehrheit: zu wenig Zeit für Menschen, keine Zeit für Menschen in Not.

Der Älteste in der Notschlafstelle heißt Koni Schäublin (71). Rentner mit Ergänzungsleistungen, vor Kurzem hat er wegen Totalsanierung die Wohnung verloren und es nicht geschafft, eine neue zu finden. Er hustet, keucht und ist nicht gut zu Fuß. Die Hüfte. Auch er kennt den Toten, findet es einen ███ Skandal und eine ███ Ungerechtigkeit, dass ... kann jedoch, »ich würde gerne, aber ...«, nichts zur Ermittlung beitragen, verspricht jedoch herumzufragen.

Wie Schäublin bietet auch Gusti Kramer (54) an, sich unter seinen Bekannten umzuhören. »Was Lochi gestern Nacht gemacht hat, willst du wissen?«, fragt er Dominguez, »gestern spät«, denkt er laut.

»Haben Sie ihn da gesehen oder nicht?«

»Später am Abend ... was er da gemacht hat, weiß ich nicht.«

»Und früher am Abend? Oder am späten Nachmittag?« Dominguez gibt nicht auf.

»Wir waren etwas angetütelt«, lautet Kramers Antwort.

»Wir?«

»Ich und ... Lajos und andere, ich weiß nicht mehr genau.«

Dominguez, beharrlich: »Bedeutet das, dass Sie Herrn Locher früher am Abend gesehen haben? Bis wann etwa?«

»›Herrn Locher‹ ... haha! Dass ihn einer ›Herr Locher‹ genannt hat. Das muss ewig her sein.« Er lacht. Kein glückliches Lachen.

»Haben Sie ihn nun gesehen oder nicht?« Auch Wäckerlin lässt nicht locker.

»Nicht nur *gesehen*, er saß neben mir.«

»Wo?«

»Natürlich auf der Bank vor dem Bahnhof.«

»Bis wann? Ist er irgendwann weggegangen?«

Kramer kratzt sich am Kopf und sagt: »Ja, irgendwann war er weg. Ich ... ich kann das nicht rekonstruieren. Ich hab doch gesagt: Wir hatten einen sitzen.«

Diese Namen und Aussagen nehmen Wäckerlin und Dominguez sorgfältig zu Protokoll.

Lajos Szabó kennt sogar Details aus Lochers Lebensgeschichte. »Früher hat er auf der Bank gearbeitet, nicht am Schalter, im Büro. Das Haus hat er mir mal gezeigt ... St. Alban-Anlage, wo das Tram 14 rausfährt, außerhalb vom Aeschenplatz. Aber irgendwas ist ähm schiefgegangen. Bei der Bank haben sie ihn rausgeworfen, gell, und die Frau hat ihn auch sitzen lassen. Er hatte etwas mit einer anderen, glaube ich. Die wollte dann auch nichts mehr von ihm wissen und hat ihm den Schuh gegeben.« Er zögert, weil er nachdenkt. »Vielleicht bringe ich da etwas durcheinander. Aber ... ja, gesoffen hat er schon länger. Job weg, Frau weg ... Das hat ihn fertiggemacht.« Pause. »Eines Tages hat er die Miete nicht mehr bezahlt, konnte er nicht mehr, monatelang. Hat er mir erzählt. Dann ist er auch aus der Wohnung geflogen, auf die Straße.« Szabó schüttelt den Kopf, mit leerem Blick. »Keiner hat ihm geholfen. Er kannte doch Leute, aus der Bank, gell. Alle haben eben gedacht: Dem gebe ich nichts, der versäuft es sowieso. Hätte er wahrscheinlich. So ist er hier gelandet, in der Notschlafstelle und am Bahnhof. Vor drei, vier Jahren? Ich weiß nicht genau, ich war ja nicht immer hier, sondern in der Klinik wegen meiner ...« Pause. »Aber Lochi war ein guter Kerl. Der hat einen nicht reingelegt. Der war nicht falsch.«

Wofür er sich interessiert hat, fragt Dominguez leise.

»Früher, meinst du? Er hat halt auf der Bank gearbeitet, gell. Wofür interessiert sich so einer? Fürs Auto, nehme ich an, Skiferien und so. Der FCB hat ihn beschäftigt, glaube ich. Aber genau weiß ich nicht, was ihn neben der Arbeit interessiert hat. Kann einen überhaupt etwas ... in dieser Situation? Jetzt waren bei ihm außer den ... Flaschen und einem warmen Schlafplatz nicht mehr viele Interessen.« Szabó wiegt den Kopf hin und her und schließt den Monolog so ab: »Alkohol ist ein Vollzeitjob.«

Dominguez fragt nochmals in die Runde, ob jemand etwas Ungewöhnliches oder Verdächtiges wahrgenommen hat. »Vielleicht einen Streit?«

Schulterzucken von Schäublin, Morandi und Kramer. Galati sitzt auf einem Stuhl und scheint in sich hineinzuhorchen. Er reagiert nicht.

»Streit vor dem Bahnhof?«, antwortet Lajos Szabó, »manchmal ja, manchmal nein.«

»Und das bedeutet?« (Wäckerlin).

»Man sitzt herum, trinkt einen Schluck, redet, redet, und manchmal gerät man sich in die Haare. Manche geben sich auf die Nase. Aber alles geht vorbei. Außer ein Psycho hat ein Messer dabei ...«

»Und gestern? Gab's da auch Streit?« (Dominguez).

Warten, nicht drängen. »Nein«, wiegelt Szabó ab, »nichts Besonderes. Gell, Fridi?«

Der Angesprochene, Fridolin Galati, der Glarner mit der Gehhilfe, antwortet nicht.

✳ ✳ ✳

Das Leben als Pixel.

Angehörige von Locher, die sie informieren und befragen könnten, haben Aspirantin Odermatt und Aspirant Vakulic nicht ausfindig machen können. Untätig bleiben sie nicht. Sie sehen sich im Waaghof die Videoaufzeichnungen aus der Schalterhalle des Bahnhofs an. Bildqualität viel besser als früher. Trotzdem werden dir mit der Zeit die Augen trocken vor lauter Bildschirmglotzen, Bildschirmglotzen, Bildschirmglotzen. Darfst und willst ja nicht schummeln und dem Chef vorflunkern »yes, Sir, haben Visionierung umfassend durchgeführt«. Weil immerhin y Prozent Chance, dass es die Kameras dokumentiert haben könnten, falls Karlheinz Locher am Abend der Tat, also letzte Nacht, lebend den Bahnhof durchquert hat ... und »Who Knows« (Jimi Hendrix) bemerkt man auf einem Überwachungsvideo Sachdienliches: Vielleicht, wie ihn der Tod verfolgt? Wie der Mörder dicht hinter ihm läuft und ihm zaaaackkkk einen Bratenspieß ein bisschen zwischen die Schulterblätter pflanzt, um ihn zum Mitkommen zu zwingen? Oder dass jemand ihn ködert mit einer Flasche Schnaps ... Sie verstehen, worauf die Nachwuchspolizeikräfte achten und was sie entdecken könnten. Drücken wir ihnen die Daumen. Obwohl es allmählich spät wird, sich die Fledermäuse in ihrem Winterschlaf von Unheilsahnungen gebeutelt unruhig hin- und herwälzen und der Februar seine kalendarische Mitte gefunden und bereits überschritten hat, bleiben Odermatt und Vakulic wachsam. Sie lassen sich von den Millionen von Pixeln nicht verrückt machen und richten ihre vier Augen auf die zwei Bildschirme. Ziel: Qualitätsarbeit. Methode: Gewissenhaftigkeit. Bis die Lider Lieder von schlaffem Schlaf und traumhaften Träumen anstimmen. 22:10 Uhr macht der Tischapparat klingeling, der Chef ruft an, also Müller. Er fragt nach ihren Ergebnissen, erlöst die beiden und schickt sie nach Hause. Nur noch notieren, welchen Zeitabschnitt welcher Aufnahmen welcher Kamera sie bisher überprüft haben. Weil »Tomorrow's Just Another Day« (Madness) und »Tomorrow Never Knows« (Blue China): Morgen rädert uns Fortuna erneut mit ihrem Hamsterrad.

✳✳✳

Innenpolitik.

23:25 Uhr. Chefanruf! Das Diensthandy zeigt Müller, dass der Erste Staatsanwalt ad interim vor Initiative und Einsatzlust nur so strotzt. Wenn das die Runde macht, wie phantastisch der sich reinhängt: Thomas Krähenmann. Rund um die Uhr am Ball für Ordnung im All. Sickert das raus, gibt's Applaus, weil Einsatzkraft und voll im Saft. Denn Chefanruf ... um ... 23:25 Uhr. Sic! Müller macht sich den Spaß, obwohl müdissimo, und nimmt den Anruf ebenso hellwach und hoch motiviert entgegen. Schließlich erforscht auch er zu dieser Uhrzeit mit vollzähliger Equipe (minus die Aspis), in diesen Minuten im Bereich Claraplatz bis Dreirosenbrücke, die Realität nach Anhaltspunkten. Krähenmann erkundigt sich nach dem Stand der Dinge, erfährt die Identität des Toten und fordert den Kommissär um 23:36 Uhr ohne Umschweife auf: »Schick deine Leute heim, Beni. Morgen ist auch noch ein Tag.« Im Blick natürlich auch, was Nachtzuschläge kosten, erst recht jetzt gerade, kombiniert mit dem und kumuliert um den Wochenendzuschlag.

Budgetbewusstsein.

Gleichzeitig auch: Krähenmann handelt arbeitsmedizinisch umsichtig und ressourcenbewusst. Irgendwann fallen dir die Leute vor lauter Abgekämpftsein um. Ab sofort übernehmen es die Kolleginnen und Kollegen vom Alarmpikett, die Straßen von Basel abzufahren, Hinterhöfe auszuleuchten, in Wohnungen einzudringen, um Beziehungsdelikte zu verhindern oder um wenigstens dem Schlimmsten zuvorzukommen. Sie sind auf Draht, um einen potenziellen Messerstecher zu entwaffnen, Drogen zu beschlagnahmen, die Wirklichkeit so gut wie möglich ruhigzustellen. Die Kripo aber soll jetzt schlafen, und zwar dringend. *Non siamo macchine*, Maschinen sind wir keine.

VIER

»Hanging On The Telephone« (Blondie).

Samstag, 16. Februar. Die Gassenküche an der Markgräflerstraße wird erst morgen um 09:30 Uhr zum Sonntagsbrunch
wieder öffnen und regulär am Montag, 07:30 Uhr. Ebenso sinnlos wäre es, heute beim »Schwarzen Peter« aufzukreuzen, dem
Verein für Gassenarbeit. Sie kümmern sich um die Menschen,
»deren Lebensmittelpunkt im öffentlichen Raum ist«. Das
klingt fast schön. Unter der Büronummer vor Montag, 14:00
Uhr, bei dieser Organisation keine Chance. Aber natürlich enthalten unsere Verzeichnisse die Namen und Koordinaten der
Verantwortlichen. Das Kriko ruft die privaten Nummern an.
Combox, Combox, momentan nicht erreichbar, »hinterlassen
Sie bitte eine Nachricht. Danach legen Sie auf oder bestätigen
Sie mit der Rautentaste. – Piiiieeeeep«.

Als Erster ruft Ralph Cecchetto vom Schwarzen Peter zurück. Freddie Dominguez nimmt den Anruf des Gassenarbeiters entgegen. Cecchetto kennt die meisten, die auf der Straße
leben. Nur die Durchreisenden nicht. Er hilft auch anderen
Menschen in prekärer Lage.

Dominguez teilt ihm mit, dass Karlheinz Locher tot ist.

Schweigen im Telefon. Klar weiß Cecchetto, wer das ist. Zuletzt habe er ihn vor »etwa einer Woche« gesehen. »Kein auffäl-
liger Mann«, sagt er. Damit meine er, Locher sei kein »Polytoxi-
komann« (so schreibt es Dominguez mit) in fortgeschrittenem
Zustand. Zu Aggressivität neige Locher nicht, »im Gegenteil, er
war recht beliebt, soviel ich weiß«. Leider sei er »psychisch aus
dem Gleis gefallen«, könne sich nur schwer und höchstens für
kurze Zeit konzentrieren und an nichts dranbleiben. Deshalb
habe Locher nicht einmal zwei, drei Stunden am Tag arbeiten
können. Ein Eingliederungsprogramm hätte er nicht durchgehalten.

Plötzlich spricht man von einem Menschen, den man kannte,

in der Vergangenheitsform. Sozialarbeiter Cecchetto verspricht, sich bei Kolleginnen und Klienten umzuhören. »Lochi war keiner von der problematischen Sorte.«

Ähnliches hört Romina Wäckerlin, als sich Renate Roth meldet, die Verantwortliche der Gassenküche. »Manchmal hat er bei uns mitgeholfen«, erinnert sie sich. »Brot schneiden, Tisch decken und abräumen, Geschirr spülen. Aber lange hat er nie durchgehalten. Schlagartig ist ihm jeweils in den Sinn gekommen, dass er wegmuss.« Roth bestätigt, dass Karlheinz Locher »umgänglich« gewesen sei. »Wir mochten ihn.« Sie erklärt: »Dass jemand hinter ihm her war, ihn gesucht hätte? Nein, so etwas habe ich nicht bemerkt. Aber ich frage am Montag meine Mitarbeitenden. Vielleicht ist jemandem etwas aufgefallen. Wenn Sie mich fragen«, sagt sie, »litt er … natürlich ist er Alkoholiker … aber das hat, denke ich, mit einem Burn-out zu tun. Von ›Stress im Job früher‹ hat er erzählt. Ich denke, sein Zustand … das waren die Folgen eines Burn-outs, das nicht behandelt wurde. Wegen des Drucks im Job hat er zu trinken begonnen und ist abgestürzt und auf der Straße gelandet. So hat er das gesehen. Alkohol, Job weg, Privatleben kaputt. Aus allem rausgefallen. Der klassische Weg. Er hätte eine feste Unterkunft gebraucht, einen Entzug und eine Psychotherapie.«

Mhm, denkt Detektivkorporalin Wäckerlin. Unsereins hat doch auch Stress und zieht den Schwanz nicht ein.

Wäckerlin hört, wie die Leiterin der Gassenküche ihren Kopf schüttelt. »Einfach nur schrecklich, dass er tot ist.«

Über Lochers früheres Privatleben wisse sie nichts, antwortet Roth auf Nachfrage. »Alkohol, den Job verlieren, eine Trennung, psychische Probleme und keine Wohnung – weiter runter geht's nicht mehr.«

Karlheinz Locher (46). Halb totgeprügelt und erfroren an der Dorenbach-Promenade, das Ende eines Obdachlosenlebens. Darf ein Leben so enden?

»Non Stop« (Kraftwerk).
Nach der kurzen Besprechung um 14:00 Uhr im Waaghof

zum Abgleich des Kenntnisstands treibt die Müllermannschaft die Ermittlungen weiter. Odermatt und Vakulic rüsten sich mit Kaffee auf und setzen sich erneut mit der Bilderflut der Überwachungskameras vom Bahnhof auseinander.

»Ticktack ticktack ticktack«, kommentiert Odermatts Armbanduhr den Lauf der Zeiten. Austexten, dreidimensional plastisch veranschaulichen können wir diesen Vorgang nicht, tempus fugit, aber a) wissen Sie das, b) ist diese Redensart alt wie Babylon, c) können wir daran nichts ändern, d) haben wir keine gestalterischen Möglichkeiten, die Zeit in Echtzeit darzustellen. Besser so. Sonst läsen Sie ewig an Müllers letztem Gefecht. Minutiös ausformuliert, kann es Wochen dauern, bis ein Aktendeckel zuklappt und der Mutmaßliche im Singular oder im Plural als Tatsächlicher verurteilt hinter Schloss und Riegel sitzt.

Was ich hervorheben will: Mit Amber Odermatt und Vlado Vakulic hat Kommissär Müller Benedikt zwei Top-Aspis gefunden. Die beiden geben wirklich ihr Bestes.

Mit jeder Zeile, die ich schreibe, mit jeder, die Sie lesen, quetscht sich eine weitere Sekunde durchs Nadelöhr der Gegenwart in Richtung Vergessen.

Odermatt und Vakulic visionieren und observieren.

Ad repetendum.

✳✳✳

Die Ex.

In der Notschlafstelle hat Lajos Szabó gestern die frühere Frau von Locher erwähnt. »Frühere Frau« = Scheidung = Scheidungsverhandlung = Akte beim Gericht und Eintrag im Zivilstandsregister. So macht Müller Karlheinz Lochers einstige Gattin ausfindig: Sarah Knutti (39).

Dass die Aspiranten gestern nicht auf sie gestoßen sind, erklärt sich wohl durch ihren Mangel an Erfahrung: vergessen, das Zivilstandsregister zu überprüfen. Ständig kann und will der Kommissär nicht Mikromanagement betreiben und jedes

Detail begleiten, anleiten, kontrollieren. Die Nachwuchskräfte sollen lernen. Erfahrung sammeln können sie nur, wenn er sie lässt. Dazu gehören Fehler und Versäumnisse. Vertrauen in die Mitarbeiter ist gut, ständige Kontrolle schadet dem Vertrauen. Müllerüberzeugung.

Sarah Knutti wohnt an der Hauptstraße in 4127 Birsfelden. Nicht feudal. »Hauptstraße« heißt die brrrm brrm Hauptstraße nicht grundlos. Müller erreicht Frau Knutti, als sie gerade vom Wochenendeinkauf zurückkehrt. Sie nimmt das Gespräch an, obwohl Nummer unbekannt. Sie ist etwas »A bout de souffle« (Jean-Luc Godard), also pustelos, weil 4. Stock ohne Lift, zwei volle Einkaufstüten, falls Sie das interessiert, vielleicht aus Marktforschungsgründen oder weil Sie uns alle allenfalls als Physiotherapeutin mit Tipps zur Vermeidung von Rückenproblemen versorgen können. Vergessen Sie's.

»Ja, ich bin heute Nachmittag zu Hause«, teilt Sarah Knutti dem Müller mit, »aber ich weiß nicht, ob es sich für Sie lohnt herzukommen. Mein letzter Kontakt mit Karlheinz liegt weit zurück. Acht, neun Jahre.«

Doch sie sperrt sich nicht dagegen, dass Müller und Wäckerlin in den Wagen steigen, um nach Birsfelden hinauszurollen.

Überblendung – oder doch lieber Kameraschwenk?

Außen. Tag. 14:45 Uhr. Trüb. Tief hängende Wolken. 0 Grad Celsius.

Im Hintergrund quietscht grün das Tram 3 vorbei.

Birsfelden, Hauptstraße, Altbau, rußgeschwärzte Fassade. Unglamourös, aber solide. »Ich und die Wirklichkeit« (Deutsch Amerikanische Freundschaft). Die Wahrheit. Das Leben. Manches verläuft anders als in Träumen, eigentlich das meiste. Hoffnungen zerbrechen, die Zukunft löst sich auf im Säurebad der Gegenwart oder bricht sich herunter in eine endlose Folge banaler und anstrengender Verrichtungen.

Sarah Knutti (39). Schulterlanges braunes Haar, zwei, drei graue eingewoben. Dunkelblaues Sweatshirt mit aufgedrucktem Pflanzenmotiv (weiß), Jeans, schwarze Socken, Birkenstockschuhe, Modell: Madrid in Silber. Dem Müller sympathisch. Unter ihren Augen zeichnen sich dunkle Schatten ab, leicht bloß. Sie huscht nicht behände wie ein junges Einhorn durch die nebligen Auen von Avalon. Sondern verkörpert gewissermaßen den heutigen Wochentag: Samstag, den Tag nach Mo-DiMiDoFr, wenn nach 42+ Arbeitsstunden zur Wiederherstellung einzig noch der So bereitsteht. Denn Samstag bedeutet: viel erledigen, StaubsaugenEinkaufenDieKinderherzenBeziehungpflegenAufräumenAnrufetätigenPutzenElterntelefonierenSchulproblemelösenBeiHausaufgabenhelfenAltglaswegbringenMalmitjemandemsprechenZeitungsstapeldurchlesenEtwasmitdenHändentunDerganzeAntiverblödungsabwehrkampfDenBodenaufwischenMitdenKindernrausundnichtnurdasMinimumanhäuslicherKommunikationUndsoweiter und hoffentlich genügend Ruhezeit und im Idealfall, wenn die Kräfte reichen, sogar etwas Spaß.

»Entschuldigen Sie die Unordnung«, sagt Frau Knutti zu Müller und Wäckerlin. Sie weist ins Wohnzimmer. »Ich bin noch nicht zum Aufräumen gekommen.« Der Kommissär fragt sich, wo sich die Unordnung versteckt haben soll. Vielleicht meint Sarah Knutti die Schultasche auf dem Boden neben dem Sofa oder die Zeitung auf dem Salontischchen, die geöffnete Post (Bank, Krankenkasse, Werbung) daneben oder die Gegenstände, die darauf hinweisen, dass hier auch Kinder leben: ein Tablet mit glitzernder Softgummihülle, mehrere Haargummis in Rosa und Hellblau …

Wohnzimmer also, Sofa, Tischchen, Kaffee. Der Kommissär informiert Sarah Knutti genauer darüber, was die Polizei über den Tod ihres Ex-Mannes weiß: »Opfer eines Tötungsdelikts« und »Dorenbach-Promenade« und »schwierige Lebensumstände«.

Sie wirkt getroffen und seufzt. »Das hat er wirklich nicht verdient«, sagt sie, fügt aber an: »Wir waren nur fünf Jahre zusammen. Wir haben nicht zusammengepasst, und …«

»Und?«

»Das wissen Sie selbst … der Alkohol. Er hat angefangen zu trinken.«

Müller schweigt still, betrachtet die graublauen Augen von Sarah Knutti und fragt sich, welche Pflanze auf ihrem Sweatshirt abgebildet sein könnte.

Sie fährt fort: »Klar hatte er Druck in der Bank. Die Bank Nordwest ... Druck, ja, aber kennen Sie auch nur einen Menschen, der bei der Arbeit keinen spürt?«

Kontra argumentieren kannst du nicht.

Seit neun Jahren habe sie keinen Kontakt zu Karlheinz mehr gehabt, präzisiert sie. »Bei der Scheidungsverhandlung ist er nicht einmal aufgetaucht«, ergänzt sie. »Da war ich richtig sauer. Aber hätte ich ihn wirklich sehen wollen? In seinem Zustand?«

Weder habe sie Unterhaltsbeiträge gewollt, noch hätte er welche bezahlen können. Ein Vermögen, das aufzuteilen gewesen wäre, gab es nicht – oder nicht mehr. »Er war schon weit unten angekommen.«

Sie habe immer gearbeitet, auch als die beiden Kinder ganz klein waren. Nach den Geburten nur kurz ausgesetzt. Unabhängigkeit wichtig. Kaufmännische Angestellte in einer Import-/ Export-Firma.

Müller und Wäckerlin sitzen auf Sarah Knuttis Sofa. Die Kinder? Sind, sagt sie, mit Freunden unterwegs. So habe sie zwei, drei Stunden Ruhe, um zu erledigen, was zu erledigen ist.

»Ihre Kinder sind ...?«

Sarah Knutti antwortet dem Kommissär: »Dreizehn und elf.« Nach einigen Sekunden fügt sie hinzu: »Karlheinz ...«, sie schüttelt langsam den Kopf, »das ist eine Ewigkeit her. Eine Freundin hat ihn mal gesehen, beim Claraplatz auf einer Bank.«

Nun.

»Vor einigen Jahren war das. Lena und Robin waren noch klein. Ich hatte keine Zeit für Nachforschungen ... und ehrlich gesagt auch keine Lust dazu. Karlheinz hatte sein Leben, ich meines ... Einen Alkoholiker von der Flasche wegbringen, der das selbst nicht will oder nicht kann, wer das versucht, geht kaputt. All das den Kindern zu erklären war schwierig.«

Sie schaut zuerst Müller, dann Wäckerlin an.

»Dass er nun tot ist, macht es nicht einfacher. Robin ist in der Pubertät. Er hat schon mehrmals nach seinem Vater gefragt. Dass er ihn nicht mehr kennenlernen kann, wird ihm wehtun.«

Müller nickt. Sarah Knutti spiegelt sich winzig in den graugrünblauen Kommissärsaugen. Winzig nur physikalisch, ideell dagegen riesig. Der Kommissär respektiert die Menschen sehr, die die Widrigkeiten in den Griff kriegen. Immer wieder aufstehen. Die, die sich nicht unterkriegen lassen und ... neu anfangen. Leben. Auch wenn es manchmal ████ schwer ist.

Mehr erzählt Sarah Knutti nicht vom Leben mit dem ermordeten Ex.

Doch sie nennt dem Müller drei Namen von damaligen ... als sie dieses Wort ausspricht, wirkt sie bitter, fällt dem Kommissär auf ... *damaligen* Freunden ihres Ex-Mannes. »Vielleicht kann Ihnen einer von denen weiterhelfen.«

Drei Namen: Brodmann. Dobler. Grieder.

Bohren, weiterbohren.

So welkt der Samstagnachmittag dahin: Telefongespräche mit diesen drei früheren Freunden und Arbeitskollegen von Locher. Wie es in Sarah Knuttis Tonfall mitschwang, erweist sich der Begriff »Freund« als dehnbar. »Donec eris sospes, multos numerabis amicos«, fasste Ovid (Tristia I 9, 5) diesen Sachverhalt einst zusammen: Hast du success, hast du Freunde, yes!

Ehemalige.

Alle drei beteuern, vom Toten seit Jahren nichts mehr gehört zu haben. Blitzartig sei der Kontakt abgebrochen, nachdem Locher aus der Bank ausgeschieden war. »Schade, eigentlich«, sagt keiner. Bedauern über seinen Tod lassen sie sich nicht abringen. Jedenfalls äußert keiner so etwas.

»Ich war noch einmal mit ihm essen«, erinnert sich Ex-Teamkollege Claudio Brodmann (42). Ihn erreicht der Kommissär beim Vapen auf der Terrasse seiner Eigentumswohnung in einer Terrassensiedlung in der Agglomeration. »Bei diesem Mittagessen hat er mindestens einen Halben gekippt und nur Unsinn erzählt. Darum war dieses Treffen unser letztes.«

»Was für ›Unsinn‹ hat er denn erzählt?«, hakt Müller nach.

Er ahnt, dass Brodmann die Augen verdreht, weil alte Geschichte, ewig her, das brauchst du alles nicht mehr, und so ist es. Der Finanzfachmann antwortet: »Das ist eine alte Geschichte, ewig her, das brauche ich alles nicht mehr. Es war eine strange Begegnung ... Er hatte definitiv das falsche Mindset.« Verbittert, frustriert sei Locher gewesen. Nach einigen Sekunden setzt Brodmann hinzu: »Er hat einfach die falsche Version seines Lebens gelebt.«

Ebenfalls plus/minus gleich null das Ergebnis der Bemühungen des Kommissärs, von Silvan Dobler (46) Fallrelevantes zu erfahren. Dobler ist beim Mülleranruf gerade dabei, in seiner privaten Bar seine schottischen Whiskys zu kuratieren. Sich mit Destilliertem zu beschäftigen bringt ihn zur Ruhe und hilft seiner Resilienz, wenn er den Stürmen der Börsenblasen und den SMI- und SPI-bedingten emotionalen Achterbahnfahrten trotzt. In seinem Single-Malt-Refugium fühlt sich Dobler von Müller so stark gestört, dass er ihm bloß einsilbig antwortet. In der Regel: »Nein.«

Feinde? Gegner? »Nein, woher auch.« Seltsame Äußerungen? »Hm. Nein. Nicht sehr. Eher uninteressant, eine andere Welt.« Unsinn? »Nicht mehr als andere auch.« Kriminelle Verstrickungen? »... sonst noch etwas? Sicher nicht.« Silvan Dobler denkt aber (und dem Müller geht genau das durch den Kopf): Ich würde es doch keinem Polizisten unter die Nase reiben, wenn wir je mit ... Grenzwertigem ... zu tun gehabt hätten oder ... nun ja ... unorthodox und out of the box vorgehen.

Klar ist: Die einst freundschaftlich mit Karlheinz Locher verbunden waren, bemühten sich nicht darum, diese Freundschaft fortzusetzen, nachdem ihm die Bank Nordwest den blauen Brief geschickt hatte. Durch dick und dünn gehen? Wer ist dazu schon bereit? Was sollten diese Herren auch wissen über den Tod ihres Ex-Kollegen? Acht, neun Jahre danach?

Die Kripo dagegen muss versuchen, etwas herauszubekommen. Und deshalb ruft Müller den dritten Mann an, Roger Grieder (52).

»Der Salon du cigare im ›Trois Rois‹ … am Ende des Tages war das für ihn klar nicht mehr das richtige Setting. Das passte nicht mehr«, äußert sich der. Während des Telefongesprächs mit Grieder hört Müller im Hintergrund Lautsprecherdurchsagen, viel Hall, entfernt Stimmen, etwas piept. Eine Kasse? Das Warnsignal eines Gabelstaplers? Hält sich Grieder, zurzeit Senior Consultant eines Pharmaunternehmens, in einem Baumarkt auf? Ist er aus einer Burn-out-Klinik in ein Shopping Center geflohen? »Früher haben wir im ›Trois Rois‹ öfter das Wochenende eingeläutet. Bilanz der Woche gezogen. Uns ausgetauscht, Informationen geteilt. Nachdem er die Firma verlassen hatte, kam er nicht mehr.«

»Haben Sie sich denn darum bemüht?«, fragt Müller. »Haben Sie ihn eingeladen, er solle sich wieder einmal zeigen?«

»Sicher nicht. Ich war ja nicht seine Nanny. Was einer tut, hat Konsequenzen. Sie als Polizist wissen das, nicht? Er hat sich selbst hinausmanövriert. – Sein Fehler.« Er hängt einen Hauptsatz Klartext an: »Einen Säufer brauchst du nicht im Freundeskreis. Das zieht dich nur selbst runter.«

Vor allem, wenn der Säufer keinen Job mehr hat, denkt der Müller. Dessen Verbindungen sich aufgelöst haben. Dessen Netzwerk implodiert ist. Dann bist du bei deinen Cigar-Lounge-Spezis non gratus blast off nicht mehr willkommen, und deine … Freunde behandeln dich wie einen Aussätzigen. Wo lernt man das, so mit einem Kollegen umzugehen? Woher die Angst, dass Abstürzen ansteckend ist? Zieht Ruin Ruin nach sich?

250'000 bis 300'000 Menschen in der Schweiz sind Alkoholiker.

12.6 Prozent der Bevölkerung zwischen 18 und 64 trinken so viel, dass sie ihre Gesundheit gefährden.

»Gar. Nicht. Gut.«

Ist einer schließlich draußen, ist er draußen. Die Lücke, die sich kurzzeitig öffnet, wird gleich wieder gefüllt. Sofort rückt jemand auf die Position des weggeschwemmten Lochers nach. Wer draußen ist, geht bald vergessen.

Warum hat Karlheinz Locher überhaupt mit der Sauferei begonnen?

***

Immer noch Samstagnachmittag.

Im Waaghof Müller (Telefon), Wäckerlin und Dominguez (Datenbanken), Gormann (Nachbearbeitung anderer Fälle) sowie Odermatt und Vakulic (Überwachungsvideos vom Bahnhof SBB). Allmendinger hat frei (Besuch bei Großmutter in Pflegeheim).

***

»Dark Star« (USA, 1974, Regie: John Carpenter).

Draußen hat die Sonne längst auf Energiesparmodus umgestellt und sich aus der Wirklichkeit verzogen. Der Februar drückt jedem Zweifel die Luft ab: Dunkelheit beherrscht den Planeten Terra, der Fixstern ist lediglich Staffage, eine Illusion, ein Hohn. Meteorologische Rahmenbedingungen: + 1 Grad Celsius, Wind 12 km/h aus NW, Luftfeuchtigkeit 71 %, einsetzender leichter Regen.

Im Großraumbüro des Teams Müller entfährt Amber Odermatt gegen 18:30 Uhr ein Schrei, halblaut zwar nur, doch Vakulic, am Computer neben ihr, wird aus seiner Bildschirmhypnose gerissen, »jäh« könnte man sagen, vielleicht sogar »jählings«, denn die Aspirantin ruft: »Ich glaube, ich habe ihn gesehen, Vlado.«

Der dreht sich zu seiner Kollegin und blickt auf ihren Bildschirm, während sie die Aufnahme um einige Sekunden zurücksetzt und mit dem Finger aufs stehende Bild zeigt, das nun wieder anläuft. »Hier, siehst du … hier … kommt er die Rolltreppe herunter«, sagt sie, »das muss Locher sein.«

Vlado nickt. »Ruf du den Chef an«, sagt er. Weil Amber hat schließlich dieses Mosaikstückchen gefunden.

Zeitanzeige auf der Aufnahme: »14. Februar, 22:37«.

FÜNF

Buona domenica, ragazzi!

Sonntag, 17. Februar. Wir klagen nicht darüber, dass wir auch diesen Tag, die potenziell vierundzwanzig Relax- und Wellnessstunden, nicht einem Gugelhopf, einem Heimspiel oder anderen Lustbarkeiten widmen oder ausruhen können, wie's Körper und Geist wohltäterätätä.

Ein Mann hat sein Leben verloren, darum ruht die Sonntagsruhe. Wir wollen es. Weil wir aus Überzeugung Polizist- und -innen geworden sind: die Welt ein bisschen verbessern, damit sie hoffentlich ein Quäntchen weniger schlecht wird; die Schwachen vor ungerechten Starken schützen; gleiches Recht für alle durchsetzen. Bitte lesen Sie in der Bundesverfassung die Präambel und den Katalog der Grundrechte – Art. 7 bis 36 – durch. Wer diese Werte nicht vorbehaltlos teilt, hat im Polizeidienst nichts verloren. Meine Meinung.

Gut, Sonntag also, der Tag, an dem die Büros geschlossen sind, die Menschen familiär eingebunden, alleine oder mit Freunden beim Brunch. Oder freizeitbedingt unabkömmlich »oben« (in den Bergen) oder »unten« (im Tessin), wo sie ein Häuschen besitzen, das 48 Wochen pro Jahr leer steht.

Müller und seine Mannschaft durchkämmen erneut die Wirklichkeit.

Der Kommissär und Valérie Allmendinger fahren zuerst an die Wallstraße. Nah am De-Wette-Park und einer Privatbank, umgeben von Geschäftshäusern, kaum Wohnhäuser. Pünktlich um 10:00 Uhr öffnet das Tageshaus für Obdachlose. Drei Stufen hoch, dann wartet die Wärme. Bis 17:00 Uhr, am Wochenende bis 16:30 Uhr, können sich Menschen hier vor der Kälte und der Welt zurückziehen. Duschen, Kleider waschen. Wem es an Bekleidung fehlt oder wenn sie kaputt ist, kann welche bekommen. Einen Computer mit Internetverbindung gibt es hier, gleich beim Eingang, und achtzehn Schließfächer, wo man seine Sachen verwahren kann. Im ersten Stock kann man für drei Franken mittagessen. Mit Salat und Dessert. Dreißig bis vierzig Personen nehmen jeweils dieses Angebot wahr. Am Wochenende, wenn die Gassenküche geschlossen ist, sind es etwa zwanzig mehr.

Im kleinen Hinterhof, ausgelegt mit Zementplatten, sitzen vier Raucher, zwei mit Bierdose. Das wird toleriert, Schnaps und harte Drogen nicht. Um die Aggressionen nicht zu schüren. Ruhe ist wichtig.

Das Locher-Foto zeigen. Die Nachricht von seinem Tod hat sich bereits verbreitet. Zwei der Raucher kannten ihn, geben aber an, ihn am Donnerstag nicht gesehen zu haben. Wo er wohnte, wissen sie nicht.

»Der Schlafplatz ist geheim. Den verrätst du keinem«, sagt der eine Biertrinker, Balz Schläfli (54), einst Handwerker, in den Privatkonkurs getrieben durch zwei Großkunden, die ihre Rechnungen nicht beglichen hatten. Darum Stress für Schläfli, psychische Schwierigkeiten, Alkohol, auf Wiedersehen.

Die anderen drei im Hinterhof des Tageshauses für Obdachlose können Müller und Allmendinger nichts Neues mitteilen. Auch die übrigen Menschen nicht, weder die Gäste, die langsam eintrudeln, noch die Mitarbeiterinnen und Mitarbeiter und auch nicht der Zivi.

Diesen Morgen verbringt die Müllerequipe an den Orten, wo Alkohol und Drogen und die Konsumentinnen und Konsumenten dieser Substanzen weder vom Standortmarketing wegretuschiert noch von der Politik fortbeschönigt sind. Da, wo diese Männer und Frauen halbwegs toleriert sind und nicht weggewiesen werden. Beim Bahnhof, im De-Wette-Park, auf dem Claraplatz, auf der Claramatte, im Matthäusquartier und in der Dreirosenanlage. Willkommen sind sie nirgends.

Sonntag, der Tag, an dem die Geschäfte größtenteils geschlossen sind, damit das Personal Tageslicht und seine nächsten Angehörigen sehen kann. Beim heutigen ███-Wetter wären ohnehin kaum bar und per Karte Bezahlende unterwegs. Ein Sonntagsverkauf würde nicht zu Cash. Deshalb bleibt im öffentlichen Raum vor allem ein Bevölkerungssegment sichtbar, capisci? Auf der Straße, den Plätzen, den Parkbänken, im Schutz der Hauseingänge, Tramhaltestellenunterstände und der Brücken am Rheinufer: Leute, die aus dem Gleis gefallen sind, auf das die Gesellschaft sie gerne gesetzt hätte. Männer und Frauen, die Pech hatten, viel mehr Pech als andere. Die betrogen wurden, enttäuscht, oft ausgenutzt, weggeworfen, ausgestoßen. Denen es zu viel wurde, die nicht mithalten konnten. Alkis, Junkies, Menschen mit psychischen Problemen, Koksnasen, Multitoxikomane, Heroin-Verlierer, Crystal-Meth-Zerstörte, Crack-Leichen, LSD-Spinner, Wirrköpfe, solche, die einfach nicht zurechtkommen, Schnapslebern … Dass Müllers Vater kaum einen Tropfen angerührt hat außer im hohen Alter ein Glas Roten »zur Senkung des Blutdrucks«, das versteht leicht, wer täglich das Elend auf der Straße sieht. Bei Müllers Vater waren es ehrbare Männer im Dorf, hartgesottene Fans der Brauereien und Destillerien.

Näherst du dich diesen Menschen und erkennen sie dich als Polizisten, lösen sich Ansammlungen auf wie Instantkaffee bei Kontakt mit heißem Wasser. Die mit Stoff in der Tasche verdunsten sofort. Die, die gesucht werden. Die, die täglich, stündlich, sekündlich einen verdammten Mordsriesenstress haben, um Geld zu besorgen, und deshalb dauernd umherhetzen. Sucht ist Stress. Sie kennt keine Vernunft.

Unmenschlich sind der heroinische Imperativ und die Fentanylpflicht, die ihre Opfer vor sich her jagen, damit diese sich in jeder wachen Minute den ▆▆▆▆ aufreißen, um sich diesen Dreck zu besorgen. Und wer profitiert? Moralische Nihilisten, skrupellose Verbrecher, organisierte Unmenschen streichen Unsummen ein und verdienen am Tod auf Raten der Verdammten dieser Erde. Die größten Verbrecher treiben sich nicht in der Stadt herum, sondern sitzen komfortabel irgendwo und reiben sich die Hände. Von der Straße weg pflückst du die nicht.

Prozedur wie am Freitag beim Bahnhof SBB, wie in der Notschlafstelle, wie in der halben Stadt: Du ziehst das Foto von Karlheinz Locher aus der Tasche und hältst es ins Sichtfeld möglicher Auskunftspersonen. Nicht alle zischen sofort ab, manche kennen dich – hoffentlich / könnte sein / bitte – als Nichtunmensch. Erinnern sie sich daran, dass du als Polizist schon Streit geschlichtet hast, schwierige Situationen entschärft, Aggressionen deeskaliert? Dass du, Bulle, den einen oder anderen an einem brutal harten Wintertag an einen warmen Ort gebracht hast?

Die Freund-und-Helfer-Formel brauchen wir nicht zu bemühen, weil uns manche keinen Buchstaben davon glauben, sondern sie klauben aus des Hirnes Lauben Erinnerungen an hart erlebte Repression.

»Wir ermitteln wegen des unnatürlichen Todes dieses Mannes«, sagst du laut und verständlich, damit alle verstehen, dass heute die Handschellen höchstwahrscheinlich an deinen Gürtel geschnallt bleiben, die Waffe das Holster nicht verlassen wird und die Zellen in der Clarawache oder im Waaghof ziemlich sicher, ich schwöre, keine frischen Bewohner bekommen werden.

Außer du hättest etwas zu verbergen in Sachen Karlheinz Locher?

Und das hast du nicht, oder?

Bei Biswind und einem Regen, der laviert und zögert, ob er nieseln oder als Schauer aus den Wolken herunterschießen will, vernimmt das Müllerteam jeweils zu zweit an den einschlägigen Aufenthaltsorten der Hänger und Heimatlosen etliche Personen. Wir präzisieren: Sie bemühen sich, die Vernehmungsfähigen einigermaßen einvernehmlich einzuvernehmen. Wir fragen, fragen, fragen, fragen, laufen, laufen, laufen, laufen und zeigen, zeigen, zeigen das Locher-Foto.

Neues bringt das Müllerteam an diesem Morgen zwar nicht in Erfahrung, aber möglicherweise hat es ein wenig guten Willen geschaffen und klargemacht, dass die Polizei viel Manpower in diesen Fall investiert und sich nicht nur pro forma für das Ende des Obdachlosen Locher interessiert.

Aufwärmen. Nach Befragungen im Umkreis des Claraplatzes essen Müller und Allmendinger im Schnellimbiss Dürüm Döner. Gut gefüllt, straff gewickelt, dazu eine Cola. Müller hat sich bereits 48 Prozent seines gefüllten Fladens einverleibt, Allmendinger steht bei 37. Apropos Zahlen: Müllers aktuelle Werte: Hunger + 85; Charisma + 84; Tatkraft + 90; Energie + 92; Humor + 24. Abgesehen vom Humorquotienten, kann er mit sich zufrieden sein.

Unterbruch durch den Ton des mobilen Geräts. Chef Krähenmann. Auch er verzichtet am Sonntag nicht mitnichten auf Akteneinsichten und lässt seine Karriere nicht schleifen. Er fragt den Kommissär nach den Fortschritten. Müller hat wenig zu berichten.

»Macht für heute Schluss, Beni. Schick deine Leute nach Hause«, sagt Krähenmann gönnerhaft.

Müller wundert sich. »Wir stecken mitten in der Arbeit. Wir haben einen Toten.« Fast hätte er hinzugefügt: Der ist noch gar nicht richtig kalt.

Der Erste Staatsanwalt a. i. lässt den Zeiger einige Strichlein weiterzucken und antwortet: »Das kann doch bis morgen warten, nicht?«

Dann tschüsst er sich aus der Verbindung. Müller schließt aus der Feierabendanweisung … a) dass der Chef den abgestürzten Ex-Bankangestellten offensichtlich als wenig prioritär erachtet, b) dass Krähenmann das Budget schonen will (Sonntagszuschläge und Zeitgutschriften) und c) dass Thomas trotz Duzfreundschaft mit dieser Anordnung auch betont, dass organigrammatikalisch *er* die Krone aufhat und nicht der Kriminalkommissär.

Nun gut. Müller atmet tief ein und aus. Zum Jahreswechsel hat er sich vorgenommen, sich von Chef-Interventionen nicht mehr aus der Ruhe bringen zu lassen. Er weiß ja auch, dass er keine Wahl hat. Die Hierarchie ist klar.

Per Kurzmitteilungsdienst schickt er deshalb seine Leute nach Hause. Allmendinger verabschiedet er nach dem Dürüm persönlich. Selber bleibt er auf der Kommandobrücke, das heißt zunächst einige Minuten länger im Imbiss. Vor dessen Glasfront die Tramhaltestelle Claraplatz. Das Tram Nummer 8 hält. Menschen steigen aus und ein. Die Hälfte telefoniert, die andere starrt das Gerät in der Hand an. Totalhypnose flächendeckend. Niemand spricht. Keiner achtet auf einen anderen. Als wäre jeder einzeln in eine Seifenblase voller Sauerstoff gesperrt, die ziel- und sinnlos durchs All schwebt, vermutlich dem schwarzen Loch entgegen. Aufgesogen, verschwunden, vernichtet, Odyssee nullnullnull, dunkle Materie. Und das am Sonntag, dem Sonnentag.

Müller wischt sich mit der Papierserviette den Mund ab. Nochmals durchatmen. Einige Kaffeeminuten, dann → Waaghof. Im Büro bleiben unter der Woche stets Megabytes an Arbeit liegen. Wie die übrige Polizei ist das Kriminalkommissariat generell unterdotiert. Muss er als Kommissär manchmal eben am siebten Tage Extraüberstunden leisten, um Rückstände aufzuholen, Pendenzen zu minimieren. Zusatzstunden gehören zum Job, sind Teil seiner Funktion als Polizeioffizier. Müller steckt seine ganze Kraft in diese Arbeit, weil ihm die Stadt und ihre Menschen nicht egal sind. Karlheinz Locher ist ja bei Weitem nicht sein einziger Fall. Muss sich der Kommissär überwinden, als Einziger seines Teams den Sonntagnachmittag nicht dienstfrei zu verbringen? Nach einem Vierteljahrhundert Polizeiarbeit stellt er sich diese Frage nicht mehr. Es ist, wie es ist.

Im Zurückfahren in den Waaghof Gülay benachrichtigen, dass auch heute nicht Familiensonntag in Vollbesetzung? Das muss Müller nicht. Ankündigen müsste er eher, falls einmal das Gegenteil eintreten sollte. Weil Polizei = unregelmäßige Arbeitszeiten. Pikett, Unvorhergesehenes, Unplanbares, Notfälle … Das musst du im Kopf behalten, wenn du dich privat ♥ auf eine Polizistin, einen Polizisten einlässt. Und Gülay, klar, weiß das, weil selbst bei Cybercrime und früher bei der Müllermannschaft.

Müller ruft Gülay dennoch an, weil Amore und freundliche Stimme. Das kann er in diesem Moment brauchen.

SECHS

Bürowelten.

Montag, 18. Februar. Kein Wort über das Wetter, keines, sonst werden wir grantig. Über Nacht ist's nämlich unangenehm lauwarm geworden. Müllers und Wäckerlins telefonische Befragungen von Lochers ehemaligen Arbeitsplatzfreunden haben am Samstag zwar nichts ergeben. Dennoch unternimmt es Detektivin Allmendinger heute, weil weltumspannend die Büros wieder besetzt, sich in die Warteschleifen des Großbanktelefonsystems zu begeben. Mental muss man ausgeruht sein, um die urheberrechtsfreie Beinahemusik im Ohr so viele Minuten auszuhalten.

Ziel: sich zu Mitarbeitern durchfragen, die Locher kannten und noch nicht aus der Bank Nordwest ausgeschieden sind. Die Human-Resources-Abteilung müsste Informationen über ihn aufbewahrt haben.

Niemand wundert sich, dass in Großbetrieben der Personalbestand stetig im Fluss ist. Die einen werden runtergespült, andere gehen ins Wasser, manche schwimmen weiter. Die Verantwortlichen wechseln hui und pfui, heute Bonus, morgen Ausschuss. Manch einer fällt vom Karussell, geht straight to hell und verschwindet, aus die Maus, aus dem Bürohaus. Kommt dazu: In modernen Organisationsmodellen ist wegen der *flachen* Hierarchien oft für alles und nichts jeder und niemand zuständig. Von Saison zu Saison wogen die Kompetenzen hin und zurück. Bloß nicht versuchen, die Matrix zu durchschauen, wenn du als Polizistin Allmendinger in dieses Gewirr hineintelefonierst. Du willst nur Namen, Namen und intern weitergeleitet werden. Es ist jedoch uneinfach, an handfeste Informationen zu gelangen. Denn wer kennt in der Bank Nordwest die einzelnen Mitarbeiterinnen und Mitarbeiter genauer? Die Fach- oder Linienführung hat keiner so richtig ad personam inne. Vielleicht schaltet und waltet oben ein Strategie-Board oder eine Steuerungsgruppe? Oder eine Projektleitungsperson oder ein Funktionär, der leider gerade abwesend oder unerreichbar beschäftigt ist, unabkömmlich, weil »in einem Meeting«. In aufsteigendem Dreiklang zu singen: »Meeting! Meeting!! Meeting!!! Meeting!!!!«

Meeting … diesen Begriff bekommt Detektivin Allmendinger heute am Telefon x-mal zu hören. Er kann vieles bedeuten: verlängerte Mittagspause, extended Pinkelbreak, Strategiebrainstormingkickoffbriefing, Powernap, Einzelabreibung beim Vorgesetzten, Terror per Powerpoint – und eben auch: Sitzung.

Als die Muzakdudelei in der Leitung endlich abbricht und Valérie Allmendinger einen HR-Mitarbeiter am Ohr hat, ist es 09:14 Uhr. Die Kriminalpolizistin muss etwas unangenehm werden, von »Behinderung einer Amtshandlung« und »unkooperativem Verhalten« und einem »Nachspiel« raunen, bis der arme HR-Kerl, der sich das anhören muss, seine Chefin aus dem … Meeting holt. Sie heißt Anna-Barbara Schulthess. Allmendinger fragt nach Informationen über Karlheinz Locher und seine engeren Arbeitskollegen von damals. Schulthess sucht »auf dem Drive« oder »im Sharepoint« die Personalunterlagen des Toten. »Ja … hier sind sie.« Sie kann daraus … sie klickt und scrollt … scrollt weiter … sie liest … über etliche Jahre »nein, über die ganze … Dauer des Beschäftigungsverhältnisses … kann ich nichts Negatives finden, nein, gar nichts«. Im Gegenteil. »Karlheinz Locher hat mehrmals beträchtliche Boni ausbezahlt bekommen, bis er schließlich … retour gerechnet, vor knapp zehn Jahren … Doch! Da …« Hier zögert, ja verstummt die Kaderfrau.

»Sprechen Sie bitte weiter«, drängt Valérie Allmendinger.

»Es ist nur …«, versucht HR-Chefin Schulthess zu antworten, vervollständigt den Satz nicht, setzt ihren Bericht jedoch nach zweitausend Tausendstelsekunden wieder aufs Gleis: »Er hatte ein Alkoholproblem.«

Die Detektivin signalisiert, dass sie zuhört: »Mhm.« Und sie schiebt ein ermunterndes »Ja?« nach. Dieses Alkoholproblem ist seit der postumen Leberschau des forensischen Pathologen Haberthür erwiesen. Wie lange es schon bestand, entzieht sich der Kenntnis der Kripo.

Anna-Barbara Schulthess fährt fort: »Hier sind mehrere … Sitzungen mit einer betriebsinternen Psychologin verzeichnet … nachher hat er eine externe Beratungsstelle aufgesucht, Suchtberatung, soweit ich sehe.«

Kurze Stille. Der Atem von Anna-Barbara Schulthess.

Durch die Leitung hört Allmendinger, wie die Human-Resources-Verantwortliche der Bank Nordwest im Bürohaus beim Aeschenplatz in 4052 beziehungsweise postalisch in 4002 (Postfach) auf die Tastatur eintippt und mit der Maus klickt.

»Und schließlich hat … musste ihn mein … Vorvorvorgänger entlassen. Genau. Das ist alles, was wir im System haben. Mehr kann ich Ihnen nicht sagen.« Für Schulthess scheint damit das Thema abgeschlossen.

Irrtum. Allmendinger fragt: »Sie hatten mit Herrn Locher also nie persönlich zu tun?«

»Nein, damals war ich noch nicht in diesem Unternehmen. Herrn Lochers Freistellung ist in die Zeit von … hmmm, hier steht sein Kürzel … eben … einem meiner Vorgänger … gefallen.«

»Name?«

»Den darf ich Ihnen nicht einfach so –«

»Herr Locher ist tot, Frau Schulthess, ermordet. Um seinen Tod aufzuklären, brauchen wir Informationen, und zwar möglichst schnell«, fasst Valérie Allmendinger nach. Kleine Pause. »Wie lautet der Name Ihres Vorvorvor, der Karlheinz Locher entlassen hat?«

»Entlassen *musste*«, korrigiert die HR-Chefin.

»Nun gut, ›musste‹. Nennen Sie mir jetzt bitte den Namen.«

Draußen fallen Regentropfen, Allmendinger hört sie ans Bürofenster klopfen.

»Es widerspricht unseren Gepflogenheiten –«

»Den Namen Ihres Vorgängers bitte. Machen Sie die Sache nicht unnötig kompliziert. Die Staatsanwaltschaft …«, ein Wort, das den Sesam ohnehin per Durchsuchungs- oder Vorführbefehl entriegeln würde.

»Datenschutz«, merkt Schulthess etwas verzagt an, während Allmendinger mit punktgenauem Präzisionsschweigen dagegenhält.

Einmal seufzen, zweimal atmen, einmal sagen: »Alain Liechti.«

»Danke schön!« Häkchen dahinter, auch bei Liechti wird die Polizei ansetzen. Aber Valérie Allmendinger hat noch immer nicht genug und wiederholt die Frage, die sie zu Beginn des Telefonats gestellt hat: »Mit wem hat Herr Locher besonders eng zusammengearbeitet?«

Bank-Nordwest-HR-Chefin Schulthess seufzt und verspricht, die Akte Locher auszuwerten, intern Erkundigungen einzuziehen und sich »möglichst bald« zu melden.

»Möglichst *schnell*«, unterstreicht die Polizistin die Dringlichkeit und fragt – nur so eine Idee: »Hatte Karlheinz Locher mit heiklen Geschäften zu tun?«

Verschlägt es Anna-Barbara Schulthess für eine Mikrosekunde die Sprache?

»Heikle Geschäfte?« Sie macht eine Pause. »Für diese Art von Auskünften muss ich Sie definitiv an unsere Rechtsabteilung verweisen. Die Kontaktperson heißt …«

… Dr. iur. Dexter Flury. Er ist Head of Compliance. Seine Stelle ist für die Einhaltung von Recht und Regeln zuständig, »unter besonderer Berücksichtigung unserer hohen ethischen Grundsätze«, wie er am Telefon gegenüber Detektivin Allmendinger erläutert. Ja, bestätigt er, Karlheinz Locher sei seiner Organisationseinheit bekannt. Er, Dr. iur. Flury, könne über diesen früheren Mitarbeiter jedoch nicht fernmündlich berichten, weil …

Könnte ja irgendwer anrufen. Einer dieser Journalisten, die obsessiv die Finanzwirtschaft diskreditieren wollen. Wenn sich die Anruferin dagegen persönlich in den Hauptsitz der Bank Nordwest an der Sankt-Alban-Anlage bemühen würde, könnte Dexter Flury verifizieren, ob Frau … wie war noch der exakte

Name, Vorname, Dienstgrad, Name des Vorgesetzten? ... tatsächlich dem Kriminalkommissariat angehöre, weil sie doch bestimmt ihren Dienstausweis –

»Wir sind schon unterwegs. Inklusive meines Vorgesetzten«, unterbricht ihn Allmendinger. Sie verwendet die mächtige erste Person Plural, die eine Zweierpatrouille ebenso in Aussicht stellt wie den Einsatz eines kompletten Zugs der Eliteeinheit. Guter Schachzug der Detektivin.

»Verstehen Sie mich richtig –«

»Gewiss«, sagt Allmendinger, »gewiss. Bleiben Sie bis dahin in Ihrem Büro. Sankt-Alban-Anlage, das wissen wir.«

Dr. iur. Dexter Flury bleibt keine Alternative. Allmendinger – Energiewert aktuell 98 %, Charisma 97 %, Durchsetzungsvermögen 100 % – saust aus dem Kripo-Gemeinschaftsbüro und ruft über den Gang den Müller. Er reagiert sofort. Denn er freut sich, vom Computer wegzukommen.

Aus Umweltschutzgründen, CO_2 und so weiter, fossile Brennstoffe, Fuck Oil, könnten wir locker zu Fuß zum Aeschenplatz spazieren und die zweihundert Meter die Sankt-Alban-Anlage hinaus zum Gebäude der Bank. Zwanzig Minuten maximal, den Kopf lüften, das Herz klopfen hören. Doch als Polizei musst du auch fürs Auge was hermachen. Zwei Fußgänger, das beeindruckt niemanden und riecht nach Schlendrian. Ein dunkelblauer Skoda dagegen und erst recht ein Streifenwagen ...

Also Option Streifenwagen.

Go.

Bisschen gemein vom Müller, weil Streifenwagen → Aufmerksamkeit → Leserreporter/Newsscout → Gratisblatt/Internet → potenzieller Reputationsschaden für das Finanzinstitut, weil im Normalfallworstcase **sofort** Schlagzeile dick, fett und laut: **Polizeieinsatz bei der Bank Nordwest!**

Nebenbemerkung: Viel Wichtiges, Tragisches, Schwerwiegendes ereignet sich in Wirklichkeit unsichtbar. Steuerhinterziehung etwa, Geldwäsche, Betrug, Spionage, Waffenhandel, Menschenhandel, Sexualdelikte, Ehrverletzung, Rassismus,

Antisemitismus und Hass wandeln nicht unbedingt in 3D und Technicolor durch die Stadt und rufen: Hallo, da sind wir.

Die Müllersche Drei-I-Regel:

Irgendwas
Ist
Immer.

Die Reifen kreischen, als Allmendinger den Streifenwagen auf dem Trottoir vor dem Bankbürohaus zum Halten bringt. Sie schaltet den Motor ab und lässt das Blaulicht noch einige Sekunden drehen. *Gyrophare* nennt es sich en français, ist ursprünglich Griechisch und bedeutet: der Leuchtturm, der sich dreht. Jedem Besucher der Bankverwaltung, jeder Passantin kann das Tohuwabohu nicht entgehen: Police in the house! Police in the house!

Sie und der Kommissär aus dem Wagen.

Porte, Portier, guten Tag. Oben anrufen, warten im Wartebereich ... das, gopf, hängt, gopf, jedem Zeitgenoss, gopf, -en und -in aus dem Hals heraus. Weil überall dasselbe: Schleuse, Portier, oben anrufen. Wartebereich. Bitte nehmen Sie Platz, Sie werden abgeholt, Frau Austauschbar kommt sofort und wird Sie zu Herrn Apparatschik begleiten ... Da sehnst du dich sogleich in die Steinzeit zurück, wo das geheuchelt-freundliche Hochglanz-Fuck-Off noch nicht erfunden war. Sondern Knüppel poing auf den Kopf. Das war wenigstens ehrlich. Wenn auch rabiat und rechtsstaatsfern.

Egal, jetzt: 21st Century ... das heißt: schöne neue Welt. Eine junge Frau in Business-Uniform nähert sich, Gesicht grundiert mit viel Make-up. Sie lächelt pflichtenheftkonform. Wie Tausende von Besuchern zuvor haben wir ihren Namen sogleich wieder vergessen. Sie führt den Kommissär und die Detektivin zum Lift und fährt mit ihnen in den fünften Stock, geleitet sie um Ecken und Korridorbiegungen. Jeder Schritt geschluckt von Spannteppichen, um die herum lange Gänge errichtet worden sind. Die Wände schmücken Bilder aus der Sammlung der Bank-Nordwest-Kunststiftung, die mehr Aufmerksamkeit verdienen würden. Frau Begleitung, Kommissär Müller und Detektivin

Allmendinger wandern vorbei an Legionen grau kunststofffurnierter Türen ... Signal: Hier ist Einzelbürozone = wichtig, eminent wichtig und vertraulich, bisher nicht vom Großraumvirus erfasst ... bis zu einer Tür, neben der ein Schild angibt, dass hier ...

... Dr. iur. Dexter Flury, Compliance, seinen Computer stehen hat.

Begrüßung, eintreten, bitte Platz nehmen. Einrichtung Büro ähnelt wie ein Geier dem anderen, deshalb überspringen wir es, das Office Landscape Design zu describen. Weil oft gesehen, und Müller und Allmendinger sind nicht als Büroeinrichtungsshowroombesucherin und Büroeinrichtungsshowroombesucher hier.

Weißes Hemd, Schlips, senfblaues Jackett, Scheitel links, Dr. Flury (47) wirkt korrekt, präzise ausgepegelt zwischen strikter Funktionalität und kooperativer Kühle. Vor ihm auf der blitzblanken Platte des Sitzungstischs (hellgrau, bakteriorepellent, virophag) steht sein Laptop. Daraus wird er dem Kripo-Duo gleich ausgewählte Informationen zitieren.

Offensichtlich hat sich Flury bereits etwas kundig gemacht. »Fast zehn Jahre ist diese Geschichte nun her«, sagt er. Nun darfst du als Polizist nicht fragen »Welche Geschichte?«, sondern konsequent Pokerface, undurchdringlich, ausdruckslos, Teflon. Das lernst du im Modul »Verhörtechnik« als Erstes.

Offenbaren soll sich nämlich der andere, der Befragte, der auf dem festgeschraubten Stuhl sitzt, der mit dem Rechtsbeistand. Den du durch deine geschickte Fragetechnik überführst. Du bist der Schwamm, der die Aussagen aufsaugt und filtert und als sauberes Protokoll dem Staatsanwalt übermittelt. Gut, hier anderes Setting: Auskunftsperson. Darf der Müller nicht grimmig. Selbstkontrolle.

Der Kommissär nickt und tut dezidiert nichterstaunt wegen der »Geschichte«, die »fast zehn Jahre« her sein soll. Er sagt: »Wir würden die Details gerne von Ihnen hören, Herr Flury, in Ihren Worten.«

Flury gestikuliert zu seinem Rechner hin. »Dokumentiert

ist, dass Karlheinz Locher … mit zwei anderen Mitarbeitern bei einem Anlagegeschäft nicht … nun, nicht korrekt vorgegangen ist.«

Müller und die restliche Polizei haben allerdings längst überprüft: Locher ist nicht vorbestraft, sein Strafregisterauszug leer. In den polizeilichen Datenbanken taucht sein Name nirgends auf – außer wegen einer Buße wegen geringfügigen Überschreitens der erlaubten Geschwindigkeit vor vierzehn Jahren. Präzisierung: Dieser Eintrag ist längst gelöscht.

»›Nicht korrekt vorgegangen‹ … das bedeutet?«, fragt der Kommissär.

Der Jurist konzentriert sich auf seinen Bildschirm und liest. Allmendinger rutscht etwas zur Seite, um aus einem günstigeren Winkel vielleicht einen Blick darauf zu erhaschen. Flury bemerkt das und dreht den Rechner beiläufig weg, damit sie nichts erkennen kann.

»Locher und zwei weitere Mitarbeiter unserer Bank … *ehemalige* Mitarbeiter natürlich … haben …«, sagt Flury langsam, weil er gleichzeitig liest, denkt, die Informationen filtert und spricht, »versucht, Kunden um Geld zu betrügen. Geld, das diese anlegen wollten, haben sie auf ein Konto in … einem Offshore-Finanzplatz umgeleitet.«

Das ist neu, denkt der Müller. Das wusste er nicht. Das wusste die ganze Kripo nicht. Er gibt ein unverdächtiges »Hm hm« von sich und fragt den Juristen: »Weshalb ist es nicht zu einem Strafverfahren gekommen?«

Dr. iur. Dexter Flury erklärt, dass der Bank Nordwest »aus naheliegenden Gründen« keineswegs daran gelegen war, an die große Glocke zu hängen, dass Mitarbeiter … »nicht wahr?« … weil wenn ruchbar würde, »dass es Mitarbeitern unseres Unternehmens trotz strenger und mehrfacher«, hier hält er seinen rechten Compliance-Zeigefinger in die Höhe, »interner Kontrollmechanismen gelungen« sei, Kunden zu übervorteilen, wäre dies der Außenwahrnehmung der Firma, »das verstehen Sie bestimmt«, nicht eben förderlich. Ausgetextet: Shitstorm, Imageschaden.

»Dieser Betrug, wann war das genau?«, fragt Müller, »Sie sagten ›fast zehn Jahre‹.«

Nach zehn Jahren sind Delikte, auf die ein Jahr Freiheitsstrafe steht, verjährt. Nach *fast* zehn Jahren noch nicht.

Der Firmenanwalt realisiert, dass Müller und Allmendinger von dieser Betrugssache nichts wissen. Flurys Aufgabe ist ja auch, die Bank sauber zu halten. Nichts aufkommen zu lassen, das ihren Ruf beeinträchtigen könnte. Rückgängig machen kann er seine Aussagen aber nicht. »Herr Locher und seine involvierten Kollegen haben sich auf … Anraten unserer Rechtsabteilung … mit den Geschädigten geeinigt«, fährt Flury fort. »Sie haben den gesamten Schaden vergütet, das Geld zurückbezahlt und sich entschuldigt. Im Grunde war es also kein Betrug, sondern ein Betrugs*versuch*.« Und weil außergerichtliche Einigung der Parteien → nicht aktenkundig. »Für die Bank Nordwest war damit der finanzielle Teil des Problems erledigt.«

Allmendinger: »Und darauf folgte der personalrechtliche, die Entlassung dieser drei Mitarbeiter?«

Dexter Flury nickt. »Ja.«

Müller, zweifelnd: »Und die Schadensumme, alles veruntreute Geld lag wirklich vollumfänglich auf diesen Konten auf dieser Steuerbetrugsinsel?«

»Offshore-Finanzplatz«, korrigiert der Jurist mit einem milden Lächeln, rollt aber wegen des Euphemismus mit den Augen. »Ja, richtig, der ganze Betrag war noch vorhanden. Weil ein Kunde früh Verdacht geschöpft und sich umgehend an unsere Rechtsabteilung gewandt hat, konnte diese einschreiten, bevor das Geld unwiederbringlich weitertransferiert, aufgesplittet oder in Sachwerte umgesetzt worden wäre.«

»Wie heißen Karlheinz Lochers Mittäter?«, fragt Valérie Allmendinger.

✳✳✳

Selektive Informationen.

Warum hat Sarah Knutti, ehemals Knutti Locher, am Samstag

gegenüber der Kriminalpolizei kein Wort über die kriminellen Anwandlungen ihres Ex verlauten lassen? Wieso einzig von seinen Alkoholproblemen berichtet?

Müller grübelt nicht und tippt die Mobilnummer von Sarah Knutti ein. Frau Knutti hält sich an ihrem Arbeitsplatz auf: kaufmännische Angestellte in Handelsbetrieb in 4132 Muttenz. Per Telefon aus seinem Büro will der Kommissär von ihr wissen, warum sie siehe oben.

Frau Knutti seufzt, dass es aus der Muttenzer Gewerbezone über den Kommunikationssatelliten bis in den Waaghof zu hören ist. »Weil diese Geschichte ... wie soll ich sagen ... so unsäglich ... dumm ist.«

»Die Betrugsgeschichte?«

»Ja. Einfach einfältig. Ich ... wie soll ich ... Möchten Sie mit einem Dummkopf verheiratet gewesen sein? Mit einem, der eines Tages nur noch von Geld träumt und auf die blödsinnige Idee kommt, Kunden seines Arbeitgebers zu betrügen?«

Durch die Leitung hört der Kommissär, wie Lochers Scheitern aus Idiotie und Habgier seine einstige Partnerin bis heute abstößt.

Aus Sarah Knuttis Stimme spricht nun Wut. »Ich habe Ihnen das nicht erzählt, weil ich nicht will, dass Sie oder überhaupt jemand mich mit dieser ▬▬▬ Sache in Verbindung bringt. Wissen Sie, ich bin lieber die Ex eines Säufers als die eines beschränkten Betrügers, verstehen Sie?«

Verstehe ich nicht, kann ich aber nachvollziehen, denkt Müller. Aber ist doch lange her, der Schlamassel. Warum wehrt sich Frau Knutti noch immer gegen das, was vorgefallen ist?

»Warum wehren Sie sich nach all den Jahren noch immer gegen das, was vorgefallen ist?«

»Es ist nicht ›vorgefallen‹, Herr Müller. Es ist nicht einfach ›passiert‹, ›dumm gelaufen‹ oder ›schiefgegangen‹. So hat sich Karlheinz herausreden wollen. Die Sache war«, die nächsten Worte knallen wie Hammerschläge, »fahrlässig, leichtsinnig, idiotisch, einfach nur dumm.« Sarah Knutti schöpft Luft, und der Müller versteht, dass sie sich Luft verschaffen muss. Sie sagt: »Ich bin in einfachen Verhältnissen aufgewachsen. Ich mache mir nichts aus Luxus. Karlheinz hat mir und den Kindern durch seine Dummheit das Leben schwer gemacht. Er glaubte, als Banker sei er der ›Master of the Universe‹. Kennen Sie dieses Buch?«

»M-m«, murmelt Müller.

»›Fegefeuer der Eitelkeiten‹«, erklärt Sarah Knutti, »Tom Wolfe.«

»M-m«, murmelt Müller nochmals.

Frau Knutti spricht weiter: »Wir haben unser ganzes Sozialleben verloren, unser Umfeld, fast alle ›Freunde‹ weg, mussten umziehen … wegen dieses jämmerlichen kriminellen Versuchs, ohne Anstrengung zu Geld zu kommen. Das hat mir die Augen geöffnet: Der. Taugt. Nichts. Darum habe ich ihn vor die Tür gesetzt.«

Kann ich nachvollziehen, denkt der Müller. Er fragt: »Hat er da zu trinken angefangen?«

»Nicht sofort, aber … ja. Zuerst war er wie im Fieber: Geld! Geld! Geld! Und als das misslungen ist, hat er richtig zu saufen begonnen. Zuerst Whisky, dann Wodka. Irgendwann billiger Fusel. Aber Sie werden es nicht schaffen, mir ein schlechtes Gewissen zu machen –«

»Das will ich doch gar –«

»*Ich* habe mein Leben in den Griff gekriegt: zwei Kinder, alleinerziehend. *Er* hat es nicht geschafft. Das ist schade. Aber ich konnte nicht zulassen, dass er uns alle runterzieht.«

Respekt, denkt der Kommissär.

»Nur noch eine Frage«, sagt Müller, »dann lasse ich Sie wieder arbeiten.« Er nennt ihr die Namen der Komplizen, die ihm Compliance-Flury geliefert hat: Giorgia Furger, Elias v. Strickler.

Nein, es … nein, es dämmert Frau Knutti nicht. »Kollegen von Karlheinz aus der Bank, sagen Sie?« Sie überlegt. »Furger und von Strickler? Diese Namen höre ich, glaube ich, zum ersten Mal. Ich erinnere mich nur an die, die ich Ihnen schon aufgezählt habe, Brodmann, Dobler, Grieder.«

✳✳✳

Memento Montag.

11:16 Uhr. Der erste Wochentag hängt weiterhin wie eine Drohung über dem frischen Kalenderabschnitt. Was hält er für uns bereit? Kündigt er, düsteres Vorzeichen, eine üble Woche an? Oder den Ermittlungsjackpot? Oder Grisaille, Grautöne, Griserien, Grauen?

Im Gemeinschaftsbüro der Kriminalpolizei klingelt es. Ein Job für Freddie Dominguez: Renate Roth, Leiterin der Gassenküche, meldet sich. Frau Roth sagt, sie habe sich bei ihren Mitarbeitenden erkundigt. »Lochi kam regelmäßig bei uns vorbei.« Bei uns = Markgräflerstraße 14A, 4057. »Manchmal am Morgen, da haben wir von halb acht bis Viertel nach neun geöffnet. Häufiger war er aber zum Nachtessen da, zwischen Viertel nach fünf und Viertel nach sieben.« Soweit sie weiß, habe er die drei Franken fürs Abendessen jeweils auftreiben können. Das Frühstück kostet in der Gassenküche nichts. »Am meisten hat er sich mit Darko Lacevic und Galati abgegeben, dem Glarner …«

»Kennen wir«, gibt Dominguez zu verstehen. Auch um zu zeigen, dass er weiterhin am Apparat ist und zuhört.

Die Mitarbeitenden hätten nicht festgestellt, dass sich Außenstehende für Locher interessiert hätten, wie die Polizei annimmt. »Aber wir haben natürlich zu tun, sehen nicht alles – und vor allem kontrollieren wir nicht, mit wem unsere Gäste verkehren. Am besten fragen Sie bei Darko Lacevic und Fridolin Galati nach. Die kennen ihn besser als ich.«

Dominguez trinkt einen Schluck Kaffee, während er sich im System aufdatiert. Nochmals Kaffee. Er wählt Ralph Cecchetto vom Schwarzen Peter an. Die Sozialarbeiter und -innen vom Schwarzen Peter arbeiten auf der Gasse, in der Stadt. Seit über dreißig Jahren suchen sie Menschen auf, die draußen leben, im öffentlichen Raum. Sie sprechen sie an, erkundigen sich, wie es ihnen geht, beraten sie, helfen. Eine Dienstleistung, die der Schwarze Peter bietet: Personen ohne festen Wohnsitz stellt er eine Meldeadresse zur Verfügung. Dreihundertfünfzig Personen in Basel machen davon Gebrauch. Obdachlose, Wohnungslose,

Personen, die von prekärer Unterkunft zu vorübergehendem Unterschlupf ziehen. Der Schwarze Peter ist ein Ankerpunkt. Dass eine fixe Meldeadresse so wichtig ist, daran denkt keiner, der irgendwo dauermietet und besteuert wird: Eine feste Anschrift ist die Grundlage, um in der Gesellschaft überhaupt existieren zu können. Ohne Wohnung, ohne Briefkasten bist du nichts. Wo erreicht einen Korrespondenz? Wenn sich jemand bewirbt für Arbeit, Wohnung, Therapie, Entzugs- oder Eingliederungsprogramm. Wenn ein Bericht vom Spital unterwegs ist, eine Kostengutsprache der Krankenkasse oder Amtliches?

Einmal in der Woche müssen die Klienten beim Schwarzen Peter vorbeischauen. Dann händigen ihnen Ralph Cecchetto und seine Kolleginnen und Kollegen die Post aus. Sie achten darauf, dass die amtlichen Schreiben nicht ungelesen im Papierkorb landen. Lies das doch, sagen sie und helfen beim Entschlüsseln des administrativen Jargons in den Briefen von Behörden und Verwaltungen. Und sie bieten Kaffee an, Tee und einen Stuhl, auf den sich die Menschen setzen können. Auch, um vielleicht die E-Mails zu checken.

In diese Welt hinein ruft Detektiv Dominguez an. Antwort Ralph Cecchetto: »Locher hat keinem unserer Mitarbeiter erzählt, dass ihn Fremde angesprochen hätten.« Seine Stimme bleibt oben. Daran merkt der Muskelmann, dass weitere Informationen folgen. »Doch zwei unserer Klienten haben davon gesprochen.«

»Was?« Dominguez ist gespannt wie die Betonkuppel der Markthalle. »Was haben sie denn gesagt?«

»Sie meinten, es seien Zivilfahnder.«

»Zivilfahnder? Wie kommen sie darauf?«

Cecchetto, wie aus der Tischbombe geschossen: »Wer auf der Gasse überleben will, muss Situationen und Personen blitzartig einschätzen können. Mich überrascht immer wieder, wie gut die Menschenkenntnis von vielen ist, die zu uns kommen. Wer am Rand der Gesellschaft lebt, entwickelt ein besonderes Sensorium.«

»Ein was?«

»Ein Gefühl dafür, wer dir blöd kommen wird –«

Blöd kommen? »Also –«, setzt Freddie Dominguez zu einer Ehrenrettung der Blaulichtorganisationen an, »Zivilfahnder«, hat Cecchetto gesagt … Polizisten, die sicher nicht … hallo, Mann! Der Gassenarbeiter unterbricht ihn: »… wer dich verachtet, wem du gleichgültig bist, wer –«

»Okay, ja, ich habe verstanden.« Dominguez ist eingeschnappt, weil, was glauben die denn? Was halten die von uns, der Polizei? Er reißt sich zusammen und reagiert professionell. »Diese Eindrücke, wir hätten gerne, wenn ein Zeuge sie uns genauer beschreibt. Wir müssen diese Leute befragen. Wir brauchen ausführliche Aussagen, wir brauchen Namen.«

»Die Namen dieser zwei Klienten, die kann ich Ihnen nicht einfach so geben. Ich muss sie zuerst fragen. Ich darf deren Vertrauen in uns nicht aufs Spiel setzen.«

»Schon klar.« Doch Dominguez denkt auch, was für ein Gewese der macht wegen zwei Obdachlosen, Junkies oder was auch immer die treiben. Weil er aber auf Cecchettos Goodwill angewiesen ist, antwortet er taktisch bewusst umgänglich: »Tun Sie das, bitte, Herr Cecchetto. Erkundigen Sie sich, reden Sie Ihren Klienten gut zu, aber schnell. Wir wollen den Tod von Herrn Locher klären.«

✳✳✳

Verbrechen lohnt sich …

… nicht.

Parallel zum Todesfall Locher hat das Kriminalkommissariat des Kantons Basel-Stadt selbstverständlich auch in diesen Tagen weitere Verstöße gegen das StGB auf dem Pult. Par exemple: Ein Mann hat mutmaßlich auf einem selbst entworfenen Spendenformular einer nicht existierenden Hilfsorganisation Unterschriften gefälscht, damit seine Sammelaktion seriöser wirkt. Ein anderer wird festgenommen, nachdem ihn seine Partnerin wegen Körperverletzung angezeigt hat. Die Diagnose der Hausärztin lautet: »Hämatome im Gesichtsbereich«.

Fahrraddiebe mit einer Ladung beinahe fabrikneuer E-Bikes im Kleintransporter werden beim versuchten Grenzübertritt bei Burgfelden (frz. Bourgfelden) angehalten und unter Mithilfe der Gendarmerie festgenommen. Eine Fußpatrouille bei der Dreirosenanlage zerstreut mutmaßliche Drogenhändler für eine Viertelstunde. Geklärt wird auch die Frage, warum ein rechtsextremer Rapper neben Substanzen aller Art und einschlägigen Drucksachen und Devotionalien in seiner Wohnung auch Schuss- und Stichwaffen aufbewahrt. Wie immer hat das Müllerteam viel Arbeit: Detektivwachtmeister Markus Gormann, Detektivkorporalin Romina Wäckerlin, Detektiv Freddie Dominguez, Detektivin Valérie Allmendinger und die Aspis Amber Odermatt und Vlado Vakulic packen es an.

∗∗∗

Diskretion.

15:01 Uhr. Gormann hat im elektronischen Telefonbuch Alain Liechti (74) aufgespürt, den pensionierten HR-Chef der Bank Nordwest. »Selbstverständlich«, er erinnere sich gut an jene Vorkommnisse, räumt er ein. Was denn jetzt sei mit Karlheinz Locher, Elias v. Strickler und Giorgia Furger? Seit seiner Pensionierung habe er ganz andere Prioritäten gesetzt, sagt Liechti. Im Detail könne er nicht mehr alles wiedergeben, was damals war. Er habe Locher, v. Strickler und Furger aus den Augen verloren. »Sie wissen, wie das ist, nicht wahr? Wenn jemand aus der Firma austritt, ist er weg. Und auch wenn die Bank Nordwest ein großes Unternehmen mit vielen Mitarbeiterinnen und Mitarbeitern ist, kennt man nur wenige näher.« Ob die drei erneut etwas verbrochen hätten? »Wieder ein Betrug?«, fragt er. Gormann lässt sich nicht in die Karten blicken und spricht wie üblich von einer »Routineangelegenheit«, die überprüft werde. Liechti glaubt ihm bestimmt nicht, aber egal. »Es ist die Form, die zählt« (Weisheit von der Insel Formosa).

»Damals war's, genau genommen, ein Betrugs*versuch*. Unsere internen Kontrollen haben funktioniert. Es ist kein materieller

Schaden entstanden«, hält Liechti fest, »und der Ruf der Bank hat auch nicht gelitten.«

Er könne jetzt freier sprechen als früher, vertraut er Gormann an. »Wir mussten das Unternehmen schützen, damit es kein Gerede gibt.« Das habe ja optimal funktioniert. Beweis: Die Polizei meldet sich erst jetzt! Liechti lacht. »Wie lange ist das jetzt her? Sind es schon zehn Jahre? ... Die haben gemeint, sie seien schlauer als die ganze Bank und ihre Kunden. Hielten sich für cleverer als unsere Sicherheitsmaßnahmen. Denen ist es in den Kopf gestiegen, dass sie täglich so hohe Beträge herumgeschoben und gebucht haben. Sie haben vergessen, was recht ist und was unrecht.« Gormann hört zu, wie der pensionierte Personalchef laut nachdenkt. »Als Banker dürfen Sie nie die Demut verlieren. Nie. Wer sie verliert, zieht irgendwann den Kürzeren. Fängt an zu spinnen. Wird größenwahnsinnig, verrückt.« Von Ethik und vom »unabdingbaren Vertrauensverhältnis« zwischen Bank und Kunden spricht Alain Liechti gegenüber Markus Gormann am Telefon. »Bis heute bin ich froh, dass wir die Angelegenheit im Stillen regeln konnten, ohne an die Justiz zu gelangen. Das hätte nur unnötigen Lärm verursacht.«

Es tue ihm leid, er habe wirklich keine Ahnung, was aus Locher, Furger und v. Strickler geworden sei. »Aber Sie machen mich neugierig, Herr ... Kaufmann? Haben die drei wieder etwas probiert?«

※※※

Stoßzeit.

Nasskalt. 17:26 Uhr. Bahnhof Basel SBB. Gelb, grün, blau, rot, auf dem feuchten Boden die ersten Räppli. Sie haften an den Schuhsohlen. Der Asphalt beim Bahnhofseingang zur Schalterhalle schmierig, höchstens Bargeld würdest du aufheben. 17:27 Uhr. Feierabendtrubel. Massenbetrieb. Hinein, hinaus, hinein, hinein, hinaus, hinaus. Ausweichen. Die einen wälzen sich wie Bulldozer vorwärts. Andere müssen die Menschenmenge queren und schafften es kaum, würden sie nicht den Gegenverkehr austanzen. Beträchtlich ist die Fließgeschwindigkeit in der Mitte des Stroms der Berufspendlerinnen und -pendler. Hindernisse werden beiseitegepflügt, an den Rand gefegt. 17:28 Uhr. Links und rechts des Hauptstroms bewegen sich die Langsameren, vielleicht mit Rollkoffer, eventuell beschwert durch viele Jahrzehnte Leben, möglicherweise mit Kindern an der Hand, peut-être auch Menschen mit einem weniger eng getakteten Zeitplan, vielleicht verdrängt aus dem Schwung des Alltags, aus der Zielstrebigkeit, die sich hier zeigt. 17:29 Uhr. Am Rand des Treibens, beim Geldwechselschalter in der ansonsten schalterlosen Schalterhalle, ruft einer: »Plaketten! Plaketten!« Der Minijob bringt dem Mann einen überlebenswichtigen kleinen Betrag ein. Die »drei schönsten Tage«, die Fasnacht, stehen bevor. Bronze, Silber, Gold, mit Bijou. Kann man die auch mit Twint bezahlen?

Physikalisch ist die Pendlerei sinnlos: Tonnen von Material und Menschen verschieben sich morgens von hier nach da und von da nach hier – und am Abend die gleiche Aktion in umgekehrter Richtung. Dutzende, Hunderte, Tausende Menschen mit dem Handy am Ohr. Sie sprechen hinein, meist: »Ich bin jetzt am Bahnhof«, »in einer halben Stunde bin ich zu Hause«, »brauchen wir noch irgendwas?«, »wie war dein Tag?«, aber auch, und das ist ultratrist: »Ich wüsste nicht, was wir noch zu besprechen hätten.«

Was macht man aus dem Leben? Was macht das Leben mit uns?

Ist dies das Leben?

Wenn ja: warum?

Als Insel inmitten der BIP-orientierten Gezeiten stehen trotzig die fünf Bänke vor dem Bahnhofsgebäude. Ein schmaler Streifen Boden, der nicht der Bahn gehört und nicht der Stadt. Eine neutrale Zone, ein vermessungstechnisches Rätsel. Auf diesem Asphaltstreifen spielen Erwerbstätigkeit, gebügelte Hemden, Laptops, lackierte Nails, Organigramme, Videocalls und Organisationsstrukturen keine Rolle. Hat man hier Blockzeit, Gleitzeit, Jahresarbeitszeit, feste Zeiten, volle Pensen? Die

hier zusammenkommen, haben einen Vierundzwanzigstunden-
dienst. 24/7/365. Im Frühling und Herbst sind die Temperaturen vor dem Bahnhof einigermaßen »angenehm«[*], im Sommer
aber ▪▪▪▪! Glühend heiß, im Winter zu eisig, besonders wenn
Deutschland die Bise herüberschickt. Genau deswegen sind
die Leute vor dem Bahnhof besonders dick eingepackt, schwer
vermummt und mit Wollkappen gekrönt, mit wilden Bärten,
Stoppeln und Promille und organischer Chemie halbwegs isoliert. Isoliert gegen die Kälte.

Die Kälte. Sie kriecht durch die Maschen, bohrt sich zwischen Hose und Bein, durchdringt die Sohlen, findet die Lücke
zwischen Stoff und Naht. Sie schindet, zersticht das Gesicht,
martert die Ohren, kneift die Ohrläppchen, zwängt sich wie
ein Keil zwischen Schal und Hals. Die Finger … halb gefrorene
Stäbchen, sobald sie länger die Jackentaschen, die Fäustlinge
verlassen, wie es nötig ist zum Rauchen. Wie ein böser Wurm
bohren sich die niedrigen Temperaturen überall hinein und
quälen die, auf die kein warmes Zuhause wartet. Diese hüllen
sich ein mit allem, was sie irgendwo zusammenkratzen können.
Sie packen sich ein bis zur Unförmigkeit, Michelin-Männlein
des Elends. Möglichst viele Schichten Textilien zwischen die
Haut und die kalte Luft anziehen, wie eine Rüstung gegen die
ssspitzen Pfffeile des kalten Windes. Der trocknet die Haut aus,
rötet sie, macht sie spröde, bis sie schuppt. Ohne den warmen
Schlafsack und die Thermowäsche, die dir der Schwarze Peter
zur Verfügung stellt, hättest du keine Chance. Du wärst verloren. Denn wenn um 20:30 Uhr das Soup & Chill schließt, das
Wohnzimmer für die, die kein eigenes haben, dann bist du elf
Stunden lang der Kälte ausgesetzt, nämlich bis um 07:30 Uhr die
Gassenküche öffnet. Elf Stunden, bis du dich an den Radiator
setzen und einen heißen Kaffee trinken kannst. Da weißt du,
weshalb du ein warmes Getränk schätzt. Dafür bemühst du dich
sicher auch mal an die Wallstraße, ins Tageshaus für Obdachlose.
Kaffee gibt's dort auch und geheizte Räume, um einfach nur zu

---

[*] Bertolt Brecht, Aufstieg und Fall der Stadt Mahagonny, Szene 5.

sein. Hoffentlich lassen dich alle in Ruhe. Jetzt kannst du dort nicht mehr hin. Die schließen um fünf. Darum sitzt du wieder hier am Centralbahnplatz. Die Leute hetzen an dir vorbei und schauen weg. Damit du nicht existierst.

Ja, einigermaßen isoliert sind die Menschen vor dem Bahnhof und an den anderen Orten in der Stadt gegen die Temperaturen. Aber nicht gegen die Kälte des Daseins.

»Hart, das mit Lochi.« »Mhm, schon, ████!« »Meinst du, die Bullen nehmen das ernst? Wenn einer von uns stirbt?« »Das ist denen doch egal.« Einer zieht den Rotz hoch. »Was könnte wirklich geschehen sein? Wie?« »Einer hat ihn zusammengeschlagen und in den Wald rausgeschleppt.« »Aber warum?« »Vielleicht war's …« »Hä?« »Die zwei … du hast sie doch auch gesehen. Sie haben mit ihm gesprochen.« Einer trompetet ins Tempo. »Gar nichts habe ich. Du laberst nur Quatsch. Du bist voll knülle.« Einer hustet. »Ich weiß nicht, aber …« »Hör doch auf! Brauchst dich nicht immer wichtigzumachen.« Eine halb volle Bierdose fällt um. Der Besitzer flucht. »Immer? Immer? Was heißt das? Sag's mir.« »Hey, beruhige dich!« »Willst du eins aufs Maul?« »████!« »Lasst euch in Ruhe! Auseinan–« Ein anderer hustet. »Er hat –« Die Warnklingel eines Trams schrillt. »Du ████!« »Wie war das? Was war das für ein Wort? Jetzt aber …«

SIEBEN

Stockt die Zeit? Oder nur manchmal?

Weiterhin Montag, 18. Februar. Schwarzdunkle Nacht, immerhin hat sich der Westwind eingemischt. Jetzt ist's milder und sogar einigermaßen trocken. Die Markthalle nicht weit vom Bahnhof SBB, Rundbau, Baujahr 1928/29, Betonspannkuppel mit 60 Metern Durchmesser, 25 Meter hoch, bekannt für Stände mit Streetfood von Afghanistan bis Argentinien, für Biogemüse, japanisches Glacé, Fisch, Bier, Rutschbahn für die Kinder hinunter zum Elektronikshop, monatlich Floh- und quartalsweise Vinylmarkt, sie ist seit Stunden geschlossen. Um 19 Uhr sperren die am Montag zu.

Uhrenvergleich: 01:12 Uhr, also Wochentagkorrektur: Dienstag ist es. Ein kiffwilliges Paar beabsichtigt, beim Hintereingang der Markthalle eine Rakete schwarzen Afghanen zu rauchen, windgeschützt und unbeobachtet von allfälligen Passanten. Auf der langen Außentreppe hoch zu einer der Sitznischen finden Elodie (17) und Big S (17) einen Verletzten. Als jungen Menschen bringt dich so ein Körperfund möglicherweise stark durcheinander, sodass du in den Affenmodus umschaltest, nichts hörst, siehst, sagst und dich sofort davonmachst, weil Komplikationen … will keiner. Doch Elodie und Big S reagieren vorbildlich, und zwar ohne zu zögern. Weil ihrerseits bloß ein bisschen Hanfharz im Spiel = Bagatelle = keine Anzeigegefährdung →· 144. Die Notrufzentrale bietet gleichzeitig einen Streifenwagen auf. Die Sanis rücken aus. Blaulicht. Keine Sirene, weil dienstags kurz nach 01:00 Uhr kaum Verkehr. Nur Minuten nach Elodies Mobilanruf trifft das schwere Ambulanzfahrzeug am Fuß der Treppe zur Markthalle ein. Tragbahre raus, die Stufen hoch. Oben warten die jungen Leute ungeduldig. Unruhig und ungemütlich, weil da liegt der Verletzte. Was täten sie, würde sich sein Zustand verschlimmern?

Bewusstlos ist er. Kopfwunde? Höchstwahrscheinlich, ja, am Hinterkopf sind die Haare dunkel verfärbt.

Erstversorgung, das traditionelle Vorgehen: die GABI-Regel:

G – *Gibt er Antwort?* – Negativ.

A – *Atmet er?* – Positiv.

B – *Blutet er?* – Positiv.

I – *Ist er bei Bewusstsein?* – Negativ.

Kurz: Der Mann reagiert nicht, aber sein Herz schlägt.

Halt, Korrektur: Die Sanitäterin und ihr Kollege machen doch nicht GABI. Das Erste-Hilfe-Alphabet wurde vor einigen Jahren international neu sortiert. Statt GABI gilt jetzt die Buchstabenfolge CABD. *Circulation:* Wenn der Kreislauf des Patienten zusammengebrochen ist, also Bewusstlosigkeit und Atemstillstand, führen Sie Herzmassagen durch. *Airway:* Sind die Atemwege frei? *Breathing:* Atmet der Patient weiterhin nicht, beatmen Sie ihn. *Defibrillation:* Hoffentlich hängt in der Nähe ein Gerät.

Identifikation erfolgt vor Ort durch die Patrouille: Petracca Marco und Jeanneret Simone finden nämlich im Portemonnaie des zivil unterwegsen Kollegen … ups! Jetzt habe ich es ausgeplaudert und einen Cliffhanger versiebt … einen Dienstausweis der Kantonspolizei Basel-Stadt. Der Komatöse mit der blutenden Wunde am Hinterkopf ist ein Kollege.

Das geht ganz und gar nicht.

Einen zivil eingesetzten Kollegen – Hypothese – die Treppe runterstoßen, nachdem ihm etwas über den Schädel … oder ihn mit Vollkraft hinunterschubsen, sodass sein Kopf auf die Kanten der Stufen kracht …

Die Sanis heben Brügger auf die Bahre und verarzten ihn.

Im Hintergrund ist ein Allegro sanguinario in Death-Moll zu hören, auf das wir mit Cis-Gis in Repressiv-Dur antworten werden. Können sich in Basel selbst Polizisten nicht mehr schützen und verteidigen?

Es ist nämlich definitiv nicht anzunehmen, dass der Polizeigefreite Pascal Brügger aus eigenem Antrieb den Flug auf der Treppe versucht hat → sofort Nahbereichsfahndung. (Funkstimme:) »Alle verfügbaren Wagen … alle verfügbaren Wagen …« oder, wenn Sie's amerikanisch besser mögen, in näselnd scheppernder Tonqualität mit viel Piuuuu-piuuuu-Sirenen, die als Interferenzen reinpfuschen: »Officer down … officer down …« oder LAPD-mäßig, Los Angeles Police Department, Drama, Action, Violence, »240 … 240 …«, das bedeutet Körperverletzung. Blaulicht, Martinshorn: Sofortfahndung … Sofortfahndung … »alle verfügbaren Wagen« … jetzt gleich … Doch wie so oft ergibt die Nahbereichsfahndung rein gar nichts. Nach wem willst du überhaupt fahnden? Blind stochern in Heuhaufen wie Perlen vor Hühner? All der Aufwand mitten in der Nacht. Leider bringt er nichts.

※※※

Kriminalpolizist auf Pikett ist in dieser Nacht Freddie Dominguez. Die Zentrale hat ihn wach geschellt. Um 01:50 Uhr stößt er hinter der Markthalle zu Jeanneret und Petracca, der Streife, die für die Kriminaltechniker den vermutlichen Tatort sichert. Die Ambulanz hat Brügger bereits abtransportiert.

Die Kriminaltechnik trifft ein.

Was hatte Pascal Brügger mitten in der Nacht in Zivil an diesem Ort zu tun? War er im Dienst? Dominguez ruft bei der Kapo an, Postenchef Alban Garaventi auf der Clarawache.

»Im Dienst?«, fragt der zurück, »ob Pascal heute Nacht eingeteilt ist? Lass mich nachschauen.«

Nach einer halben Minute hört Freddie Garaventis Antwort: »Auf dem Plan steht er nicht.«

※※※

Antiseptisch.

Gleich nach Dienstantritt Dienstag Gormann → ins Unispital, 08:07 Uhr. Er fragt sich zu Brügger durch. Trifft auf dem Korridor auf einen Arzt, Dr. Gubser, dessen wehende Rockschöße signalisieren: Ich sause, um sofort Taxpunkte abzurechnen. Er ermahnt Gormann, Brügger sei nicht vernehmungsfähig, das hindert den Kriminalpolizisten allerdings nicht daran, in einem unbeobachteten Moment ins Krankenzimmer zu schlüpfen. Dort liegt der Kollege mit Kopfverband, quasi Teilmumie. Er schwebt nicht mehr im Reich der Schatten, sondern schlägt, wie einzig der Zufall es bewirken kann, just jetzt seine Augen auf und guckt vorbei am Infusionsschläuchlein, das vom Chromstahlständer zu seinem Unterarm verläuft, den Detektivwachtmeister Gormann an.

Sicherheitspolizisten und Kripoleute kennen sich nicht unbedingt. Basel-Stadt = großes Korps, etwa 1'000, obwohl kleiner Halbkanton, dafür aber Grenzlage → Kriminalstatistik belegt: Fallzahl hoch. Und dass Brügger den Kripomann nicht erkennt, ist erst recht verständlich, weil nach dem Erlebten geistig bestimmt nicht top hochleistungsfähig.

Nach einem Sekundenbruchteil klappen seine Lider wieder zu. Hat Gormann vorhin richtig gesehen? War Brügger tatsächlich für einen Augenblick den Eindrücken dieser Welt zugänglich? Oder Sinnestäuschung vor lauter Ermittlerhoffnung?

Gormann versucht es: »Guten Morgen, Pascal.« Pro forma hält er seinen Dienstausweis in die Luft. Allerdings könnte Gormann in diesem Augenblick die Magnetkarte aus der Waschküche oder das Halbtaxabo vorzeigen, die Wirkung wäre same same.

Der mutmaßlich Ex- und höchstwahrscheinlich Wieder-Bewusstlose gibt sich, könnte sein, mit geschlossenen Augen Mühe, seine Fazialmuskulatur so zu kontrollieren, dass sie einen Gesichtsausdruck formt und nicht der Totenmaske des Agamemnon gleicht. Vergebens. Er wirkt leer. Aktuell Schmerzmittel intus und zuvor primär gedingdongt vom Schlag auf den Kopf und vom Treppensturz.

»Gormann, Kripo«, sagt Gormann, Kripo, und: »Was ist mit dir passiert?«

Brügger Pascals Augen starren beharrlich geschlossen zum Kriminalpolizisten hin. Spürt Brügger die Präsenz des Kollegen? Langsam hebt und senkt sich sein Brustkorb. Reaktion zero.

Da schwingt hinter dem Detektiv die Zimmertür auf. Das Gummiteil an der Türklinke ploppt aggressiv gegen die Wand. Der Arzt von eben auf dem Gang stürmt herein, Dr. Gubser. »Ich habe Ihnen doch klar gesagt, dass der Patient nicht vernehmungsfähig ist. Was daran haben Sie nicht verstanden?«

Gormann wendet dem Medicus* beide Handflächen zu, als ergebe er sich.

»Ich komme wieder«**, sagt er zum Kollegen und weicht den Blicken des Arztes aus. »Lassen Sie uns sofort wissen, wenn Ihr Patient aussagen kann«, weist Gormann den Dr. med. an. Fataler Irrtum: Auf dem Namensschild übersieht er absichtlich, dass vor dem Dr. sogar noch »PD« steht, aber kein »Prof.«.

✳✳✳

Durch den Wind.

Koma. Was macht es mit einem? Kann es etwas anderes bewirken, als einen verletzten Menschen vor Schmerz und Schock zu schützen, indem es die Wahrnehmung ausschaltet?

Vermag es mehr, als Lücken in der Vergangenheit aufzureißen und die Gegenwart auszulöschen?

Was wir als Zeit definieren, läuft gemäß allgemeiner Wahrnehmung und wissenschaftlichen Erkenntnissen generell vorwärts. Die Erde dreht sich unablässig zuverlässig um ihre um 23.44 Grad abgeknickte Achse. Sie setzt nicht aus in ihrer ewig gleichen Rotation und Revolution, nur weil der Gefreite Brügger Pascal zum Gegenstand der Pathophysiologie geworden ist.

Empirisch erwiesen ist, dass ein Komapatient Berührungen wahrnimmt und Schallwellen – und dass sein Herz auf diese Reize reagiert. Es verlangsamt oder beschleunigt sein Bumm-bu-Bumm Bumm-bu-Bumm, bremst ab oder schaltet hoch, je nachdem, ob der Ausgeknockte den Stimulus als freundlich oder bedrohlich einstuft. Ein EKG gäbe darüber Auskunft, und bestimmt ist unter den Geräten im Universitätsspital,

---

* Noah Gordon: »Der Medicus«, Roman, 1986.
** Verbreiteter im Originalwortlaut von Arnold Schwarzenegger, 1984: »I'll be back.«

77

an die Brügger angeschlossen ist, auch … ja, dort sehe ich den Apparat … auf dem Schirm, ja, genau, die Kurve mit der Spitze, die rasch wieder abflacht.

＊＊＊

Morgenrapport.

Dienstag, 19. Februar, 09:00 Uhr, Waaghof, Sitzungsraum S 207. »Hier!«, ruft vollzählig das Müllerteam, bewirtet vom Kaffeeautomaten. Wie immer stehen auch zwei Mineralwasserflaschen auf dem Tisch: medium und stark.

»Karlheinz Locher, nach brutalen Schlägen unterkühlt an der Dorenbach-Promenade gestorben. Kollege Brügger, letzte Nacht hinter der Markthalle unter noch ungeklärten Umständen verletzt«, reißt Kommissär Müller die Ereignisse an, die sein Team heute beschäftigen werden.

Gormann, soeben aus dem Unispital zurückgekehrt, nickt. Die Müllerteammitglieder verstehen: Er ist da dran.

»Zuerst zu Locher: Am Donnerstagabend, dem 14. Februar, um 22:37 Uhr hat ihn eine Überwachungskamera im Bahnhof erfasst, als er die Rolltreppe von der Passerelle heruntergekommen ist. Er ist hinausgegangen, zum Bahnhofplatz –«

»Centralbahnplatz«, präzisiert Wäckerlin. Was ist denn mit ihr los, dass sie den Kommissär so pingelig korrigiert? Wegen solch einer Nebensächlichkeit? Doch halt, stopp, Polizeiarbeit muss präzise sein. Wertarbeit. Da muss der Platz auch mündlich heißen, wie er amtlich heißt.

»Richtig, Romina. Wann sich Locher von seinen Bekannten vor dem Bahnhof getrennt hat und wie er an den Dorenbach gelangt und gestorben ist, das wissen wir noch nicht. Sicher ist, dass ihn jemand mehrfach und heftig geschlagen hat.«

Er blickt in die Gesichter der Kolleginnen und Kollegen.

»Massiv geschlagen«, ergänzt Freddie Dominguez und boxt mit der rechten Faust in seine linke Handfläche, dass es vor lauter Muskelkraft knallt.

»Warum hat sich Locher vom Centralbahnplatz entfernt?

Hat er das freiwillig getan? Wohin wollte er? Wie ist er an den Stadtrand gelangt? Das sind fürs Erste die wichtigsten Fragen.«

Körpersprache Teammitglieder: Zustimmung.

Dominguez rapportiert: »Mit Gassenarbeiter Cecchetto vom Schwarzen Peter habe ich gestern telefoniert. Zwei seiner Klienten hätten von ›unbekannten Männern‹ erzählt, die sich bei den Obdachlosen herumgetrieben haben. Sie haben sie für Zivilfahnder gehalten. Er erkundigt sich, ob die Klienten mit uns sprechen wollen.«

»Skandalös wäre das, wenn die nicht aussagen. Die Polizei bei Ermittlungen behindern«, bemerkt Romina Wäckerlin, die Stirn umwölkt, »wohin kämen wir, wenn die Leute nur mit uns reden, wenn sie zufällig Lust dazu haben.«

Soll der Müller eine Rechtsmittelbelehrung einflechten: Rechte und Pflichten möglicher Zeugen? Diskretionspflicht des Gassenarbeiters? Investition ins Vertrauensverhältnis zwischen Polizei und … ach was, denkt der Kommissär und wie im Fußball: vorwärtsschauen! Als Trainer bestimmt er die Taktik der Mannschaft.

Bohren. Sich umhören. Dranbleiben.

Und im Fall Brügger? Dominguez legt dar, was ihm der Postenchef der Clarawache heute Nacht bestätigt hat. »Pascal Brügger war letzte Nacht laut Dienstplan nicht im Einsatz. Weshalb er sich bei der Markthalle aufgehalten hat, weiß seine Dienststelle nicht. Vor einigen Minuten habe ich mit seinem Zugführer telefoniert, Leutnant Imfeld. Ergebnis negativ. Er weiß auch nichts.«

»Danke, Freddie«, sagt der Kommissär.

Wie weiter? Müller teilt das Team auf die zwei Fälle auf. Nun merken Sie, geschätzte Bevölkerung, wie begrenzt unsere Ressourcen sind.

Fall Locher: Allmendinger, Dominguez, Aspirantin Odermatt.

Fall Brügger: Gormann, Wäckerlin, Aspirant Vakulic.

Joker/Springer/Supervisor/Chef: Müller.

Wertes Kantonsparlament: Mehr. Ressourcen. Haben. Wir. Nicht.

Werter Teil der Öffentlichkeit, der nach Ruhe und Ordnung ruft: dito.

Die Müllersche IMI-Regel: Irgendwer motzt immer.

Einatmen. Konzentrieren. Ausatmen. Schluck Kaffee aus dem Becher.

Womit war der Gefreite Brügger beschäftigt? Kann uns jemand etwas darüber erzählen? Seine Frau? Die jungen Leute, die ihn gefunden haben, Elodie und Big S? Hat Brügger Feinde? Einen heiklen Fall bearbeitet und ist jemandem ins Gehege gekommen? Etwas Außerdienstliches, Privates?

Und Locher ... Wie gelangte er hinaus an den Dorenbach? Wer hat ihn geschlagen? Wer kannte ihn näher? Hat wirklich niemand in der Nachbarschaft etwas Ungewöhnliches wahrgenommen? Stoßen die Kriminaltechniker auf Indizien?

»Wissen alle, was sie zu tun haben?«, fragt der Kommissär. Zustimmung. »Keine Atempause, Geschichte wird gemacht.« (Fehlfarben)

***

Fokussieren.

Eine vermutete Gewalttat gegen einen Angehörigen des Polizeikorps verunsichert die Kolleginnen und Kollegen. Mehr als das, sie bringt manche Gemüter zum Kochen. Zumal Pascal Brügger als Einzelperson in Zivil angegriffen worden ist. Nicht bei einem Einsatz an einer Demonstration oder beim Stadion nach einem Fußballspiel. Also könnte eine solche Attacke auch anderen Polizeikräften drohen.

Ja, fokussieren.

Zwei Mittäter bei Lochers Betrugsversuch hat Bank-Nordwest-Compliance-Spezialist Dexter Flury gestern namentlich genannt, und Ex-Personalchef Liechti hat sie bestätigt: Elias v. Strickler und Giorgia Furger.

Strickler stöbert die Kripo als Ersten auf.

Er lebt mittlerweile ohne »v.«, das eigentlich ein V (für Valentin) ist. So lautet sein zweiter Vorname. Vor Jahren hatte er diesen Buchstaben in großmannssüchtiger Anwandlung zum Strunk einer Adelspartikel umgewandelt. Längst hat er diesen Tick geknickt. Nach einem beträchtlichen beruflichen Unterbruch, Karriereabgrund, hoffentlich auch Dummheitsbedenkpause, kümmert er sich aktuell in Liestal in der Treuhandfirma seines Schwippschwagers um die Buchhaltung von KMUs. Denken Sie bloß nicht gleich an Steuervermeidungsstrategien, Geldwäscherei und andere kaufmännische Gesetzwidrigkeiten, sondern … die Firma bietet an, und Strickler und weitere Fachkräfte führen schlicht und einfach aus: Kontierung, Excel-Tabellen, Belegüberprüfung, Ablage der elektronischen oder Papier-Belege, Kontenrahmen nach dem Betriebswirtschaftler und Fachbuchautor Karl Käfer … der volle Kick.

Müller, Allmendinger und Odermatt fahren mit einem Verbrennungsmotor (Zivilwagen) nach 4410 Liestal BL, downtown Bâle-Campagne.

Das Kripotrio erreicht den vollkommen dem motorisierten Individualverkehr geopferten Innenstadtbereich namens Bahnhofstraße/Gasstraße/Rheinstraße. Zusammengefasst: Geschäftshäuser und Straßen. Grob zur Orientierung: mit dem Bahnhof Liestal im Rücken schräg nach links in die Gewerbezone hinuntertauchen, einfach den Autos nach. Irgendwo in diesem Nirgendwo bewirtschaftet die Siebedupf Treuhand AG ihre Kontenpläne und Quartals-, Halbjahres- und Jahresabschlüsse.

Elias Strickler (42), mittelblond, Schnauz, helles Hemd, sandfarbene Chinos, braune Lederschuhe. Früh verblüht. Siehst du, weil Feuer in den Augen gelöscht.

Wir behaupten nicht, dass unser Besuch den Ex-Betrüger verzückt. Gleichwohl begibt er sich ohne Zicken mit Allmendinger, Odermatt und Müller in einen Besprechungsraum der Firma.

»Das ist doch alles *Jahre* her«, ruft er zuerst aus, drosselt aber sofort sein Volumen, weil die Schalldichte des Raums vermutlich nicht zertifiziert ist. »Ja, ich habe eine Dummheit[*] begangen …

---

[*] »Dummheit ist eine Art Faulheit.« (Jacques Brel)

damals! Ich habe einen Riesenfehler gemacht ... *damals*. Das war sch███. Ja.« Körpersprache: Zerknirschtheit. »Aber fast zehn Jahre sind seither vergangen, fast zehn Jahre, ████████! Irgendwann ist auch mal gut!« Ein Seufzer entringt sich seiner Brust, und voller Unlust wie ein Eiswürfel im August stöhnt er: »Seither habe ich *nie mehr* gegen ein Gesetz verstoßen. Nicht einmal falsch parkiert habe ich. Kein einziges Mal.«

»Das wissen wir«, quittiert der Müller.

Das weiß er? Wissen die alles? Was? Strickler schwitzt vor Ärger.

Allmendinger und Odermatt beobachten den Mann. Und Müller frontal Augenkontakt, Schneepflug Vergleichsgröße.

»Aber, aber«, wendet Strickler ein, »ich höre ein Aber. Warum sind Sie hier?«

Beschleicht ihn Verzweiflung?

»Kein Grund zur Aufregung, Herr von Strickler«, sagt der Kommissär. Betont das Von. Gemein sein kann er, wenn nötig. Die Adelspartikel, die obsolete etepetete, lässt den Klienten zusammenfahren, Peitschenhieb für die Psyche. Wenn Strickler wüsste, dass wir in einem unnatürlichen Todesfall ermitteln. Dem gewaltsamen Ende seines ehemaligen Arbeitskollegen. Und dass wir annehmen könnten, dass ... beziehungsweise abklären müssen, ob ... er als Lochers einstiger Komplize einen Grund gehabt haben könnte, sich an ihm zu rächen? Sich innerlich läutern und deshalb abrechnen mit dem Typ, der ihn vor Jahren auf die schiefe Bahn gebracht hat?

Vielleicht ahnt Strickler den Rattenschwanz von Unannehmlichkeiten, der in der Finsternis polizeilicher Denkprozesse vor sich hin wedelt.

Massive Komplikationen im Anflug?

Strafprozessordnung (StPO): Natürlich gilt die Unschuldsverwurstung.

»Ich habe die Konsequenzen meiner Jugendsünde *getragen*. Ich habe *gebüßt* ohne Verurteilung«, setzt Strickler dem Müller etwas weinerlich-pathetisch entgegen. »Ich –«

»Sie waren bei dieser ›Jugendsünde‹ immerhin 32«, unterbricht ihn Müller, doch der – wir betonen – nicht vorbestrafte verhinderte Ex-Betrüger will noch etwas loswerden.

»Ich hatte eine Bankkarriere vor mir. Ich wäre heute ganz anderswo, verstehen Sie? Diese Sache hat mich ruiniert. Ich verrichte hier seit sieben Jahren … kaufmännische Hilfsarbeiten.«

»Seit sieben Jahren? Ihren Betrug haben Sie aber vor über neun –«

Piktogramm: Haareraufen. »Am Anfang war ich arbeitslos, Karenzfrist wegen Selbstverschuldens. Deswegen habe ich keinen Rappen Arbeitslosenentschädigung erhalten. Finanziell eine Katastrophe. Ich habe massenhaft Bewerbungen geschrieben, erfolglos. Der Schwager meiner Frau hat mich zappeln lassen, bis er mich schließlich hier eingestellt hat.«

Müller, Allmendinger und Odermatt starren den Mann an, ohne eine Gefühlsregung zu zeigen. Stricklers Mund scheint im Gesicht wie verrutscht. Die Kripoequipe geduldet sich. Wer wartet, erntet oft mehr als der, der einen bedrängt.

Auf einmal sticht der Kommissär wie ein Habicht auf Elias Strickler zu: »Was halten Sie von Karlheinz Locher?«

Keine erkennbare Reaktion. Ein EKG ergäbe bestimmt, dass il cuore schneller battere tut, dass la pressione, Blutdruck, von Elias Strickler steigt. Anzumerken ist ihm nichts.

»Locher? An den habe ich seit Jahren nicht mehr gedacht. Warum?«

Ist er wirklich so nichtüberrascht, wie er sich gibt?

Allmendinger, ruhig: »Keine Ressentiments, weil er Sie in diese Sache hineingeritten hat?«

»Keine bad feelings?«, mischt sich Aspirantin Odermatt ein. (Der Mehrfachfragenwerfer in Aktion.)

Strickler zuckt mit den Schultern. »Am Anfang war ich sauer auf ihn. So was von sauer. Die ›todsichere Kombine‹ war ja seine Idee …« Dann beginnt er zu verstehen, seine Augen weiten sich, die Kurve des EKGs würde nun hoppla in die Höhe schießen. »Ist was mit Locher?«

Unerbittliche Sekundenbruchteile schalltoterster Stille. Nur vor der Dreifachverglasung das Rauschen von Lkw-Motoren.

»›Am Anfang‹ waren Sie ›sauer‹ auf ihn«, zitiert Allmendinger Stricklers Worte, während Müllers Augen Sperrfeuer in dessen Richtung schießen. Amber Odermatt schaut und hört zu.

██████! Denkt Strickler und ruft aus: »Das war vor Jahren, Mensch! Ich will diese Geschichte vergessen. Ich *habe* diese Geschichte vergessen.« Der Ex-Banker äußert das in einem Ton, der auf das Gegenteil hinweist. Aus tiefen Höhlen richtet er seinen Blick auf Müller und Allmendinger und Odermatt. Seine Augäpfel* pingpongpingpongen zwischen den dreien hin und her. Wilder Löwe oder Dackelblick? Echt oder Taktik? Reumütiger Büßer oder Durchtriebenheit im Quadrat?

Seine Stimme wirkt gequält. Oder *soll* sie das bloß? »Bis Sie hergekommen sind, bis vor einer *halben Stunde*, habe ich nicht mehr an diese Geschichte gedacht. Seit … ich weiß nicht, seit wann! Ich bin für meinen Fehler geradegestanden, ich habe gebüßt und mich bei den Geschädigten und der Bank entschuldigt. Es ist niemand zu Schaden gekommen. Ich habe meinen Job verloren, meine Karriere ist im Eimer. Ich war in Psychotherapie. Las-sen-Sie-mich-in-Ru-he. Ich habe mit meiner Vergangenheit abgeschlossen. Respektieren Sie das. Bitte. Ich will nicht nochmals da durch.«

Hauptsatz für Hauptsatz verdichten sich die Anzeichen: Stricklers Not könnte echt sein.

Allmendinger: »Haben Sie seither je mit Karlheinz Locher gesprochen?«

Wieder dieser Name, dieses Gespenst aus der Vergangenheit.

»Nein«, flüstert Strickler kraftlos, »nein. Habe ich nicht.«

Weshalb ist die Kripo wegen Locher zu mir gekommen? Ist was mit ihm? Das geht ihm erst in dieser Klarheit durch den Kopf, als der Kommissär und seine zwei Kolleginnen ihn allein im Besprechungsraum der Siebedupf AG haben sitzen lassen.

---

* Dieses Wort ist absichtlich gewählt. Denn möglicherweise denken Sie sofort an »Kill Bill Vol. 2«, die Bulbi oculi von Elle Driver? Dies mischt dieser Szene einen besonders grausamen Farbton bei.

Interessiert mich überhaupt, ob was ist mit Locher? Dieser Polizeibesuch versaut ihm bestimmt den Schlaf. Das spürt Strickler.

Als Müller, Allmendinger und Odermatt unten auf der Straße stehen, vor dem Bürogebäude des ästhetischen Grauens, besprechen sie kurz, was sie soeben erfahren haben. Hat Strickler mit dem Todesfall Locher tatsächlich nichts zu tun?

»Ein Motiv hätte er.« Valérie Allmendinger versucht mit ihrer Stimme den Verkehrslärm zu übertönen. »Die Geschichte scheint ihn ja nicht loszulassen. Er hat sehr schnell die Fassung verloren.«

»Rache?«, fragt Odermatt.

»Hm«, brummt der Müller nur. Ein … Sonnenstrahl kitzelt seine Nase. Wo kommt der denn nun her? Müller schaut nach oben, zum Himmel. Wirklich, es hat aufgeklart, der Wind hat die Regenwolken nach Osten geblasen, über die Juraausläufer. Bestimmt regnen sie sich jetzt frei über dem Nachbarkanton, über Leibstadt und Beznau I und II.

»Mir kommt er irgendwie bekannt vor«, murmelt Aspirantin Odermatt mehr zu sich selbst als zum Chef und zur Kollegin, »irgendwo habe ich Strickler schon einmal gesehen.«

***

Wo ist die Komplizin?

Giorgia Furger. Die Dritte, die mit Locher und Strickler vor neun Jahren und sieben Monaten in den Betrugsversuch verwickelt war. Anspruchsvoll, aufwendig, Menschen nach so langer Zeit aufzuspüren. Sie ziehen um, wechseln die Stelle, den Beruf, das Aussehen, den Fitnessclub, den Zivilstand, das Lippenvolumen und manchmal den Namen. Manche wandern auch aus, in Staaten, in denen du als Kripo Basel-Stadt nur sehr eingeschränkt und administrativ kompliziert Zugriff auf Personendaten hast. Über den NDB, den Nachrichtendienst des Bundes, die ausländischen Partnerdienste, Interpol – ich sage nur: Rechtshilfegesuch und administrative Mühlen – lassen sich

Auskünfte im Ausland zwar beschaffen. Doch wenn es bloß um den unnatürlichen Tod eines Ex-Banker-Alkoholikers geht und um einen kalten alten Betrugsfall ohne Geschädigte, vor Jahren stillschweigend außergerichtlich beigelegt, da brauchst du als Ermittler nicht davon zu phantasieren, dass der Staatsanwalt darauf einstiege, dein Anliegen dem NDB als Prio 1 weiterzuleiten. Da braucht es einiges mehr an Anstrengung – und vor allem an Fakten. Auch ohne Alltagskriminalitätsanfragen der Müllerpolizei haben die beim NDB genug zu tun: Sie reorganisieren sich intern, befassen sich mit Spionage- und Terrorismusabwehr und bekämpfen Wirtschaftsspionage. Sie verfolgen gewalttätigen Extremismus und dämmen die Proliferation ein, damit möglichst keiner illegal heikle Technologie verbreitet. Sie sprechen präventiv Gefährder an, also potenzielle Täter, um die Gefahr von Straftaten zu verringern ... Und natürlich haben sie mit den Russen, den Chinesen, den Islamisten und anderen Extremisten aller Art zu tun und ...

Giorgia Furger also. Ist sie die »Dark Lady«? (Shakespeare).

Die Datenbanken geben nichts her. Einwohnerregister, Strafregister, Fahndungsdatenbank RIPOL, alle internen Systeme, die polizeilichen Datensammlungen kennen diese Frau nicht.

Aspirantin Odermatt suchmaschinelt dem Internet die Puste aus dem Leib. Sogar der elektronische Krake ist überfragt. Wir erreichen die Grenzen der Allwissenheit.

Digitale Nichtexistenz kann Verschiedenes bedeuten:

    a) Person stand und steht nicht in Bezug zur Öffentlichkeit, weil

    b) nicht als öffentlichkeitsrelevant eingestufte, hierarchisch eher untergeordnete Tätigkeit. Oder

    c) Person füllt besonders diskrete Funktion aus, in

    c1) staatlichem Auftrag (Sicherheit, Spionageabwehr ...)

    c2) privatem Auftrag (Finanzen, Technologie). Oder

    d) Person hat aus persönlichen Gründen ihren Namen geändert (Wechsel von Zivilstand oder Geschlecht).

    e) Person lebt in prekären Verhältnissen, ist aus der Gesellschaft gefallen.

f) Person ist vor der Totaldigitalisierung fast aller Lebensbereiche verstorben.

Amber Odermatt tippt sich die Fingerspitzen wund. Vergeblich. Der Name Giorgia Furger taucht in der elektronischen Parallelwelt kein einziges Mal auf. Odermatt vermerkt diese Leerstelle in der Akte.

***

Zur gleichen Zeit.

Die Akte Pascal Brügger. Das Personaldossier des Kollegen enthält keine Auffälligkeiten. Wohnhaft in 4310 Rheinfelden AG, 29 Jahre alt. Verheiratet, keine Kinder. Ein solider, gewissenhafter Kollege. Berufslehre als Polymechaniker, Polizeischule, Diplom. Acht Jahre im Korps. Einsätze vor allem im Streifen- und im Ordnungsdienst, im Alarmpikett, freiwillige Einteilungen zum Dienst beim St. Jakob-Park, dem Fußballstadion. Kaum Krankheitsabsenzen. Die obligatorischen Weiterbildungen und Auffrischungskurse erfolgreich absolviert. Keine disziplinarischen Auffälligkeiten. Diese Informationen hat Aspirant Vlado Vakulic zusammengetragen und dem Kommissär weitergeleitet.

Brüggers Zugführer ist Leutnant Kevin Imfeld. Müller kennt ihn höchstens flüchtig, zum Namen fällt ihm kein Gesicht ein. Denn die Kantonspolizei sitzt im Spiegelhof, einige hundert Meter vom Waaghof entfernt, den Büros der Kripo und der Staatsanwaltschaft. Imfelds Dienstgrad lässt außerdem vermuten, dass er dem Korps noch nicht besonders lange angehört.

Letzte Nacht hat Garaventi von der Clarawache Dominguez mitgeteilt, Brügger sei bei der Attacke auf ihn nicht im Einsatz gewesen. Imfeld hat sich heute früh gleich geäußert. Müller will nachhaken, Unterredung von Kripo-Offizier zu Kapo-Offizier, vielleicht erfährt er mehr über den verletzten Kollegen. Müller wählt Imfeld von seinem Einzelbüro aus an.

»Leutnant … Kevin, hier Müller, Kriminalkommissariat.« Knochentrocken.

»Was verschafft mir die Ehre?«, antwortet Imfeld.

»Brügger …«, Müller bleibt bei seinem Offizierston, »Pascal, gestern Nacht bei der Markthalle –«

»Ich bin informiert, Dominguez hat mich heute früh schon angerufen«, unterbricht ihn der Leutnant, »habt ihr die Täter festgenommen?«

Ein Unterton? Müller glaubt einen zu hören. Dabei weiß Imfeld doch, dass auch die Kriminalpolizei nicht zaubern kann. Arbeit braucht Zeit. Muss ein forscher Kerl sein, dieser Jungleutnant, ein Superambitionierter, eine Testosteronbombe, dass er einen Ranghöheren so anflapst. Müller lässt sich nicht irritieren. »Brügger ist bisher nicht vernehmungsfähig. Aber vielleicht gibt es Hinweise bei euch? Ihr arbeitet Tag für Tag mit ihm zusammen. Hat er vor Kurzem jemanden festgenommen, der wieder freikam und ihm ans Leder wollte?«

»Mir ist nichts Entsprechendes bekannt«, antwortet Lt Kevin Imfeld.

Müller: »Laut Personalakte ein seriöser, einsatzfähiger Mann.«

»Jawohl. Ich wüsste nichts anderes.«

»Ist seine Personalakte vollständig?«

Lt Imfeld fragt zurück: »Wie meinst du das, Kommissär?«

»Steht da alles über ihn drin, was je vorgefallen ist?«

»Was sollte denn …?«, versucht sich Imfeld zu erkundigen, doch ihm fällt nicht ein, wie er den Satz vollenden könnte.

»Gut«, setzt der Müller den Punkt, den Imfeld nicht findet. »Wenn dir etwas Außergewöhnliches einfallen sollte, Leutnant«, blablabla, und »wäre hilfreich«, blabla, und Grußformel.

Stress im Anzug?

Kaum ist es aufgelegt, klingelt das Müllertelefon wie krank. Chef a. i. Thomas Krähenmann will mehr über die Gewalttat am Gefreiten Brügger erfahren. Der hat dem Müller gerade noch gefehlt. Hat die Medienstelle schon Anfragen erhalten? Hat jemand etwas ausgeplaudert?

»Habt ihr Hinweise auf die mutmaßliche Täterschaft, Beni?«

Und dann spricht der Chef den Kommissär auch noch mit *Beni* an. Irritation-Emoji + Wut-Emoji.

»Wenn die Medien Wind kriegen von diesem Verbrechen … oder die Regierungsrätin, dass sogar unsere eigenen Leute Gewaltopfer werden … dass jemand einen Polizisten niederschlägt und eine Treppe hinunterwirft. Das ist ein absolutes No-Go.«

Ermitteln braucht Zeit, Thomas, hätte der Müller gerne entgegnet, sein ewiges Mantra. Doch er hockt aufs Maul, sonst potenziert sich der Stress mit dem Chef. Weil sich auch dessen Stress potenziert, er spürt ständig Regierungsrätin Cordula Gruber und die Medien im Nacken. Für die wäre diese Geschichte ein gefundenes Fressen.

Trotzdem. Müller kann sich nicht verkneifen zu sagen: »Woher sollten Gruber und die Medien überhaupt erfahren, dass letzte Nacht hinter der Markthalle etwas vorgefallen ist?« Perfide kleine Pause. »Mit den undichten Stellen im Amt haben … hast du doch aufgeräumt.«

Nach einer hocheffizienten Blitzmeditation antwortet der Erste Staatsanwalt: »Gut, nun, ähm … ich hoffe auf baldige Ergebnisse und absolute Diskretion.«

Keine Nachfrage zum Fall Locher. Absicht oder Desinteresse? Das fragt sich der Müller nach der Verabschiedung von Chef Krähenmann.

∗∗∗

Voll Pathos.

Dominguez' Handy spielt »Burning Heart«, die Erkennungsmelodie von »Rocky IV«. In der Leitung Ralph Cecchetto vom Schwarzen Peter.

»Meine Klienten …« Das Wort geht Dominguez auf den Wecker, weil Klient bedeutet doch Kunde, und beim Schwarzen Peter gibt's nichts zu kaufen, außer die würden mit Drogen … aber das ist Unsinn, denn es ist eine soziale Einrichtung … »… sind bereit, Ihnen Auskunft zu geben.«

Ah, denkt Freddie. Gut, kommt endlich mal etwas ins Rollen.

Ihm fehlt manchmal die Geduld. Warum tun die so kompliziert? Obdachlose haben doch Zeit genug und nichts zu verlieren, wenn sie kooperieren. Kaum interessiert sich jemand für sie, brauchen sie Bedenkzeit und wollen hofiert werden, denkt er. Und auch dieser Cecchetto nimmt sich unheimlich wichtig.

»Sie sind zu einer Aussage bereit, weil sie denken, dass ihre Informationen vielleicht dazu beitragen könnten ...«

Spricht der kompliziert, denkt Dominguez.

»... die Verantwortlichen für Lochis Tod zu finden.«

»Wann und wo?«, fragt er kurz und knapp. Doch wie von magischer Hand bestäubt fällt ihm doch noch das kleine Zauberwörtchen »danke« ein. Er schickt es dem »Bis morgen« hinterher. Cecchetto könnte es noch gehört haben, bevor die Leitung tot war.

✳✳✳

Gerüchte.

Fall Locher an diesem Dienstag, 19. Februar: Valérie Allmendinger, Freddie Dominguez und Aspirantin Amber Odermatt.

Fall Brügger an diesem Dienstag, 19. Februar: Markus Gormann, Romina Wäckerlin, Aspirant Vlado Vakulic. »You'll Never Walk Alone« (Gerry and the Pacemakers). Alleingänge könntest du als Polizistin, als Polizist auch gar nicht leisten. Du kämst nicht voran, und wärst du allein, wäre der Frust unerträglich, wenn sich trotz allen Anstrengungen anscheinend nichts bewegt. Nicht allein zu sein, das ist ein Trost für die Polizeifrau, den Polizeimann, den Polizeihund und die Abhörsoftware, wenn bei der Arbeit maximal minimst minimalste Fortschrittchen sichtbar werden und sich kaum ein µ Erkenntnisgewinn aus dem Sumpf der menschlichen Schwächen herausfischen lässt. Wie mühsam, die Treffpunkte der Obdachlosen und Alkoholiker abzuklappern, ohne dass sich ein handfestes Ergebnis abzeichnet. Ebenso Dürftiges kommt heraus bei den Befragungen unter Pascal Brüggers Streifenkollegen und der Mannschaft auf der Clarawache.

Aber immerhin wissen wir: »You'll Never Walk Alone«.

Polizeiseitig gibt es drei Strategien, um mit Stillstand umzugehen:

Fluchen und weitermachen.

Seufzen, ächzen und weitermachen.

Weitermachen.

Vielleicht ist ja doch etwas dran an den Gerüchten, die unter den Obdachlosen und Hängern kursieren: Am Abend, als Lochi vor dem Bahnhof verschwand, war er besoffen (durch Autopsie Haberthür bestätigt) und hat sich mit irgendwem geprügelt, vielleicht bei der Tramwendeschleife Neubad (Linie 8). Wegen des Suffs und der Schläge hat er die Orientierung verloren. Schließlich ist er verwirrt und entkräftet im Dunkel der Dorenbach-Promenade gestürzt, nicht mehr hochgekommen und an der Kombination von Unterkühlung und Verletzungen gestorben.

Im Fall Brügger lautet das Gemunkel: Pascal wurde als Polizist erkannt, und ein Bullenhasser – ACAB! ACAB! 1312! 1312! – hat ihn nach einem Beizenbesuch mit Kollegen abgepasst, ihn die Treppe zum Hintereingang der Markthalle hochgelockt oder raufgejagt, um ihm eins überzubraten und ihn mit Wucht die Stufen hinunterzustoßen. Allgemeine Aussagen von Kapo-Kollegen protokolliert von Gormann, Wäckerlin und Vakulic, bisher nicht erhärtet durch materielle Beweise.

Aber …

Gleich nach dem Telefongespräch mit dem Gassenarbeiter hat Dominguez den Kommissär benachrichtigt. Morgen um 15 Uhr werden sie in den Räumen des Schwarzen Peters an der Elsässerstraße die zwei aussagewilligen Klienten treffen. Im Beisein des Sozialarbeiters Ralph Cecchetto natürlich. Vertrauensbildende Maßnahme. Ausbildungsmodul in der Grundausbildung an der Interkantonalen Polizeischule in Hitzkirch LU.

ACHT

Zurechnungsfähig.
Feuchtkühl, Wolken: tief. Mittwoch, 20. Februar, 07:59 Uhr.
Kollege Brügger im Unispital endlich ansprechbar. Jedoch, stellen Gormann, Wäckerlin und Vakulic fest, das cerebrale Logbuch des Kantonspolizisten weist Leerstellen auf. »Souvenirs, souvenirs« (Johnny Hallyday)? Fehlanzeige. Der Mann mit dem Kopfwundenturban entsinnt sich nicht, was spät montagnachts respektive Dienstag früh auf der Treppe hinter der Markthalle geschehen ist. Er weiß nicht, weshalb er sich an diesem Ort aufgehalten hat. Auf die Frage, ob er allein dort war, kann er ebenfalls keine Antwort geben. Den verbundenen Kopf aufs große weiße Kissen gelegt, schaut er die Kriminalpolizistin, den Kriminalpolizisten und den Aspiranten an, ohne auf ihre Fragen eingehen zu können. Er liegt bloß da, blickt die Kollegen an und versucht zu lächeln.

Gleichzeitig im Waaghof, 08:00 Uhr. Der Kommissär rekapituliert für sich die Aussagen der Kapo-Kollegen, aufgenommen gestern durch Gormann, Wäckerlin und Vakulic. Er kann daraus keine Schlüsse ziehen, was hinter der Markthalle vorgefallen ist. Müller legt Komma sich konzentrierend Komma die Stirn in Falten. Er liest, dass sich die Kantonspolizisten Inäbnit, Thommen und Mastrantonio als »gute Kollegen« von Brügger bezeichnen. Offenbar besuchen sie gemeinsam Spiele des FCB und hin und wieder auch mal einen Escape Room, und im Sommer grillieren sie zusammen. Alle drei geben an, am Montagabend nicht mit Brügger auf der Piste gewesen zu sein. Übereinstimmend haben sie ausgesagt, nichts über dessen Pläne zur Zeit dieser (mindestens) Körperverletzung bis (maximal) versuchten Tötung zu wissen. Laut den Gesprächsnotizen äußern sie sich über den Polizeigefreiten Brügger vorbehaltlos positiv.

Viel haben sie über ihn allerdings nicht zu sagen, findet der

Müller, als er die Unterlagen studiert. Keine Aussage darüber, was für ein Mensch Brügger ist. Was er denkt, was ihn beschäftigt. Was ihm Freude macht, was ihn vielleicht belastet. Vielleicht verhält sich das so unter Männern, die bei der Arbeit auch mal physisch zupacken müssen. Möglicherweise sind die bloß innerlich und intuitiv Psychologen und drücken die Feinheiten selten in Worten aus? Wahrscheinlich diskutieren sie in der Freizeit wenig über Probleme, innere Abgründe und solches Zeug. Der Dienst ist oft belastend genug, deshalb wollen sie es außerdienstlich vor allem lustig haben, ein Bier trinken, Sport treiben. Klar spricht man unter Kollegen auch über die Rechnungen, die Hypothek, den seltsamen Nachbar, der ist doch völlig von der Rolle … logisch, sicher erwähnt man die Schwierigkeiten mit den Kindern in der Schule oder wenn sie gamen bis zum Abwinken. Die Eltern, die älter werden und Hilfe brauchen. Solche Themen gelegentlich schon, wenn das Herz gerade übergeht. Und der Job begleitet einen auch in den freien Stunden. Total ausblenden, vollkommen abschalten, nicht immer einfach.

Müller wählt Gormanns Nummer und erkundigt sich: »Etwas Persönliches über Brügger haben sie nicht erzählt?«

Gormann überlegt kurz und antwortet: »Nein.«

»Keine Wärme?«, sagt der Müller mehr zu sich selbst als zum Kollegen. Er stellt fest, dass die Finger seiner rechten Hand rhythmisch auf die Tischplatte klopfen. Er zwingt sich, damit aufzuhören. »Da steckt keine Wärme drin in diesen Schilderungen über Brügger.«

Was könnte Gormann seinem Chef antworten?

Ihm fällt ein, wie Inäbnit, Mastrantonio und Thommen im Gespräch etwas in Fahrt gekommen sind und ihre Wortwahl, »███kriminelle und ███illegale«, eher etwas unorthodox mündlich ausgefallen ist. Die Kapo-Kollegen hätten Gormann, Wäckerlin und sogar Vakulic zugezwinkert, als sie solche Bemerkungen machten, von Kapo-Kollege zu Kripo-Kollege, wir sitzen doch im selben Boot und kämpfen den gleichen Kampf, nicht?

Das berichtet Gormann dem Kommissär. »Wir haben darauf natürlich nicht reagiert. Darum haben sie bald aufgehört mit den Sprüchen.«

Was könnten die wenig persönlichen Aussagen von Brüggers Kollegen bedeuten, fragt sich der Kommissär. Vielleicht fühlen die sich einfach wortlos miteinander verbunden, schlicht und einfach, ohne Blabla und Tamtam?

»Reden wird überschätzt«, schrieb einst Ambrosianus der Jüngere, beendete die Sentenz aber so: »Schweigen auch.«

Ende Telefongespräch Müller + Gormann. Weitermachen.

Meldet sich kein Zeuge, der zufällig etwas mitbekommen hat, blüht der Kripo ein Ozean von Kleinarbeit. Polizeiarbeit eben.

Der Stand im Fall Locher: Karlheinz Locher haben wir auf dem Video aus dem Bahnhof. Und hoffentlich berichten die zwei Klienten des Schwarzen Peters heute Nachmittag wirklich etwas Substanzielles.

Müller seufzt, räuspert sich und behält das Telefon in der Hand, das linke Ohr noch warm vom Gespräch eben mit Gormann.

Nochmals die Spurensicherung. Die arbeiten an Lochers Leiche, an seinen Kleidern, am Fundort Dorenbach-Promenade.

Nochmals das Team zusammenrufen.

Nochmals hinaus In die Ziegelhöfe, die Häuserzeile, deren Rückseite nur zwanzig, dreißig, vierzig Meter vom Fundort der Leiche Locher entfernt ist.

Hat niemand etwas beobachtet, gehört? Nachbefragungen. Remix.

Erneut die ehemaligen Kollegen von Karlheinz Locher bei der Bank Nordwest kontaktieren.

Die serielle Musik der Polizeifragen:

Freddie Dominguez am Telefon zu Claudio Brodmann (42): »Warum haben Sie uns am Wochenende nichts von Karlheinz Lochers Betrugsversuch erzählt?«

Valérie Allmendinger am Telefon zu Zigarrenfreund Roger

Grieder (52): »Warum haben Sie uns am Wochenende nichts von Karlheinz Lochers Betrugsversuch erzählt?«

Amber Odermatt am Telefon zu Whisky-Liebhaber Silvan Dobler (46): »Warum haben Sie uns am Wochenende nichts von Karlheinz Lochers Betrugsversuch erzählt?«

…

Alle sinngemäß: Ich habe angenommen, Sie wüssten das alles längst.

…

Amber Odermatt zu Dobler: »Sagen Ihnen die Namen Giorgia Furger und Elias Strickler etwas?«

Freddie Dominguez zu Brodmann: »Sagen Ihnen die Namen Giorgia Furger und Elias Strickler etwas?«

Valérie Allmendinger zu Grieder: »Sagen Ihnen die Namen Giorgia Furger und Elias Strickler etwas?«

…

Alle sinngemäß: Ja, das waren Arbeitskollegen in der Bank. Ich kannte die nicht gut. Die hatten mit Locher diese blödsinnige Idee und sind alle miteinander auf die Nase gefallen.

Und alle: Mit denen hatte ich nie wieder zu tun, und schon vorher, als sie noch in der Bank Nordwest gearbeitet haben, kannte ich die, wie gesagt, wirklich kaum.

…

Und noch einmal die »Suite für Egoisten, Beschöniger und Oberflächlichkeitsprotagonisten«, op. 117, in Diss-Dur.

✳✳✳

Die Medien.

Während die Kolleginnen und Kollegen weiterwühlen, wertet der Kommissär in seinem Büro die Tagespresse aus. Die zwei regionalen Tageszeitungen, deren Online-Seiten und die ausschließlich digitalen Medien. Zum Job gehört es, Bescheid zu wissen, was den Redaktionen im Dreiland berichtenswert scheint.

»Hoppla«, entfährt es ihm, als er eine Meldung entdeckt. Sogleich ahnt er, dass … und sofort bestätigt das Telefon klingelnd, dass er richtigliegt. Thomas, der Chef, Erster Staatsanwalt ad interim Krähenmann für alle andern.

»Beni«, hört der Kommissär vom Chef wieder seinen Vornamen, den im richtigen Leben nur Gülay verwendet und selten, selten Müllers bester Freund und Mitpolizist Bucher Manfred aus Zürich. Vor lauter »Beni« ist Müller unwohl. Ihm wäre das Sie zu Krähenmann lieber. Er kann sich nicht helfen: Durch das Du fühlt er sich vereinnahmt, eingeschränkt, unfrei.

»›Gewalt gegen Polizeibeamten‹, Beni«, zitiert der Duz-Chef die Schlagzeile, lässt den Satz in der Schwebe, als hätte sein Zuhörer eine Auto-Ergänzungsfunktion im Kopf. Hat der natürlich, weil Anspielung, Subtext, Vorwissen et cetera. Natürliche, nicht künstliche Intelligenz.

»Wir sind dran«, antwortet der Müller. Seine Stimme bleibt oben, bis schließlich droppt: »Thomas.«

Danach schweigt er. Darin ist er gut. Geduldet sich ein Weilchen, psychologisches Hackebeilchen. Warten setzt den anderen unter Zugzwang. Vergessen wir auch nicht: Der Müller ist höherer Polizeioffizier, mit Sternen und dicken Streifen auf den Schulterpatten seiner Uniform. Die hängt zwar im Büroschrank, und er trägt sie nicht gern. Aber er ist nicht irgendwer und braucht sich vor seinem Chef nicht kleinzumachen.

Krähenmann verkündet noch einmal den Tarif: »Gewalttaten gegen Polizeiangehörige können wir auf keinen Fall tolerieren.«

»Tun wir nicht, das weißt du«, hält der Müller kühl dagegen, »wir arbeiten dran.« Und zur richtigen Zeit braucht es eine Ich-Botschaft: »Ich habe eine ganze Equipe darauf angesetzt.«

Nun versucht sich Krähenmann in taktischem Schweigen. Glaubt er, er meistere diese Methode so gekonnt wie Don Benedetto, der Capo des Basler Kriminalkommissariats? Denkt er das wirklich? Die Antwort liefert er selbst, indem er den Versuch abbricht: »Was kann ich den Medien erzählen, Beni?«

Was kann ich meinen Parteifreunden bloß erzählen, textet Müller in Gedanken Krähenmanns Anliegen aus.

»Dass wir auf Hochtouren undsoweiter … vielversprechende

Spuren und Hinweise aus der Bevölkerung … du kennst das doch. Beat Schwarz von der Medienstelle hat eine Kiste passender Formeln auf Lager. Wir brauchen Zeit, das weißt du so gut wie ich.«

»Aber dich grillen die Medien nicht. Dich ruft keine Regierungsrätin morgens um halb sieben auf deine Privatnummer an. Du hast keine Parteifreunde, die dir –«

100 Punkte für mich, denkt der Müller, unterbricht seinen Vorgesetzten mit einer Ladung Positivität und optiert optimistisch für diesen Satz: »Das wird schon, Thomas. Das wird schon.«

Woher nimmt er nur die Zuversicht, an der es uns so oft gebricht?

✳✳✳

Da capo al fine.

Nicht nur an die Telefone haben sich Dominguez und die Kolleginnen Allmendinger und Odermatt gehängt. Sie durchkämmen zusätzlich, wie vom Kommissär befohlen, einmal mehr die Ziegelhöfe. Nun könnten wir Gedanken über Endlosschleifen anstellen, an »Groundhog Day« mit Bill Murray denken, uns fragen, ob wir die Moebius-Schleife erwähnen möchten. Wir könnten von Loops und der Repe-repe-titi-titi-repe-titi-repe-titi-ti-tivi-tivi-tät expe-expe-expe-ri-me-ri-me-mente-menteller ele-ele-elektro-ktro-ktro-ni-nini-nini-ninis-sche-sche-scher Mu-mu-mu-mu-sik sprechen. Denn die Kunst imitiert das Leben manchmal eins a. Als Kunst ist diese Abfolge von Wiederholungen, von Serien hochattraktiv. Wenn du dagegen das Leben als höchstens leicht variierte Kette des Fast-Ewiggleichen empfindest, musst du aufpassen, dass du nicht abstumpfst.

»You're Under Arrest.« (Serge Gainsbourg)

Als Allmendinger, Dominguez und Odermatt das Wohnhaus In den Ziegelhöfen 151 verlassen, ergebnislose Befragungen plus bei manchen Türklingeln keine Reaktion, überfällt Amber

Odermatt wie ein Blitzzzzzzzzz eine Erkenntnis. In ihr hat es weitergearbeitet, und jetzt weiß sie, warum ihr Lochers Ex-Komplize Elias Strickler bei der Befragung in Liestal bekannt vorgekommen ist. Sie hat ihn schon einmal gesehen, kam es ihr vor. Doch ... Wo nur? Wo hat sie ...? Auf einem Video! Auf dem Überwachungsvideo aus dem Bahnhof SBB, das dokumentiert hat, wie Locher an seinem letzten Lebensabend die Rolltreppe von der Passerelle zur ehemaligen Schalterhalle heruntergefahren ist. Die Aufnahme zeigt Locher schräg von vorn, weil die Kamera an der Mauer über dem Eingang zur Geldtransfer- und Wechselstube angebracht und auf die drei Geldautomaten auf der anderen Seite der Halle gerichtet ist.

Odermatt nimmt an, dass diese Kamera auch Strickler erfasst haben müsste. Woher, wenn nicht aus diesem Video, kann sie sein Gesicht kennen?

Sie bespricht sich mit Freddie und Valérie. Und nach Rücksprache mit dem Kommissär macht Dominguez allein mit der Fleißarbeit In den Ziegelhöfen weiter. Denn Odermatt und Allmendinger fahren in den Waaghof zurück. Weil die Kollegin ja an der Befragung in Liestal teilgenommen hat, kennt sie Strickler ebenfalls.

Gemeinschaftsbüro. Die Bilddatei aufrufen. Start. Video ab. Odermatt → Schnellvorlauf → zur Sequenz, als Locher am 14. Februar um 22:37 Uhr deutlich erkennbar auf der Rolltreppe ... und bei ihm ... gleich hinter ihm ...

... unzweifelhaft ...

Treffer.

Strickler, eine Stufe hinter Locher auf der nach unten fahrenden Treppe.

Allmendinger nickt. »Informieren wir Müller.«

Der freut sich und weist die Kolleginnen an, mit Markus Gormann als Verstärkung Strickler abzuholen und in den Waaghof zu bringen.

Vier Tage nach Karlheinz Lochers Tod werden an diesem Mittwoch, 20. Februar, um 19:50 Uhr, Det Allmendinger, Asp Odermatt und als Ranghöchster Det Wm Gormann den Ex-

Betrüger Elias Strickler an seinem Wohnort in 4415 Lausen festnehmen. Mordverdacht.

***

Im Tran.

Das Kissen ist so weich, dass sein Kopf darin versinkt wie ein Aasgeier in einer Wolke. Über seinem Körper wölbt sich das Duvet. Blütenweiß wirkt die Welt, schneeweiß und rein wie die Bettwäsche in einem Hotel mit einer Handvoll Sterne.[*] Vom Korridor her hört er leise Schritte und Gemurmel. Ein Wagen wird über den Flur geschoben. Leichtes Geschepper von kleinen Utensilien. Metall in Metallschalen? Eines der Räder quietscht, wenig Dezibel, die Frequenz aber hertzzermürbend … Durchs Fenster fällt fahl der Februar. In Brüggers Gedächtnis wirkt nichts klar. Der Kopf schmerzt, der Rücken, der Arm. Gehirnerschütterung? Prellungen? Warum trägt er einen Turban?

Dass er im Spital liegt, hat der Polizeigefreite Brügger mittlerweile verstanden.

Neonröhren. Das Personal in Weiß. Pflegerinnen mit Stiften in der Brusttasche und einer angeclipten Uhr. Manchmal haben sie ein Tablet dabei, auf dem sie etwas notieren.

Was tippen sie, nachdem sie *ihn* angeschaut haben?

Warum ist er hier? Was ist mit ihm?

Klar: Kopfschmerzen, Rückenschmerzen, Armschmerzen, Verbände, Schläuche, die Herzfrequenzmessungsmaschine … Wie nennt man so ein Ding korrekt?

Warum ist er hier?

Er hat begriffen, dass vorher drei Leute an seinem Bett standen. Polizei. Wie er selbst. Die Kripo, in Zivil, das muss die Kripo gewesen sein. Wenn die drei Leute zu ihm herschicken, muss etwas vorgefallen sein. Was wollten die zwei Kollegen und die Kollegin von ihm?

Die Zimmertür öffnet sich, und er sieht Corinne auf sein Bett

---

[*] Sie denken bestimmt an das saisonbedingt leer stehende Hotel in »Shining« (USA, 1980, Regie: Stanley Kubrick). Sie haben recht.

zusteuern. Sie gibt sich Mühe zu lächeln. Er versucht es auch. Er hat seine Gesichtsmuskeln nicht unter Kontrolle. Eine Fratze schneidet er. Was wird Corinne von ihm denken? Er will sich ins Gesicht fassen, um die Verkrampfung zu lösen, aber alles tut ihm weh, und sein Arm verwickelt sich in den Schlauch, der vom Chromstahlständer neben dem Bett zur Innenseite seines Unterarms verläuft. Vor Ärger stöhnt er. Und was sich vor seinen Augen abspielt, wirkt auf ihn unwirklich, vernebeltneblig, gefiltert. Weichzeichner? Schmerzmittel, das dürfte die Wirkung der Schmerzmittel sein.

Corinne betrachtet die Schläuche und die medizinischen Apparate, als sähe sie selbst nicht jeden Tag im Spital in Rheinfelden, pardon: Gesundheitszentrum Fricktal, genau diese Umgebung. Doch Pascal als Patient in dieser Atmosphäre, Pascal, das bedrückt sie. Obwohl ihr der Arzt am Telefon gesagt hat, es sei nichts Ernstes. Pascal komme bald wieder in Ordnung. Einige Tage Ruhe, ärztliche Kontrolle. Aber weil sie den Spitalbetrieb ja selbst kennt, weiß sie, dass Ärzte nicht immer alles sagen, manches sogar beschönigen, um die Angehörigen zu schonen und damit auch den Patienten. Denn Pascal hilft's ja nicht, wenn ich heulend an seinem Bett sitze. Der Körper des Menschen ist kompliziert – und der Schädel und sein Inhalt erst recht.

Pascal wirkt bleich, durcheinander. Nicht so männlich und selbstbewusst, wie er sich gerne gibt und sie ihn kennt und mag. Er mit diesem Kopfverband und dem Schlauch im Arm im Unispital … Das macht ihr schlagartig wieder bewusst, welchen Risiken er als Polizist ausgesetzt ist und dass er manchmal Risiken eingehen muss. Sie hat das immer verdrängt. Mal eine Flasche oder einen Stein an den Helm während einer Demo, mal ein blauer Fleck bei einer Festnahme, sonst ist ihm im Dienst bisher kaum etwas passiert. Immer mit der Gefahr leben, mit der Ungewissheit, der Sorge, ob er unversehrt nach Hause kommen wird. Das könnte sie schwer aushalten, in ständiger Angst. Im Alltag schiebt sie das zur Seite. Andere Polizistenfrauen haben ihr gesagt, ihnen ergehe es genauso.

Hat Pascal in der Nacht, als er angegriffen wurde, bei der Markthalle etwas gehört, etwas gesehen und ist eingeschritten? Das entspräche absolut seinem Temperament. Hat er einen Täter verfolgt, ihn festnehmen wollen, und das ist womöglich schiefgegangen?

Corinne Brügger weiß, dass Einzelaktionen den dienstlichen Weisungen widersprechen. Pascal hat ihr mehrmals erzählt, dass man vor dem Eingreifen immer Verstärkung anzufordern hat. Dass Selbstschutz vorgeht. Außer es besteht Gefahr für Leib und Leben von Drittpersonen. Da alarmiert der Polizeimann, die Polizeifrau zuerst die Zentrale – und geht danach sofort solo hinein, die Waffe gezogen und entsichert.

Wollte Pascal in der Nacht auf Dienstag hinter der Markthalle jemanden aus größter Not retten?

Ist er ein Held?

Corinne wird mich gleich fragen, was denn passiert ist, denkt Pascal, wie vor einigen Minuten die Kripo.

»Pascal! Ich bin so froh, dass …«, beginnt seine Frau, zögert und spricht weiter: »… was ist denn passiert?«

Warum warst du entgegen allen Dienstvorschriften überhaupt allein an diesem Ort, will sie ihn auch fragen. Das muss sie aufschieben. Denn Pascals Augen sind längst wieder geschlossen.

***

Three o'clock rock.

Müller und Dominguez nach 4056. Sankt Johann. Belebte Gegend, nicht die reichste, hier prekär, dort aufgewertet, da Müll auf Trottoir und im Vorgarten und dahinter Eigentumswohnungen. Studentin, Rentner, doppelverdienender Mittelstand mit kindergefülltem Veloanhänger und Alkoholiker mit ausgetretenen Schuhen.

Heranzoomen: Elsässerstraße, gegenüber der Bäckerei Kult. Schwarzer Peter. Altbau. Erdgeschoss. Vor dem Haus die Gleise der Tramlinie 3 → St. Louis (Grenze) und der Asphalt für den

Individualverkehr. Ralph Cecchetto, ein mittelgroßer braun gebrannter Mittdreißiger, sichtlich viel an der frischen Luft. Dominguez kennt ihn schon länger vom Sehen, hat ihn zuerst für einen Obdachlosen gehalten, weil er ihn regelmäßig angetroffen hat bei der Dreirosenbrücke, beim Bahnhof, auf dem Claraplatz, auf der Claramatte, im De-Wette-Park.

»Wir kennen uns«, prescht der Muskelmann vor, obwohl er wegen des Dienstgrads dem Kommissär den Vortritt lassen müsste. Doch der mag es, wenn er selbst nicht die Initiative ergreifen muss in einem neuen Setting. Müller = Beobachter, lauert gerne in der zweiten Reihe, weil er von dort aus mehr sieht und denken kann.

»Stimmt, ja«, antwortet Cecchetto und schaut Dominguez genau an. Versucht er sich zu erinnern, ob er mit diesem Polizisten schon mal näher zu tun hatte? Oder ob ein Klient ihm Ungutes über ihn berichtet hätte? Offenbar fällt der Befund gut aus, denn der Gassenarbeiter behält Dominguez' Hand in seiner, schüttelt sie weiter und sagt: »Wir haben uns auch schon gesehen.« Dann lächelt er.

Danach reicht er seine Hand auch dem Kommissär. Und schließlich Handshakes Müller und Dominguez mit den zwei Männern, die an einem Tisch sitzen, vor sich eine Kaffeetasse. Urs Schmutz (45), angegrauter Bart und gefütterte Jacke, und Salvatore Romano (39), schulterlange Haare, Stoppeln, Pulloverärmel zurückgeschoben und deshalb Tätowierungen auf den Armen sichtbar.

»Grüezi«, sagt Dominguez.

»Danke, dass Sie gekommen sind«, sagt Müller.

Die Männer schauen auf, murmeln undeutlich und warten. Setzen. Schauen. Kaffee. Romano hustet. Cecchetto umreißt, worum ihn die Kriminalpolizei gebeten hat. Darauf fasst Müller zusammen: Todesfall Karlheinz Locher → a) verdächtige Wahrnehmungen Ihrerseits? b) Wie wir hören: für Zivilbullen gehaltene Männer in der Nähe von Randständigen?

Die Uhren ticken. Die Sekunden rücken aus der Zukunft heran, halten sich ultrakurz in der Gegenwart auf und verabschieden sich sofort in die Vergessenheit. Wäre toll, geht Müller gelegentlich durch den Kopf, sich einmal in die Frage zu vertiefen, ob die Zukunft oder die Vergangenheit länger dauert. Das vertagt er auf die Pensionierung in eineinhalb Jahrzehnten.

Zurück zu Urs Schmutz und Salvatore Romano, die sich lieber miteinander zu unterhalten scheinen, als den Polizisten direkt zu antworten.

»Du hast die doch auch gesehen, oder?«

»Ja, zwei ... oder drei ...«

»Mhm, drei habe *ich* auch mal gesehen ...«

»... zwei oder drei Männer.« Romano hustet erneut.

»Haben Sie die oft gesehen, Herr Romano?«, fragt Müller.

»Oft? Nein, nicht oft, nein, aber ...«

»Das eine oder andere Mal schon, Salvi, gell?«

»Die treiben sich herum ... weiß nicht, ob's immer dieselben sind, aber ... äh, ich ...«

»... doch, die sind sich alle ähnlich, die Typen ... sehen irgendwie gleich aus, also ähnlich ... insgesamt aber sind es mehr als zwei oder drei ...«

»Sie meinen, Herr Schmutz, dass es jeweils zwei oder drei waren, aber in unterschiedlicher Kombination? Immer wieder andere?«

»Mhm«, bestätigt Schmutz.

»Im Ganzen also, zum Beispiel, sagen wir, fünf bis sieben?«

Urs Schmutz kratzt sich an seinem Bart und denkt nach. Salvatore Romano übernimmt wieder: »Fünf bis sieben ... ja, das könnte sein.«

»Aber immer zu zweit oder zu dritt«, betont Schmutz, worauf Romano nickt und hinzufügt: »Kräftige Typen, ziemlich fit, sportlich. Mich dünkt, sie suchen Kontakt. Aber die Leute sind zurückhaltend.«

Dominguez: »Wer? Welche Leute?«

»Ja, eben, die vor dem Bahnhof, auf dem Claraplatz ... Sie wissen doch, wo ... auf der Dreirosenanlage und so«, sagt Romano.

Müller: »Dort haben Sie die auch gesehen?«

»Mhm, ächä-ächä-äch«, hustet Romano, affirmativ zu verstehen.

»Sicher?«, bohrt Dominguez nach, der kein Mmh und Gekrächze hören will, sondern ein aktenfest klares Ja oder Nein.

»Ja«, tut ihm Romano den Gefallen.

»Mehr als einmal«, sagt Schmutz, »und man hört so dies und das.«

Der Zeuge öffnet sich noch mehr. Jetzt musst du nachfragen, Freddie, denkt Müller.

Dominguez tut es: »Was hört man?«

»Dass die manchmal Leute ansprechen.« (Romano)

»Haben die Sie auch schon –« (Müller)

»Nein, mich nicht.« (Schmutz)

»M-m.« (Romano). Bedeutet Nein.

Tram 3 fährt vorbei und provoziert vibrierend einen Unterbruch des Gesprächs. Das alte Haus wackelt. Ob jemand Kaffee will, erkundigt sich der Müller, bekommt freundlicherweise von Ralph Cecchetto den Chip für die Kaffeemaschine gereicht, drückt auf die Tasten und lässt das Gerät brummen, ein maschinelles Ommmmm, zischen und sprudeln und ermöglicht eine kurze Pause für alle zum Nachdenken. Kaffeeduft. Natürlich eine bewusste Intervention zur Entspannung der Befragungssituation, aber schon auch Kaffeelust.

»Wie Zivile wirken sie«, sagt Schmutz, während Romano wieder nickt und ergänzt, als hätten Müller und Dominguez die Bedeutung nicht erfasst, »Zivil*bullen.*«

Zivilbullen? Können sie das …? Nein, ist Lebenserfahrung, Intuition. Beweisen können das Schmutz und Romano naturalmente nicht. Zugegeben, ist Polizeiaufgabe, die Beweiserei.

»Nein, mehr ein Gefühl ist es, weil …«, erklärt Urs Schmutz, kratzt sich nochmals am Bart, und sein Gesicht drückt aus: Ich und meinesgleichen, wir erkennen einen Bullen, selbst wenn er sich als Vogel Gryff verkleidet oder als Micky Maus.

Von Urs Schmutz und Salvatore Romano ernten Müller und Dominguez außerdem respektabel brauchbare Personenbeschreibungen. Nicht von sämtlichen »fünf bis sieben« Männern, sondern von zweien, die ihnen mehrmals aufgefallen sind. Jeweils nach Einbruch der Dunkelheit. Auf Plätzen im unteren Kleinbasel, aber auch beim Soup & Chill und im De-Wette-Park unweit des Tageshauses für Obdachlose. Im Winter ist es stockdunkel, wenn diese Institution um 17 Uhr schließt. Der Müller dankt den Zeugen und händigt ihnen seine Karte aus. »Bitte melden Sie uns *sofort*, falls diese Männer wieder auftauchen sollten.« Und er fügt an und meint es ehrlich: »Ihnen alles Gute. Passen Sie auf sich auf.«

Dann schaut er den Gassenarbeiter an. Ein tüchtiger Mann. Auch der soll auf Schmutz und Romano achtgeben in dieser schönen Stadt, die für manche einfach nur hart ist. »Und das Schlimmste ist: kein Zaster. Da steht natürlich Hängen drauf.« (Brecht: »Mahagonny«, Szene 16). Metaphorisch gesprochen. Real geredet: Müller und Dominguez bedanken sich bei Cecchetto. Dafür, dass er ihnen den Kontakt zu den Herren Romano und Schmutz vermittelt hat.

✳ ✳ ✳

Der bleiche Mond / der da oben thront / viel hätt er gesehen / wenn er könnte / wenn er könnte / hätt er verziehen / den Schlächtern / vor denen die Menschen fliehen / den Wächtern / den grausamen / hätt er?

✳ ✳ ✳

In dieser Nacht gibt der Mittwoch einmal mehr sein wöchentliches Ringen auf und überlässt das Feld dem Donnerstag. Elias Strickler verbringt diese dunklen Stunden unter Mordverdacht im Zellentrakt im Waaghof. Das Gegenteil von Geborgenheit. 404 sleep not found.

»Mordverdacht.« Aus diesem Grund haben sie ihn festgenommen und in diese Zelle gesperrt, sagte der Kommissär. In den Zementboden der Zelle ist ein kleiner Gully eingelassen.

Alles abwaschbar. Muss hier viel rein gewaschen werden? Es ekelt ihn. Nun ist *er* an diesem Ort.

Mordverdacht.

Strickler bekommt das Geräusch nicht aus dem Ohr, mit dem hinter ihm die Metalltür ins Schloss gefallen ist: THAMMMMM. Das Echo, der Widerhall ... -AMMMM ... endlos verzerrt.

Das ist kein Ort zum Übernachten, zum Atmen, zum Sein. Dieser Raum jagt ihm Angst ein. Wie weit ist es bloß mit ihm gekommen? Warum? Er hier eingesperrt. Bei der Einvernahme vorhin hat Strickler einzig seine Personalien bestätigt, seine Unschuld beteuert ...

... vom Fernsehen weiß er, das tun sie alle, alle behaupten, sie seien irrtümlich hier und hätten nichts Ungesetzliches getan ...

... und nach einem Rechtsvertreter gefragt. Wie 99.9 Prozent der Bevölkerung hat Strickler keinen Anwalt für Strafsachen. Ein Pflichtverteidiger wird sich seiner annehmen. Strickler hat nach einem verlangt. Hoffentlich kommt der bald. Einfach nicht darüber nachdenken, was nun geschieht. Einfach warten. Er sitzt auf der Kante des massiven Schlafplatzes, den keiner Bett nennen würde, und starrt vor sich hin. Plötzlich geht das Licht aus.

NEUN

Die Dose öffnen.

Donnerstag, 21. Februar, 07:45 Uhr. Ein Uniformierter führt Elias Strickler von der Zelle in den Verhörraum. Der Weg ist nicht das Ziel, denn der Weg, das sind schmucklose Gänge, künstliches Licht und hallende Schritte. Ein Schlüsselbund klirrt am Gürtel des Wärters, der ihn begleitet.

Verhörraum S 312, Meer der Finsternis, Ort der Verzweiflung, Fegefeuer der Funktionalität. Auf Strickler warten Pflichtverteidiger lic. iur. Peter Hauri und als Befragungsspezialistinnen Müller Benedikt und Valérie Allmendinger.

Hauri fordert sogleich eine Viertelstunde, um sich mit seinem Mandanten auszutauschen. Stattgegeben. Müller und Allmendinger wieder hinaus.

08:00 Uhr. Auf die Minute kehren die beiden zurück.

Der Kommissär startet die Aufnahme, nennt die Uhrzeit und die Namen der Anwesenden ... »Attack« (Public Image Limited) ... Müller legt los: »Guten Morgen, Herr Strickler.«

Keine Antwort.

»Wie war das Frühstück?«

Ehrliches Interesse, ich schwöre.

Der Kaffee im Waaghof ist weniger übel als sein Ruf, die Backwaren hingegen ... gut, wenn Sie vergleichen mit dem ehrwürdigen Kaffeehaus am Marktplatz, ein Stockwerk über der Konditorei mit Blick aufs Rathaus, dort schmeckt das Gebackene natürlich (Verstärkungsadverb _____) knuspriger als bei uns im Untersuchungsgefängnis. Mit Absicht unwirtlich gestalten wir den Aufenthalt nicht. Obwohl die einen jetzt fortissimo »Kuscheljustiz« rufen. Das ist Vollmüll. Die Mutmaßlichen, die hier ihre Zeit fristen, leiden auch ohne Schikanen genug.

Denn Haft ist Verlust an Freiheit. Ob drei, ob 48 Stunden, drei Wochen, 48 Monate oder viel mehr. Haft ist sch██████, immer. Und am sch████ ist Untersuchungshaft, weil du keinen Anhaltspunkt hast, wie lange sie dich drinbehalten werden. In U-Haft bist du rechtlich gesehen zwar unschuldig. Doch stärker abgeschottet und eingeschränkt als später als Verurteilter im regulären Strafvollzug. Eingeschlossensein, Ausgeliefertsein, die Zelle, die Geräusche und Gerüche, Gesichter und Uniformen, diese Eindrücke hat Elias Strickler in dieser schlaflosen Nacht in der Waaghofzelle hin und her gewälzt. Beklemmung.

Müller: »Kaffee, Herr Strickler?«

Dessen Mundwinkel zucken.

Allmendinger: »Bei der Befragung vor zwei Tagen an Ihrem Arbeitsplatz in Liestal haben Sie behauptet, Sie hätten ›seit Jahren‹ keinen Gedanken auf Karlheinz Locher verwendet.«

Elias Strickler: »Ja.«

Allmendinger, langsam, leise: »Und Sie haben seit den Vorfällen vor knapp zehn Jahren nie mehr mit ihm gesprochen.«

Strickler: »Ja.«

Biochemisch und kardiologisch wäre es aufschlussreich herauszufinden, was Stricklers Körper in diesen Minuten durchmacht. Was bedeutet Horror für den Puls, den Blutdruck, den Hormonhaushalt, den Muskeltonus, die Körpertemperatur? Stricklers Hände sind kalt und feucht. Ihm ist übel.

Müller, tiefgekühlt: »Das war gelogen.«

(Musikeinspielung: The Clash: »Deny ... you're such a liar ...«)

Pflichtverteidiger Hauri räuspert sich. Vielleicht will er seinen Mandanten dazu bewegen, nicht noch mehr zu lügen, weil Lügen kurze Weile haben. Aber noch dringender würde er ihm empfehlen, gopfertori generell die Klappe zu halten. Denn für jeden Meter, den dich der Fluss des Verhörs mit sich reißt, brauchst du hundertsiebzehn oder sechshundertsechsundsechzig Ruderschläge, bis du eventuell ... die Wahrscheinlichkeit ist zwar begrenzt ... wieder oben bist. Den Rheinfall aufwärtspaddeln? Probier das mal.

»Gelogen? Erklären Sie das, Herr Kommissär.« Der Pflichtverteidiger reagiert viel schneller als sein Mandant. Kurze

Verschnaufpause für Strickler, um mental etwas zu entlasten: Puls senken, Atmung normalisieren, Poren schließen, Augenweitung rekalibrieren. Der mutmaßliche Lochermörder hat wirklich eine miserable Nacht verbracht. Das sehe ich jetzt deutlich, nachdem sich meine Netzhaut ans Leuchtstoffröhrenlicht im Verhörraum S 312 gewöhnt hat. Unter Stricklers Augen funkeln anthrazitfarben die Halbkreise der Schlaflosigkeit. Gesichtshaut gräulich.

...

»Si è spento il sole« (Celentano): Die Sonne ist erloschen.

...

»Gerne erkläre ich Ihnen das«, sagt der Müller und lächelt lic. iur. Hauri an wie ein Politiker seine Verwaltungsratsabrechnung.»Am Donnerstagabend, 14. Februar, 22:37 Uhr, hat sich Ihr Mandant«, Müller bricht ab und wendet sich demonstrativ Strickler zu, »haben Sie Ihren alten Kumpan und Mitbetrüger –«

»Halt, halt, Herr Strickler ist nicht vorbestraft«, rechtlich richtiger Zwischenruf des Pflichtverteidigers, »*Mitbetrüger* stimmt nicht. Sie beleidigen –«

»Am Donnerstagabend, 14. Februar, 22:37 Uhr«, setzt der Kommissär wieder an, im Wortlaut identisch, wie man es macht, wenn eine Frage einen Mutmaßlichen anbohren soll. Bei Verhören ist es Müller egal, unsympathisch und böse zu erscheinen, »haben Sie im Bahnhof SBB Ihren früheren Kollegen Karlheinz Locher getroffen.«

Wahrheit ist ein scharfes Schwert.

Schweigen oder leugnen? Lügen oder fabulieren? Magengeschwür oder Panikattacke?

Strickler reißt sich am Riemen und müht sich ab, den Kommissär aufmerksam anzuschauen. Und wartet. Schweißausbruch, Perlen auf der Stirn, nass rinnt es dem Rückgrat entlang nach unten zum Steißbein. Das vegetative Nervensystem, irrlichtert ein Gedanke durch sein Bewusstsein, was genau ist das vegetative Nervensystem?

Valérie Allmendinger fragt: »Ja oder nein?«

»Warum fragen Sie, wenn Sie doch glauben, Sie wüssten es ohnehin?«, wirft Pflichtverteidiger Hauri ein, Tonfall: Druckventil am Duromatic.

»*Glauben* tue ich vielleicht privat«, gibt Müller zurück – und Strickler schleudert er entgegen: »Was hatten Sie am Donnerstagabend, 14. Februar, im Bahnhof Basel SBB mit Karlheinz Locher zu schaffen?«

»Das interessiert uns«, fasst Allmendinger mit Druck in der Stimme nach. Entwickeln sich die beiden gerade zu einem Verhördreamteam? a) fragen b) nachlegen c) erneut fragen d) erneut nachlegen e) Taktung erhöhen f) Frage verdoppeln g) zurück zur Anfangsfrage h) Kumulation von a–g. Eben: »Attack, attack, attack«. Und zwar durch Polizeiperson A, dann B, als Dritter ist wieder A am Zug, darauf … um die Erwartung an den Rhythmus brutal zu brechen … Polizeiperson A … danach B und B und … So kann das laufen, über eine lange Zeit. Das benötigt Kondition. Sobald sich der Mutmaßliche und seine Rechtsvertretung der Illusion hingeben, den Modus quaerendi und dessen Rhythmus verstanden zu haben, wirbelst du als Befragungsleiter das Szenario erneut durcheinander. Tohuwabohu ist nur der Vorname.

»Wahre Arbeit, wahrer Lohn« (Die Krupps).

Der ehemalige *von* Strickler blickt hilfesuchend zu lic. iur. Peter Hauri. Der schaut zurück und verlangt von Müller und Allmendinger eine weitere Beratungspause mit seinem Mandanten.

»In Ordnung«, räumt der Kommissär ein.

Schon wieder, denkt er. Innerlich lächelt er.

Aha, stellt Detektivin Valérie Allmendinger fest. Inwendig wie der Kommissär. Äußerlich aber Pokerface. Mutmaßlicher + Verteidiger ≠ Freunde von Polizei. Trick or treat. Ziel jener: hier unbeschadet rauskommen. Ziel dieser: den zu finden, der unrecht getan hat. Also Befragungssieg (und hoffentlich Wahrheit). In gewisser Hinsicht ähneln Befragungen Sportwettbewerben: »Es kann nur einen Sieger geben.« (Kawasaki Racing Team). Und auch: »Der Sieger nimmt alles« (Karaoke).

Strickler und Rechtsanwalt Hauri bleiben für sich, denn Müller und Allmendinger verlassen den Raum S 312. Dafür tritt kurz Freddie »Bizeps« Dominguez ein, um eine halb kühle Einwegflasche Mineralwasser reinzustellen und beiläufig einen Augenschein auf seine Muskelpakete zu gewähren. Subtext: psychologische Zermürbung. Klartext: Bei taktischer Notwendigkeit könnten Freddies Muskeln aktiv werden. Obwohl natürlich StPO und EMRK, Strafprozessordnung und Europäische Menschenrechtskonvention ... Das respektieren wir, Müller achtet penibel darauf, dass sein Team keine Gewalt anwendet – außer wenn sich eine Festnahme nur so durchsetzen lässt. Ein bisschen Italo-Western-Atmosphäre schadet jedoch nichts. Spiel mir das Lied vom Waaghof. Zwei Freddiefäuste für ein Halleluja. Caramba.

Sand rinnt durch die Uhr. Im Boden modert ungestört, was an toter Biomasse für vierzig, fünfzig Jahre eingemauert ist. In den Leitungen der Zentralheizung zirkuliert Wasser, das vor Monaten, vielleicht Jahren der Wildbahn entnommen und in dunkle Röhrensysteme gesperrt und gepresst wurde. Nie mehr werden diese H_2O-Moleküle Tageslicht sehen, »Dark as a Dungeon« (Merle Travis).

Dann guckt lic. iur. Hauri aus dem Türspalt von S 312, sieht dort immer noch den Muskulösen rumlungern. Der ruft mobil Müller und Allmendinger. Andiamo, weiter geht's.

»Acht Uhr vierundfünfzig«, sagt der Müller ins Mikrofon und: »Wir nehmen die Befragung Elias *von* Strickler ... Pardon ... *von* Elias Strickler wieder auf.« Natürlich verspricht er sich absichtlich. Das treibt den Mutmaßlichen weiter an den Rand.

»Anwesend dieselben Personen wie eben«, fügt er hinzu, und ohne sichtbare Absprache nimmt Valérie Allmendinger den Steilpass an: »Herr Strickler, warum haben Sie am Donnerstag, 14. Februar, kurz nach halb elf nachts im Bahnhof Basel SBB Karlheinz Locher getroffen?«

Strickler lehnt sich auf dem festgeschraubten Stuhl zurück und verschränkt die Arme vor der Brust. Denkt er nach? Oder bedeutet die Körpersprache Aussageverweigerung? Meine Meinung: Mir ist lieber, sie schweigen, als dass sie lügen wie die Kreter.

Nun führt Strickler den Plastikbecher zu seinem Mund und trinkt einen Schluck Mineral. Wir hören seinen Kehlkopf glucksen. In ihm drin platzen sachte die Kohlensäurebläschen.

»Was soll dieses Theater?«, fragt Müller. »Entweder Sie beantworten unsere Fragen, oder Sie berufen sich ausdrücklich auf Ihr Recht auf Aussageverweigerung. Entscheiden Sie sich.«

Strickler schaut Hauri an. Der runzelt die Stirn. Zum Glück hat er vor dem Herkommen eine Tablette geschluckt. Deswegen kann er sich beherrschen.

»Sie haben das Recht, die Aussage zu verweigern, um sich nicht selbst zu belasten«, zitiert Allmendinger aus der Strafprozessordnung.

»Aber wir ziehen daraus natürlich unsere Schlüsse«, fügt der Kommissär an und löchert Strickler mit graublaugrünem Blick.

Wie viel Lebenszeit hat Müller bisher in Befragungsräumen verbracht? Unzählige Monate, in über einem Vierteljahrhundert Polizeiarbeit insgesamt vermutlich sogar Jahre. Wie viele tausend Halbwahrheiten, Viertelwahrheiten, Wahrheitskörnchen und Volllügen hat er sich anhören müssen in Erfüllung seiner Pflicht als auf Gesetz und Verfassung vereidigter Polizist? Kann es sein, dass er an diesem Donnerstagmorgen, 21. Februar, um 09:06 Uhr einen Moment lang genug hat von dieser Lügensauce? Zeigen darf er das nicht. Weder dem Verdächtigen noch dessen Rechtsvertreter noch seiner Polizeikollegin, deren Laufbahn in unserer Blaulichtorganisation erst knospt und treibt und zu blühen begonnen hat. Schwäche zeigen als Verhörleiter? Tabu. Die Kollegin demoralisieren? Nein, jamais, nie.

Strickler → Zelle. 24 Stunden dürfen wir ihn bei uns behalten. Sonst müssen wir dem Zwangsmaßnahmengericht einen Antrag auf U-Haft einreichen. Halten wir es für einmal unkompliziert. Seit gestern um 19:50 Uhr läuft der Countdown. Verlängerung werden wir von der Haftrichterin bei dieser Beweislage kaum kriegen. Das weiß der Müller. Er benötigt Fakten. An gesicherten Informationen haben wir erst: die zeitlich präzis definierte Videoaufnahme von Strickler in Gesellschaft von Locher in der Nacht seines Todes. Und wir wissen, dass der gescheiterte Betrüger gelogen hat, als er behauptete, er habe seinen einstigen Komplizen seit Jahren nicht ein einziges Mal zu Gesicht bekommen.

**

Alles geht / Wer das sagt / Verkennt sich und die Welt / Oder kennt nur goldene Löffel.

**

Ein Silberstreif.

Donnerstag, 21. Februar, 09:46 Uhr.

Die Zentrale meldet sich bei Markus Gormann. Externes Gespräch wartet. Durchgestellt. Gormann hört Straßenlärm. Die Nummer auf dem Display? Kennt er nicht.

»Ich rufe aus Kabine an, bei Brücke zu Gundeli … bei der Markthalle«, hört er. »Darko«, identifiziert sich der Anrufer, »ich habe Geschichte gehört, das dich interessiert vielleicht.«

Darko Lacevic, einer von Karlheinz Lochers Bekannten vom Bahnhof, der Magere, der nicht verschwunden ist, als wir aufgetaucht sind, erinnert sich Gormann.

Darko spricht weiter: »Weiß ich nicht, vielleicht ist Suffspinnerei? Aber vielleicht nicht.«

Gormann ist fast gerührt. Selten genug meldet sich mal einer, dem man mit der Bitte um »Informationen, falls Ihnen noch etwas einfallen sollte, so unwichtig es auch scheinen mag« die Visitenkarte gegeben hat.

»Guten Tag, Herr Lacevic –«

»Darko«, tönt es aus dem Hörer, »alle nennen mich Darko, habe ich Name nach Dark Vader. Weil finster dreinschauen manchmal.« Dass einer selbst einen Witz mit seinem Namen macht, hat Gormann noch nicht oft gehört, und dieser Scherz ist nicht so lau. Deshalb lacht er verhalten mit, natürlich auch, um zu unterstreichen, dass seine Aufmerksamkeit cento per cento dem Anrufer gilt.

»Haben erzählt Kollegen: Männer haben gesprochen mit Lochi. Zwei.«

»Wann?«

»Letzte Woche. Zwei Männer. Kollegen sagten: ›Letzte Woche gesehen.‹«

»Was für Männer?«

»Hm, normal, ganz normal Männer.«

»Was meinen Sie mit ›normal‹, Herr Lacevic?«

»Darko, sage mir Darko.«

»Was für normale Männer, Darko?«

»Weiß ich nicht. Nur gehört, wie Leute gesprochen haben. Dass zwei Männer mit Lochi geredet. Möglich, dass Suffspinnerei.«

»Wann haben die …«, setzt Gormann an, doch er merkt, dass sie sich im Kreis drehen. Vielleicht, weil Darko Lacevic nicht so gut Deutsch spricht. Möglicherweise, weil am Telefon Missverständnisse noch leichter vorkommen, als wenn zwei sich beim Kaffee gegenübersitzen.

»Wollen wir uns treffen?«, schlägt Gormann vor, »das wäre einfacher. Jetzt gleich?«

»Markthalle ist offen«, schlägt Lacevic vor, »brauche ich nur über Straße.«

Zehn Minuten später. Gormann muss vom Waaghof einfach rechts um die Ecke und hundert, zweihundert Meter die Innere Margarethenstraße hoch und rechtwinklig nach links an der Apotheke vorbei. Lacevic wartet hinter der Glastürfront der Markthalle. Drinnen ist's wärmer. Gormann begrüßt ihn, holt Kaffee und zwei Gipfeli (Atmosphäre entspannen). Er deutet auf einen Tisch, weit weg von unbefugten Ohren. Bei Tageslicht erkennt man gut, dass Lacevic … vorzeitig verwittert … aussieht. Wie einer, der zu viel erlebt hat. Vor dreißig Jahren war ja Krieg in Jugoslawien. Ist es dieser Horror, der bei Darko Spuren hinterlassen hat? Was hat er gesehen? Getan? Erlitten? Was kann man wegstecken? Kann man vergessen? Der Krieg, Scheißkrieg, immer entfacht durch machtgierige Psychopathen. Opfer ist nicht zuletzt die Psyche, lebenslang.

Sie heben die Tasse, riechen daran und schlucken die heiße Flüssigkeit und beißen dem Gipfeli den Zipfel ab.

»Was ist das für eine Geschichte, Herr Lacevic?«

Das hast du automatisch drin: Nur in B-Filmen und bei lascher Führungskultur duzen die Polizisten Randständige, außer man kennt sich länger und die Duzerei beruht auf Gegenseitigkeit.

»Zwei Männer haben mit Karlheinz Locher gesprochen. Sagten Sie mir vorher am Telefon …«, will ihm Gormann auf die Sprünge helfen. Lacevic kaut am Gebäck, tunkt es in den Kaffee und betrachtet den Teil der Flüssigkeit, der nicht aufgesogen in die Tasse zurücktropft.

»Mhm«, sagt er, »aber ›Darko‹, nicht ›Herr Lattschewittsch‹, weil Aussprache tut, Entschuldigung, in Ohren bisschen weh.«

Darko lacht.

»Okay, Darko.« Gormanns Nicken = Bitte um Nachsicht.

Darko wiederholt: »Ja, zwei Männer. Haben mit Lochi gesprochen, ich habe gehört.«

»Sie haben gehört, wie diese Männer mit ihm gesprochen haben?«

»Nein. Ich habe gehört: Andere sagen, haben gesehen zwei Männer, wo geredet haben mit Lochi. Letzte Woche, weiß nicht, wann.«

»Und die Männer, die sich darüber unterhalten haben, dass jemand gesehen hat, dass zwei andere Männer mit Locher gesprochen haben, wer sind die?«

»Manchmal auch beim Bahnhof.«

»Regelmäßig?«

Darko Lacevic wiegt den Kopf hin und her. »Mal da, mal nicht, aber oft, schon.«

»Und heute? Haben Sie sie heute schon gesehen?«

»Nein, zu früh jetzt. Sind vielleicht noch in Wallstraße, Tageshaus. Kann man in Wärme bleiben bis fünf Uhr. Gestern habe ich auch nicht gesehen diese zwei.«

»Können Sie mir die Männer beschreiben, die davon erzählt haben?«

»Schwer«, seufzt Lacevic, »schwer.« Er zeigt auf seine Augen. »Kann ich sehen nicht gut. Brille kaputt. Aber Männer ich kann vielleicht *zeigen*. Männer, was haben darüber gesprochen.«

Sie schweigen, vertilgen den Gipfelirest und trinken den Kaffee aus. Kalt sind sie, die letzten Tropfen. Darko genießt jeden einzelnen, den er noch erwischen kann. Danach bringt Gormann das Geschirr zur Leergutstation.

Zurück am Tisch, schlägt Gormann vor: »Wollen wir?«

»Was?«

»Zum Bahnhof. Nachsehen, ob die Männer dort sind.«

»Nein, nein.« Darko atmet zischend aus und winkt ab. »Sicher nicht. Komme ich nicht, Entschuldigung, mit Polizist zu Bahnhof. Geht nicht.«

»Warum nicht?«

Wir ahnen die Antwort, nun hören wir sie.

»Mit Polizist zu Bahnhof? Bin ich doch nicht verrückt, Entschuldigung.«

»Aber Sie haben mich doch selbst angerufen, um –«

»Auskunft geben – ja. Helfen – ja. Aber mit Polizei Freund sein und in Effentlichkeit zeigen? Sicher nicht.«

⁎⁎⁎

Wahrheit und Lüge. Und umgekehrt.

13:54 Uhr. Lic. iur. Peter Hauri sitzt in seinem Büro in der St. Johanns-Vorstadt über Akten. Heute kann er sich schwer konzentrieren. Beruflich fühlt er sich nicht exzessiv glücklich, da ihm das Schicksal diesen Klienten beschert hat. Elias Strickler wirkt auf den Rechtsvertreter beratungsresistent. Natürlich hat er das Recht zu schweigen. Schweigen ist besser, als sich in ein Lügengeflecht zu verstricken. Sofern er, Hauri, seinem

Mandanten glauben kann, hat dieser von der Justiz nichts zu befürchten. Strickler hat, vorausgesetzt er macht Hauri nichts vor, nichts Ungesetzliches getan. Das spätere Mordopfer Locher habe er *zufällig* im Bahnhof getroffen, hat Strickler ihm unter vier Augen hoch und heilig beteuert. »Zufällig.« Ach, Hauri ist erfahren genug, um zu wissen, dass die Ermittlerinnen und Ermittler beim Wort »Zufall« durchs Band heftig reagieren. Bei diesem Wort beginnt in den Polizeiköpfen das Blaulicht doppelt so schnell zu blinken. Erzähl nie bei einer Befragung, etwas sei »zufällig« geschehen.

Das stinkt nach Unwahrheit. Und meist ist es exakt das.

Die Verhörspezialisten kennen sich aus. Ihnen werden Tag für Tag die Ohren mit Räuberpistolen vollgesülzt: »Nein, ich weiß nichts. Wirklich. Ich kenne diesen Mann nicht. Sicher nicht. Ich war zu Hause und habe geschlafen. Bestätigen kann das ... ich war allein ... niemand kann das« ... »Eine Waffe? Nein, ich besitze keine. Garantiert nicht. Nein, das ist nicht meine Waffe. Ich habe sie von einem bekommen, dessen Namen ich nicht weiß. Wo er wohnt, keinen Schimmer, und was er für ein Auto fährt? Davon habe ich keine Ahnung, weil ich ihn gar nicht kenne. Gar nicht. Wer behauptet, dass ich ihn kenne? Dem werde ich« ... »Wann soll ich aus dem dunkelroten Auto gestiegen sein? Ich? Da muss eine Verwechslung« ... »Welcher ▆▆▆▆▆▆ behauptet, das sei meine Waffe? Er hat gesehen, wie ich sie auf dem Parkplatz erhalten habe? Von wem? Wie kann ich von einem eine Waffe erhalten haben, wenn ich ihn nicht kenne und gar nicht dort auf dem Parkplatz war? Sondern zu Hause geschlafen habe. Da auf dem Foto« ... »das kann nicht ich sein auf dem Foto ... ich war zu der Zeit gar nicht auf dem Parkplatz. Ich habe nicht, nein, ich habe nicht. Hören Sie. Ja, es war ein Unfall. Ich? Ich habe gar nichts getan. Ihn höchstens ein bisschen« ... »Was der Arzt sagt, ist falsch. Der lügt! Und wer hat mich dort gesehen? Falsch, das ist gelogen. Ich habe nicht« ... »Wie meine Fingerabdrücke auf die Waffe gekommen sind? Das kann nicht sein, weil ich den doch gar nicht kenne«.

Blablablablablablablablablablablablablabla.

Raum S 311. Raum S 312. RA lic. iur. Hauri kennt die beiden Verhörzimmer, als wären sie sein zweites Zuhause. Er kennt die festgeschraubten Stühle, den robusten, ebenfalls am Boden fixierten Tisch. Das Donnern der Metalltür, die im Schloss einrastet, ist ihm längst so vertraut wie die Stimme seiner Frau. Und er weiß: Den Polizisten ergeht es gleich. Auch sie hören Lügen, sie atmen Lügen, sie denken Lügen, und aus taktischen Gründen lügen sie bei Befragungen selbst die Sonne vom Himmel herunter.

Das ist okay, findet RA Hauri. Das ist okay. Er kennt das Spiel, die Polizei und der Staatsanwalt kennen das Spiel. Aber, spürt Hauri auch, die Lügerei, das taktische Bescheißen, das ermittlungsnotwendige Betrügen, das lässt in seinem Kopf Begriffe wie Wahrheit und Gerechtigkeit allmählich verschwimmen. Die »alternativen Fakten«, wie mancher Psychopath seine Turbolügerei zu maskieren versucht, die zersetzen schleichend das Menschenbild, das einer hat, und das Konzept von Recht und Gerechtigkeit. Peter Hauri ist Strafrechtler geworden, weil er sich fürs Recht als Grundlage des Zusammenlebens interessiert und er den Menschen helfen wollte, miteinander zurechtzukommen. Mittlerweile jedoch ... widern sie ihn oft an. Sie denken, sie könnten das Recht beliebig dehnen. Und die schrecklichsten Widerlinge sind der Ansicht, sie könnten ihm befehlen: »Hol mich da raus, Anwalt.« Dieser Haltung, dieser Erwartung begegnet er immer wieder. Ihm fehlt der Respekt gegenüber seiner Arbeit und gegenüber ihm als Person. Und vollends brennt ihm die Sicherung durch, wenn er spürt, dass der Mandant seinen Anspruch einzig und allein so begründet: »Schließlich bezahle ich dich.« Die findet Peter Hauri wirklich schlimm, wirklich übel.

Elias Strickler ... gut, stimmt schon, als Anwalt hast du loyal zu sein zu deinen Mandanten. Berufsethik, Standeskodex, Professionalität, klar, machst du, schaffst du, aber warum zum Teufel verweigert der so stur die Aussage, obwohl er »völlig unschuldig« ist? Obschon er »rein zufällig Karlheinz Locher

118

im Bahnhof SBB getroffen« und »seit Jahren keine Sekunde an Locher gedacht« hat? Angesichts einer so eindeutigen Faktenlage erzählst du der Polizei am besten alles, restlos, die reine und ganze und nichts als die Wahrheit.

Wahrheit.

Ein weiteres Wort, das lic. iur. Peter Hauri bis in seine schlimmsten Träume verfolgt. Vielleicht erzählst du als Befragter, Verdächtiger, Mutmaßlicher, aber hundertpro Unschuldiger der Polizei deine wahre Version der Wirklichkeit viermal, manchmal fünfmal, manchmal sechsmal, weil sie dir nicht glauben und – vielleicht auch zu Recht? – vermuten, dass du lügst. Doch wenn du als Wirklich-Wahrhaftig-Unschuldiger bei der wirklichen Wahrheit bleibst und bei nichts als der wirklich-wahrhaftigen Wahrheit, dann kommt selbst der grimmigste Verhörleiter nicht umhin, dich mit den besten Wünschen für die Zukunft in die Freiheit zu entlassen.

Rechtsstaat nennt sich das und »faires Verfahren« (BV Art. 29–32).

Als die Kripo heute Morgen den Raum verließ, hat Pflichtverteidiger Hauri Elias Strickler empfohlen: »Reden Sie! Wenn Sie wirklich-wahrhaftig-unschuldig sind.«

Der aber macht auf Trotzkopf und Mister Schweigsam.

Er holt die Tablettenpackung aus der Schublade und holt ein Glas Wasser. Okay.

Wie das Hauri ankotzt. Wie das Hauri ankotzt, die unterbelichteten Typen, mit denen er ständig zu tun bekommt. Die besserwisserischen Superschlauen. Die arroganten Dummköpfe, die auf seinen Rat keinen Deut geben.

Ob es Polizisten auch so ergeht? Fühlen die sich auch zu wenig wertgeschätzt?

Wie geht es dem Kommissär Müller Tag für Tag?

Hauri kennt den nun einige Jahre. Macht einen korrekten Eindruck. Kein Brüllaffe, kein Muskeltyp, kein Fiesling. Klar und kompromisslos, wie ein Kommissär halt sein muss. Aber dennoch einfach vor allem »Try To Be Mensch« (Element of Crime).

Soll er die Akten liegen lassen und spazieren gehen? Trotz des trüben, kühlen Wetters?

✳✳✳

Ein Gefühl.

Wie verabredet ruft Lacevic Gormann eine Stunde nach ihrem Treffen aufs Handy an. Wieder von der Telefonzelle an der Margarethenbrücke zum Gundeli. Er hat herumgefragt. Die fraglichen Männer sind offenbar die letzten Tage nicht aufgetaucht. Lacevic verspricht, sich umgehend zu melden, sobald sich das ändern sollte.

✳✳✳

Detektivwachtmeister Markus Gormann berichtet im Waaghof dem Kommissär, dass er, was der Lösung des Falls Locher dienen könnte, einen guten Kontakt zu einer Quelle vor dem Bahnhof aufgebaut hat. Darum zieht ihn Müller von der Causa Brügger ab und versetzt ihn ins Team Locher, weil Kapitaldelikt und Priorität eins. Gleichzeitig informiert Müller Gormann über Salvatore Romano und Urs Schmutz, die Klienten des Schwarzen Peters, die ihm eine ähnliche Geschichte erzählt haben wie Darko Gormann: Es scheint Männer zu geben, die die Nähe zu Alkoholikern und Junkies suchen. Warum auch immer.

Warum?

Für wen könnte der Kontakt mit Menschen am Rand der Gesellschaft interessant sein?

Zurück im Einzelbüro, geht Müller erneut die Notizen durch, die er gestern an der Elsässerstraße angefertigt hat: »kräftige, recht sportl. Typen, wirken auf Obdachl. wenig vertrauenerw.« und »zu zweit/dritt« und »total vermutl. 5 bis 7 Pers.«.

Ein Gefühl. Ein ungutes. Woran das liegt, kann er nicht festmachen.

Manchmal beschleicht dich als Ermittler eines. Eines, das du nicht in Worte fassen kannst. Lass dieses Gefühl zu. Du tust gut daran, obschon dir der Chef und Kostenstellenverantwortliche und möglicherweise auch die Mehrheit der Kolleginnen und Kollegen sagen würden und werden, dass dein Gefühl ausgekochter Unsinn ist. Noch bevor Müllers Vernunft diesem potenziellen Unsinn, diesem Gefühl in die Quere käme, hat der Kommissär auf seinem privaten Handy bereits die Nummer von Gülay Sermeter gewählt, in seiner Kontaktliste als ♥ Amore gespeichert. Lange lässt sie's nicht klingeln, weil bei einer Observation von einem Zivilwagen aus Zerstreuung sehr willkommen ist.

»Beni, was gibt's?«, fragt sie, ohne das Bürohaus aus dem Auge zu lassen, das gerade im Mittelpunkt einer Polizeiaktion wegen ▇▇▇▇▇ steht.

Er erklärt ihr in wenigen Sätzen, was ihn umtreibt.

»Gesichert sind diese Informationen noch nicht, oder?«

Er schnauft und wartet darauf, dass Gülay weiterspricht.

»Aber«, fährt sie fort, »hör auf dieses Gefühl. Das hat dich noch selten getäuscht.«

Müllers Gesichtsausdruck kann sie erraten.

»Weißt du schon ungefähr, wie lange du heute arbeitest?«, fragt er sie.

»Nein, kann ich noch nicht abschätzen.«

»Ich auch nicht.«

Sie lachen. Das tut gut. Das Gespräch endet.

♥ Amore.

Und bevor Müllers Vernunft diesem möglicherweise doch nicht kompletten Unsinn, diesem Gefühl in die Quere käme, hört sich der Kommissär durchs Telefon zu seinem Chef, dem Ersten Staatsanwalt ad interim, sagen: »Thomas, ich habe eine Idee, die ich mit dir besprechen möchte.«

Eine Sekunde später fügt er an: »Ruf mich bitte zurück.«

Weil er gerade noch gemerkt hat, dass er mit dem Anrufbeantworter spricht, den er nie »AB« nennen würde, denn so nannte seine Großmutter das WC.

Parallel dazu.

Fall Brügger: Wer haut einem Polizisten in Zivil auf den Kopf und stößt ihn eine Treppe hinunter? War der Gefreite Brügger Pascal in der Nacht von Montag auf Dienstag überhaupt als Polizist erkennbar? Was suchte er spätnachts auf der Treppe zum Hintereingang der Markthalle? Hat er im Vorbeigehen vom Steinentorberg aus oben auf der Treppe etwas Verdächtiges entdeckt, ist eingeschritten und tätsch? Hat er zu Fuß einen Straftäter verfolgt, der ist die Treppe hochgerannt, um sich oben zu verstecken? Das ließe auf einen ortsunkundigen Flüchtigen schließen, weil dieser Fluchtweg = Sackgasse, wenn die Markthalle geschlossen ist. Montagnacht machen die nämlich um 19 Uhr Schluss, nach einem intensiven Wochenende verständlich.

Solches überlegt sich Müller in seinem Büro, während seine Mitteilung auf Thomas Krähenmanns Anrufbeantworter wartet.

Eine Festnahme, die schiefgegangen ist? Ein Täter, der Brüggers Beruf kennt und den Kollegen aus Hass auf die Polizei misshandelt? Oder eher private Kalamitäten? Eher nein, das schließt der Müller nach der Befragung von Corinne, Brüggers Frau, zum gegenwärtigen Zeitpunkt aus. Sie wirkte nicht, als ob im Gebälk der Liebe ein Schwelbrand mottet. Obwohl sie als seine Frau wenig über seine Freunde zu erzählen wusste.

Im polizeilichen Informationssystem geht der Müller die Vorgänge durch, an denen der verletzte Kantonspolizist in den letzten Monaten beteiligt war: Personenkontrollen, Festnahmen, Bagatelldelikte, Ordnungsdienst beim Sankt-Jakob-Park, Patrouillen, Tatortaufnahmen bei Einbrüchen, Abklärungen bei Verkehrsunfällen, Schlichtung von Streitereien im Straßenverkehr, Rheinufer, Einschreiten bei Meldungen wegen häuslicher Gewalt, das alltägliche Elend, nichts außerordentlich Spektakuläres, das einen Impulsenthemmten zu einem Racheakt gegen einen Polizisten anstacheln würde.

Im Fall Brügger türmt sich vor der Müllerequipe Stand jetzt ein großes »Hm?«.

Wir treten auf der Stelle, keine Zeugen, keine Hinweise, uns fehlt die Quelle, die spricht ohne Verzicht auf Wahrhaftigkeit. Der Kommissär holt Detektivin Wäckerlin vom Computer weg und schickt sie und Aspirantin Odermatt zur Nachbefragung von Corinne Brügger nach 4310 Rheinfelden AG hinaus.

Um das große Hm durch einen zweiten Brückenkopf zu bekämpfen, ruft der Kommissär außerdem den Aspiranten Vakulic vom Bildschirm weg und fährt mit ihm ins Unispital. Wird Brügger endlich ansprechbar sein?

Als sie unterwegs sind, gibt Müllers Diensthandy plötzlich die einprogrammierten debilen Elektronikgeräusche von sich: Der Chef, Thomas Krähenmann, meldet sich. Auch er sitzt im Auto, auf der A 3 und ab dem Birrfeld auf der A 1 rollt er nach Zürich zu einer interkantonalen Staatsanwaltschaftskonferenz.

Müller vorab gleich: »Meine Mitteilung auf dem Beantworter« und »meine Idee«.

Doch Krähenmann hat sie »vor lauter Workload noch nicht abhören können«, erst »gesehen, dass Voicemail eingegangen« ist. »Ich werde auf dich zukommen, Beni. Sobald ich etwas mehr Luft habe.«

Der Chef verfügt zwar über eine Freisprechanlage, aber bei 120 km/h, dem leichten Regen, der Dauerdämmerung und den Testosteronbomben auf der Überholspur ist Krähenmanns Aufmerksamkeit anderweitig gefordert.

Müller: »Wir sind gerade auf dem Weg ins Unispital zum Kollegen Brügger.«

»Gut, dass etwas geht«, klemmt Krähenmann den Kommissär ab. »Wir sprechen uns morgen, okay?«, sagt er und bricht das Gespräch ab. Wenn der Chef weder Nerven noch Zeit hat, auch nur irgendwas mit mir zu besprechen, warum ruft er denn an? Bloß um zu demonstrieren, dass er die Fälle der Kripo »proaktiv begleitet«?

Trotzdem trifft es sich gut, dass der Chef gerade angerufen hat, als Müller und Vakulic auf dem Weg zum Unispital sind. Denn so hat er mitbekommen, dass Müller mit dem Aspiranten den verletzten Kapo-Mann aufsucht. Subsonisch subliminal nonverbal realisiert deshalb der Chef sicherlich: Müller ist hyperheiß drauf, die Gewalttat an einem Mitglied des Korps der Kantonspolizei Basel-Stadt zu klären. Exakt entsprechend der Weisung, die Krähenmann persönlich dringlichst erlassen hat. Gleichzeitig führt der Kommissär, ich betone es fett und klar, den Aspiranten in die Kunst der Ermittlung ein. Praxisnahe Ausbildung des Polizeinachwuchses. Genau so b.u.c.h.s.t.a.b.i.e.r.t sich Führungsstärke aus: nicht nur im Büro sitzen, E-Mails schreiben, Berichte lesen, telefonieren und Datenbanken pflegen, netzwerken, Konzepte schreiben und in elektronischen Tools Häkchen setzen. Sondern sich die Hände schmutzig machen, den Unrat riechen, hinaus ins Gewühl, rein in den Sumpf, aufstehen »against the scum, the cunts, the dogs, the filth, the shit« (Travis Bickle in »Taxi Driver«, USA, 1976, Regie: Martin Scorsese). Dorthin gehen, wo es passiert, wo alle Sinne gefordert sind.

Action → Reaction → Satisfaction → Attraction.

Petersgraben, leicht abschüssig zur christkatholischen Predigerkirche hinunter. Etwas weiter noch, ganz unten, der Rhein. Trüb wälzt er sich in seinem Bett. Ganz dorthin fährt Müller nicht. Er stellt den dunkelblauen Wagen halb auf dem Trottoir vor dem Unispital ab. Legt unter die Windschutzscheibe ein Schild: »Polizei«. Ein bisschen Forschheit schadet im Dienst nicht. Mit Vlado Vakulic an der Seite: Müller energetisch in Bestform: zack: hinein, zum Lift, hoch, Korridor, Zimmertür, auf, hinein: sali, Kollege.

Amnesie. Amnesie. Amnesie.

Musikalisch: »Amnesia« (Spizzenergi, 1982).

Um dies festzustellen, benötigen Müller und Vakulic deutlich mehr Zeit, als es dauert, bis das Wort »Gedächtnisverlust« in den Dienst-iPad eingetippt ist. Die ans Verletztenbett gerufene Ärztin, Dr. med. Astrid Lindbergh, legt den Kriminalpolizisten die medizinischen Fakten dar, die Kollege Brügger während dieser ganzen Szene implizit bestätigt. Explizit vermag er das nicht zu tun, weil wirr durcheinander wirkt er weiterhin weitgehend, der Bedauernswerte. Ansprechbar? Nein. Vernehmungsfähig? Erst recht nicht. Voll Chaos inwendig, geschüttelt, nicht gerührt. Etwas plemplem. Die Ärztin hat seinen Zustand als »temporär kognitiv impediert« umschrieben. Mit seinem Kopfverband wirkt er exakt so.

✳✳✳

Eine Leerstelle.

Zurück aus Rheinfelden, rapportieren Wäckerlin und Odermatt das Gespräch mit Corinne Brügger. Sie scheint ratlos, was ihrem Mann in der Nacht von Montag auf Dienstag widerfahren sein könnte.

Rückblende: Hören wir einige Sekunden in dieses Gespräch zwischen Frau Brügger, Wäckerlin und Odermatt hinein:

… »Private Feinde?«, wiederholt Corinne Brügger verständnislos die Frage. Wäckerlin nickt. Brügger, Stirn in Falten, winkt ab. »Nein, unvorstellbar. Nicht Pascal. Er kommt mit allen klar.«

Und … »Nein, besorgt war er nicht … und er hat auf mich nicht … wie Sie gefragt haben, ›eigenartig‹ gewirkt, nein. Mir ist an ihm wirklich gar nichts Außergewöhnliches aufgefallen.« Sie überlegt einen Augenblick. »Vielleicht war er etwas häufig nachts eingeteilt. Aber so ist es halt als Polizist.« Sie hat – ahnen wir beim Abhören der Aufzeichnung – die Schultern gehoben und wieder fallen lassen.

»Kommt er psychisch mit der Arbeit zurecht?«

»Was meinen Sie damit?«, fragt Corinne Brügger zurück. »Ob er spinnt?«

Wäckerlin zwingt sich Deeskalation ins Gesicht: ein Lächeln. Sie formuliert ihre Frage um: »Ich meine … belastet ihn in letzter Zeit etwas? Verkraftet er, was er bei der Arbeit erlebt?«

»Sie meinen, er braucht psychologische Unterstützung? Einen Psychiater? Nein, sicher nicht. Wir kommen zurecht.« Sie atmet aus und ein. »Pascal spricht wenig über die Arbeit. Er erzählt keine Einzelheiten, Namen von Verhafteten sowieso nicht. Wenn ich ihn mal etwas über den Job frage, antwortet er:

›Amtsgeheimnis.‹ Schweigepflicht, das kenne ich als Spitalmitarbeiterin ja auch. Er nimmt seine Arbeit ernst. Er geht gerne zum Dienst und hat sich nie darüber beklagt. Und er kann gut abschalten.«

Themawechsel Wäckerlin: »Wenn er so oft nachts unterwegs ist, befürchten Sie da nicht, dass …?«

»Nein«, antwortet die Polizistengattin, ohne sich über die Frage aufzuregen, in der Freizügigkeit und Libertinage mitschwingen könnten. »Ich habe volles Vertrauen in Pascal. Und schließlich ist er Polizist und weiß sich zu helfen.«

Wäckerlin und Odermatt machen auf Salzsäule.

Corinne Brügger: »Zumindest habe ich das immer angenommen.«

***

Weitermachen.

In Sachen Brügger suchen Kriminalkommissär Müller Benedikt, Valérie Allmendinger und Aspirant Vlado Vakulic heute erneut dessen Kollegen auf: Inäbnit, Thommen und Mastrantonio, vor, während und nach dem Dienst auf der Clarawache. Die haben sie zwar am Dienstag schon befragt, doch steter Tropfen undsoweiter. Interne Ermittlungen? Die mag man als Kripo nicht besonders. Das bringt Unruhe ins Korps, und der Graben zwischen der Kriminalpolizei und den Uniformierten vertieft sich. Böse Blicke. Murren. Physische Distanz. Denken die Kripo-Typen, die sind etwas Besseres, weil sie Zivil tragen? Kommen über den Rhein und befragen uns, als ob wir etwas verbrochen hätten.

In der Clarawache gibt es einen Bereich ohne Publikumsverkehr. Eine Zone, die Außenstehende nie betreten. Nämlich Büroräume im hinteren, von der Clarastraße abgewandten Teil. Dort, wo die Zellen liegen. Hierhin lotsen Müller, Allmendinger und Vakulic der Reihe nach Brüggers Kollegen.

Inäbnit Jean-Luc (28), einem Berner, ist der Widerwille gegenüber dem Kommissär und Vlado Vakulic anzumerken.

Vor allem, als ihn die Kripo erneut fragt, ob ihm bekannt sei, was Pascal Brügger in der ersten Morgenstunde des 19. Februars hinter der Markthalle zu schaffen hatte. Er sei ein Freund des Verletzten, wiederholt er, sie hätten das Heu auf der gleichen Bühne. »Das bedeutet aber nicht, dass ich über alles informiert bin, was er tut.« Pascal sei ein freier Mann, sagt er trotzig. Der könne tun und lassen, was er wolle. »Keine Ahnung, was er in der Nacht auf Dienstag gemacht hat.«

Thommen Gian (35), ein Münchensteiner durch und durch, beantwortet Allmendingers Nachfrage so: Er und Pascal gehen regelmäßig ins Joggeli. Nicht nur dienstlich, »das natürlich auch, gell«, sondern »wenn immer möglich auch privat«. Pascal erzähle ihm nicht ständig, was er mit seiner Freizeit anfange. »Er schuldet mir keine Rechenschaft.« Unter Kollegen erfahre man sicher auch Privates, aber längst nicht alles. Hauptsache, man hat es gut miteinander. »Ich meine, wenn ich private Probleme hätte«, sagt Thommen und lässt den Satz unvollendet wie manch eine Sinfonie. Wäckerlins Blick veranlasst ihn hinterherzuschieben: »Habe ich natürlich nicht.« Hat er zu viel geplaudert? Er fährt fort: »Ich wüsste auch nicht, dass Pascal welche hätte.«

Mastrantonio Angelo (29) erklärt ebenfalls, nichts über Pascals Freizeit am besagten Montagabend/frühen Dienstagmorgen zu wissen. »Keine Ahnung. Woher soll ich denn wissen, was hinter der Markthalle vorgefallen ist?« Wie Pascal gerne seine Freizeit verbringe? »Ja, so Sport und Familie, mit den Kollegen etwas unternehmen«, sagt Mastrantonio. »Zum Beispiel? Äh, ja … grillieren, joggen, FCB, mal essen gehen oder auf ein Bier, solche Sachen.«

Aufs Risiko hin, dass die Clarawache vor Entrüstung wackelt, fragt Müller am Schluss der Befragungen jeden der drei einzeln: »Und Frauen? Hatte er irgendwelche Geschichten am Laufen?«

Bei allen dreien klappt der Kiefer runter, und die Stimmung sinkt ins Souterrain. »Das ist ▬▬ nun ▬▬ privat. Du überschreitest eine Grenze, ▬▬! Bei allem Respekt«, sagt Inäbnit. Der Kommissär, ihm als Offizier im Rang weit übergeordnet,

erinnert ihn an seine Pflicht zu kooperieren, an seinen Dienst-
eid. »Weiß ich doch nicht, und wenn«, sagt Thommen, »mich
geht das nichts an. Und euch auch nicht.« Mastrantonio, der
als Letzter drankommt, erklärt, diese Frage sei ihm definitiv zu
persönlich, das gehe zu weit, und er habe ohnehin keinen Schimmer, was Pascals allfällige … begleitet von einer vertikalen Kur-
venbewegung, die er beidhändig ausführt … mit dem Angriff
auf ihn zu tun haben könnte. Plötzlich hellt sich Mastrantonios
Gesicht aber auf: »Du meinst, einer hat ihm aus Eifersucht eins
aufs Dach gegeben?«

Auf Kolleg*innen*, die außerdienstlich enger mit Brügger zu
tun hatten, stößt das Müllerteam nicht. Bei dieser Befragung der
Kantonspolizisten bestätigt sich der Eindruck, den der Kommissär aus deren erster Vernehmung gewonnen hat: Brügger
wirkt wenig greifbar. Seine Kumpels geben lediglich oberflächliche Eindrücke von sich, Bekenntnisse zu einer kollegialen
Männerfreundschaft. Der Ton gegenüber der Kripo? Vorsichtig,
zurückhaltend, eisig. Dass die Kripo Fragen zu einem der ihren
stellt, das muss man sich mal vergegenwärtigen, gell? Fragen,
die nahelegen, die nähmen weiß was an, was Pascal getrieben
haben könnte. Wir leben in einem freien Land, nicht?

»Kometenmelodie« (Kraftwerk).

Zurück im Waaghof, lässt Müller die Befragungen von eben
im Geist Revue passieren. Die Informationen geben nichts her.
Vielleicht sind die drei Uniform-Kollegen nicht hell genug oder
rhetorisch zu wenig begabt, um ihre Wahrnehmungen in Worte
zu fassen. Wieder dreimal drei Arbeitsstunden in den Kamin
geschossen, ärgert sich der Kommissär.

Nachdenklich geht Müller auf den Flur zum Kaffeeautomaten: Blinken, Surren, Rinnen, Duften, Schäumchen. Darauf
wieder an den Schreibtisch. Brüggers Rapporte der letzten
Wochen und die Berichte, in denen sein Name erscheint, hat
er heute schon wiedergekäut. Routine, Kleinkram und die Er-
bärmlichkeiten, die resultieren, wenn Menschen ihr Gleichgewicht verloren haben. Das klickt er jetzt nicht nochmals an.

Oder doch? Ja, aber nicht allein. Müllers Gummisohlen quietschen, als er ins Gemeinschaftsbüro hinüberwechselt, zu Wäckerlin und Vakulic. Zu dritt durchforsten sie die Datenbanken. Hoffnung: Sechs Augen sehen mehr als vier.

Wäckerlin hat die Notizen der Kollegenbefragungen bereits durchgesehen. Zu Müller sagt sie: »Vielleicht stimmt ja die Eifersuchtshypothese? Irgendein Gehörnter hat ihn verfolgt?«

Müller schaut vom Bildschirm auf und antwortet: »Mhm.«

Auch Vakulic löst seinen Blick von den elektronischen Protokollen und fragt sich, was der Kommissär damit meinen könnte.

»Vielleicht hast du recht, Romina«, sagt Müller. »Vielleicht ist's eine persönliche Angelegenheit, und diese Akten enthalten nichts. Aber stecken wir vorerst nochmals zwei, drei Stunden rein.«

Weil … wo sonst ansetzen?

✻✻✻

Countdown, aber nicht der finale.

Um 19:50 Uhr wird Müller Elias Strickler laufen lassen müssen, falls er den Verdacht gegen ihn nicht erhärten kann.

Um 16:10 Uhr führt ein Uniformierter Strickler aus der Zelle in den Raum S 311. Lic. iur. Peter Hauri hat – das wissen nur er und wir – Antidepressiva eingeworfen. Er strengt sich redlich an, um zuversichtlich zu wirken. Das meistert er heute Nachmittag gar nicht so schlecht.

Valérie Allmendinger ist beim Zahnarzt, deshalb polizeiseitig Müller und Freddie Dominguez anwesend und zu Ausbildungszwecken Aspirantin Amber Odermatt.

Fragentrommelfeuer. Dieses Aufeinandertreffen mit Locher im Bahnhof SBB reiner Zufall? »Ja«, beteuert Strickler. Fragentrommelfeuer. »Seit Jahren nicht an Locher gedacht«, behauptet Strickler. Behauptung? Fakt? Fragen. Fragen. »Zufall«, wiederholt Strickler. Zufall? »Keine Sekunde an ihn gedacht. Nie mehr ein Wort mit ihm gesprochen. Liegt alles weit zurück. Vergangenheit.« Fragentrommelfeuer. Mehrfachfragenwerfer.

Vergessen. Gelogen. Vergangenheit. Müller: »Halten Sie uns für beschränkt, oder was?« Fragen. Strickler: »Warum lassen Sie mich nicht? In! Ruhe!« Fragentrommelfeuer. Freddie Dominguez: »Und warum waren Sie am 14. Februar um 22:37 Uhr im Bahnhof SBB?« Hm? Fragenregen. Fragenwasserfall. Fragenschauer. Fragengewitter. Fragenböen. Fragenfrost. Müller: »Hören Sie auf, *irgendetwas* zu erzählen.« Strickler: »Es war Zufall.« Freddie: »Hören Sie doch auf mit Ihrem Zufall.« Strickler: »Ich sage Ihnen doch: ein Riesenzufall, dass ich Karlheinz Locher angetroffen habe. Das letzte Mal war ewig her. Eeeewigkeiten … Zum siebten Mal sage ich Ihnen: Es war Zufall.« Und: »Seit Jahren nicht.« Ja sogar: »Nie. Kein einziges Mal. Keinerlei Kontakt.« Müller: »Die Wahrheit hören. Wollen wir endlich.« Antwort: »Kein Gedanke an ihn seit Jahren.« Müller: »Sie lügen.« Strickler: »Geld wollte er. Geld.«

»Geld? Das ist neu.« (Müller)

Dominguez hebt die Augenbrauen. Odermatts Impulskontrolle hindert die Aspirantin an der natürlichen Reaktion: sich die Hand vor den Mund zu halten.

Pflichtverteidiger Hauri fragt sich, ob sich ein Herzstillstand genauso anfühlt wie der Druck auf seiner Körpermitte jetzt, seine Pumpe präzis in diesem Augenblick. D.a.s.s. L.o.c.h.e.r. s.e.i.n.e.n. M.a.n.d.a.n.t.e.n. u.m. G.E.L.D. g.e.b.e.t.e.n. h.a.b.e.n. s.o.l.l., hat ihm dieser nicht anvertraut. Eine Ausrede? Eine neue Ad-hoc-Erfindung mit kurzen Beinen? Wie soll er solche Leute … solche Leute gegenüber der Justiz vertreten?

Strickler: »Das habe ich Ihnen doch alles erklärt – mehrfach.« Müller: »Haben Sie nicht.«

Dominguez reibt den Daumen an Zeige- und Mittelfinger und sagt: »Von Geld haben Sie erst jetzt gesprochen.«

Nach beinahe 24 Stunden im Zellentrakt sieht Strickler aus wie und fühlt sich bestimmt auch wie durchgekaut und ausgespuckt? Schmutzig und verspannt? Durcheinander und deprimiert, empört und willnurnochschlafen? Müller: »Also nochmals, Herr von Strickler, damit wir das klar und deutlich auf der Aufnahme haben: Warum haben Sie am Donnerstag,

14. Februar, kurz nach halb elf abends … um 22:37 genau …
mit Karlheinz Locher die Schalterhalle des Bahnhofs Basel SBB
durchquert?«

Aaaaaah. Das ganze Theater nochmals von vorne. Fragen.
Fragen. Zufall. Kein Gedanke an ihn seit Jahren, seit Jahren, seit
Jaaaaaahren, Jaaaaaaahren! Kein einziger. Locher, Ewigkeiten
her, Ewigkeiten. Fragen. Fragen. Fragen. Zufall. Fragen. Geld!
Er hat nach Geld gefragt! G.E.L.D. Das haben Sie uns verschwiegen. Mit welcher Absicht? Warum? Erpressung? Nein. Gefragt
hat er. Gebettelt, wenn Sie so wollen. Er war am Ende, nicht?
Woher ich das weiß? Das habe ich doch gesehen, sofort hat man
das doch bemerkt. Was wollen Sie mir unterste… suggerieren
Sie? … Nein, ich habe ihn in diesem Moment zum ersten Mal
seit … Keine Sekunde habe ich seit Jahren an ihn … ihn nie
getroffen, nicht ein einziges … Hören Sie doch auf, selbst ein
Blinder hätte gesehen, dass Karlheinz fix und fertig war, erledigt,
die Körperhaltung, die Augen, die ungepflegte Erscheinung.
Das haben Sie alles zack bei diesem zufälligen Zusammentreffen
erkannt? Hören Sie auf mit Ihren Unterstellungen, bitte hören
Sie … Vorsätzlich …

»Es reicht!«

»Es reicht jetzt!«, wiederholt lic. iur. Peter Hauri. Er hat den
Schutznebel überwunden, den die Antidepressiva zwischen ihm
und der Wirklichkeit errichtet haben, und wirft sich nun winkel-
riedgleich zwischen die Ermittlerfragen und seinen Mandanten.

Hauri knurrt beinahe. »Jetzt ist es definitiv genug!« Müller
und Freddie Dominguez schauen den Pflichtverteidiger überrascht an. Den ruhigen Hauri hat die Wut gepackt? Für seine
Verhältnisse ist er fast ausgeflippt. Wie auf Knopfdruck ist sein
Kopf rrrrrradieschenrot angelaufen. Seine Augen feuern Salve
um Salve von Missfallens-Bad-Vibes gegen Müller, Freddie
Dominguez und Amber Odermatt. Strickler guckt verblüfft.

18:46 Uhr. Zweieinhalb Stunden haben der Kommissär und
Dominguez, sekundiert von Amber Odermatt, die zur Irrita-
tion des Mutmaßlichen immer wieder Unleserliches auf einem
Block notiert hat, nun ihre Bemühungen um Erkenntnisgewinn

vorangetrieben. Ihre zeitgenössische Verhörtechnik wirkt, als wollten sie mit einer Käsereibe Sand zerkleinern. Versandet ihre Anstrengung, weil sich die Wahrheit nicht zermahlen lässt? Wenn die Befragung im Sand verläuft, hat der Kommissär Elias Stricker in einer Stunde und vier Minuten freizulassen. Wieso verbeißt sich Müller derart in diesen Mann?

»Herr Kommissär, mein Mandant kann nichts dafür, dass Sie in diesem Fall keinen Verdächtigen haben.«

Dieser Satz von RA Hauri findet seinen Weg zu Müllers Gehirn. Über die Ohrmuscheln gelangt er aufs Trommelfell und versetzt es in Schwingungen. Die Gehörknöchelchen im Mittelohr – Hammer, Amboss und Steigbügel – übertragen diese Mitteilung bis ins Innenohr. Hier lauert die Hörschnecke, niedliche acht Millimeter klein. Sie wandelt die Schallwellen von Hauris Bemerkung in Nervenimpulse um. Diese dringen in Müllers Gehirn ein, wo sie in Bedeutung, in Sprache übersetzt werden: Das Kommissärshirn verarbeitet und versteht Hauris Aussage. Ist es die Erfolglosigkeit, die Müller fehlleitet? Hat Hauri recht: Strickler ist nur in der Mangel, weil der Kommissär keinen anderen Verdächtigen gefunden hat?

Eine Antwort auf Peter Hauris Einwand vermag Müller nicht auf Knopfdruck zu formulieren. Als Übersprungshandlung greift der Kommissär zunächst zur Mineralwasserflasche, füllt seinen Becher und nickt Strickler, Hauri, Freddie und Amber zu, ob sie ebenfalls einen Schluck wünschen.

Der feine Medikamentenschleier verschafft RA Hauri etwas innere Ruhe. Der Blick des Pflichtverteidigers verharrt auf Müllers graugrünschlammigen Augen. Der starrt zurück. Eine Melodie wird eingeblendet, leise steigt sie aus der Stille auf. »Il buono, il brutto, il cattivo.« Der Pflichtverteidiger schüttelt den Kopf so langsam, als ständen sich Eli Wallach und Clint Eastwood auf dem kreisförmigen Friedhof des verdorrten Wüstenkaffs Sad Hill gegenüber. Mineralwasser? Alle anderen schütteln den Kopf.

Die Melodie im Kopf von Peter Hauri wird lauter, ist nun klar zu hören. Instrumental. Eine Gitarre, langsam gezupft, viel

Hall, ein fernes Donnergrollen, die Pauke. Ein Geier kreischt. Die gleiche Melodie nun simultan in Hauris und Müllers U-Bewusstem.

Müller trinkt nur wenig Wasser, schluckt, wendet den Blick vom Anwalt ab und Elias Strickler zu. Etwas heiser sagt seine Stimme: »Ich bedaure, dass wir Ihre Zeit so lange in Anspruch genommen haben, Herr Strickler. Kommen Sie gut nach Hause.« Und nach zwei Sekunden Stille fragt er: »Soll Sie jemand fahren?«

ZEHN

Privat. Die Nacht. Gedanken.

Schön und gut, die Umstände. Geborgen an der 4058 Hammerstraße. Eigentlich. Weil eigenes Bett, Zentralheizung, alle Rechnungen bezahlt, Lebensmittel im Schrank und für Müller am wichtigsten Gülay Sermeter. Je nach Lebens- und Weltlage verwandelt sich jedoch die Nacht in einen Lastenaufzug, der kantiges, unsortiertes Geröll aus dem U-Bewussten ins Licht der Straßenbeleuchtung, Stablampen, Suchscheinwerfer und Sterne hievt. Die Sterne, vorsätzlich maskiert von Wolken, damit die Polizei kaum die Handschellen am eigenen Gürtel erkennen kann und sich die Delinquenten erfreuen können? Nun, ähm, halt ... Wer dächte so was, der halbwegs bei Trost ist? Wobei die aktive Tätigkeit »Denken« in diesen Minuten kaum dem Sachverhalt in Müllers Kopf entspricht. Müller liegt im Bett, schläft und träumt wirr.

Zuvor sind Gülay und Müller nach dem Abendessen (Café complet) mit Gülays Kindern Céline (13) und Murat (14) eine Weile in der Küche gesessen, haben sich unterhalten, über die Welt, die paar zehntausend Unmenschen, die Milliarden das Leben zur Hölle machen, und über Privates, das uns nichts angeht. (Keine Sorge: Keine Beziehungsprobleme im Gärstadium.) Etwa um 22:30 Uhr haben sich Detektivwachtmeisterin Gülay Sermeter und Müller hingelegt an diesem Donnerstag, 21. Februar. Eine Viertelstunde haben sie noch gelesen, schließlich das Licht gelöscht, sind eingeschlafen, ohne dass sich der Sandmann blöd aufgeführt hätte.

Doch der Schlaf heilt nicht alle Wunden, egal, was der Volksmund behauptet. Gülay träumt wildes buntes Zeug. Der Müller dagegen, der wechselt im Schlaf die Gestalt. Vom Privatmann häutet er sich zurück in die Funktion, die er um die fünfzig bis manchmal sechzig Stunden pro Woche ausfüllt: Das Hässliche, Niedrige lässt ihn diese Nacht nicht los. Im Brackwasser der

Realität angelt er nach Übeltätern, methodisch, systematisch und ein wenig auch intuitiv.

Um 23:43 Uhr erwacht er … Error 404 Schlaf unterbrochen … Himmel, Müller, lass nicht in der Freizeit das Hirn weitermalochen! Das hoffen wir, das wünschen wir ihm, damit er gesund bleibt. Doch in dieser Nacht bleibt das Abschalten durch Schlaf ein frommer Wunsch. Ihn sucht nämlich Karlheinz Locher heim. Mit erdverkrustetem, blutverschmiertem Gesicht und aus tiefen Augenhöhlen starrt der ihn an, bei den grauen Bänken auf dem Spazierweg am Dorenbach, wo ihn der Jogger Blagojevic tot gefunden hat. Der kalte, tote Locher glotzt Müller an. Würde die Psyche diese Szene professionell ausleuchten, könnte der Kommissär vermutlich trotz Dreck und Blut den Gesichtsausdruck der Leiche deutlich erkennen, und er würde nicht bloß vermuten, sondern wissen, dass ihn Locher anfleht, Gerechtigkeit herzustellen. Den oder die Verantwortlichen für seine schweren letzten Minuten oder Stunden und seinen Tod aufzuspüren und ihrer Strafe zuzuführen. Noch gespenstischer, beunruhigender keilt sich aber in Müllers Bewusstsein und U-Bewusstsein hinein, dass die Botschaft des Toten nur verschwommen und vernuschelt bei ihm ankommt. Als verstehe der tote Locher selbst nicht, was ihm widerfahren ist. Und warum. In die Nase des schlaflos alpträumenden Müller steigt der Geruch von nassem Laub.

Hinter dem Kadaver, der wie starr gefroren halb auf dem Kiesweg liegt und den Kommissär unablässig anstarrt, steigen Nebelschwaden aus dem Dorenbach herauf. Physikalisch lächerlich, dieser Vorschlag der psychischen Parallelwelt, denn das Bett des Bächleins ist nicht breiter als einen, zwei Meter und höchstens einen Meter ins Gelände eingeschnitten. Das Gewässer selbst rinnt maximal zehn Zentimeter tief über seinen Grund. Da wandern keine Steine, da liegen keine drei Kaiser begraben wie in Brechts »Lied von der Moldau«, und der schlafende Müller zweifelt auch am Vers »Das Große bleibt groß nicht und klein nicht das Kleine«, der dort ebenfalls steht. Der Nebel aus dem im Traum absurd eingetieften Dorenbachtal

materialisiert sich, verfestigt und formt sich hundvonbasker-
villegleich aus. Nimmt die Gestalt des Polizeigefreiten Pascal
Brügger an, mit Kopfverband, verstört, bleich und zugedröhnt
von Schmerzmitteln. Zombie-Brügger hat sein Gesicht ebenfalls
dem Kommissär zugewandt. Lebendig, aber reglos, schweigt
er gemein in Müllers Herz und Verstand hinein. Die böswillige
Stille dehnt sich aus, zu einem Anti-schwarzen-Loch, das Materie nicht ansaugt und verschwinden lässt, sie nicht vernichtet,
sondern im Gegenteil immer mehr davon ausspuckt. Müller,
im Traumtran, greift mit beiden Händen, nein mit vieren, mit
vierzehn Händen schließlich, das müssen seine eigenen sein
und die von Allmendinger, Dominguez, Odermatt, Gormann,
Wäckerlin und Vakulic … diese vierzehn Hände recken sich dem
versteinerten Brügger entgegen, versuchen die Schwingungen
zu fassen, die von ihm ausgehen, doch …

… dritter Handlungsstrang in diesem Schlafgespinst: Chef
Thomas Krähenmann setzt den rahmengenähten Schuh in den
Spalt zwischen Müller und seinem U-Bewussten. »Die Medien«,
hört Müller Thomas sagen, »Fortschritte?«, fragt es aus dem Off
und »Regierungsrätin Gruber« und »Beni, Beni, Beni, sobald
es neue Entwicklungen gibt … unverzüglich direkt an mich«.

Wundert's uns da, dass der Müller um 03:13 Uhr auf den
Wecker schaut, feststellt, dass er seit Stunden wach liegen dürfte
und ihn der Schlaf nicht findet?

Nochmals rollt er sich auf die andere Seite, rückt seine
182 Zentimeter und 88 Kilogramme auf der Matratze zurecht,
stemmt sich gegen die Schlaflosigkeit. Vergebens, vergeblich,
umsonst. Seine Gedanken hüpfen immer wieder vom Stöckchen
zum Hölzchen und zurück.

Gegen 5 Uhr schleicht er aus dem Schlafzimmer, zieht sich
an, legt einen Zettel auf den Küchentisch und verlässt Gülays
Wohnung, in der drei Menschen weiterschlafen.

Draußen dunkel. Die Wolken. Nicht einmal der Anschein
von Dämmerung.

Nieselregen. Egal. Laufen. Die Achterbahn hinter sich lassen. Die Wrklchkt strukturieren, die Mglchktn abschätzen, die

Hypthsn eingrenzen. Nur er und der Atem, die Sehnen und Bänder, die Muskeln und bu-bumm bu-bumm bu-bumm das Blut, das in den Adern zirkuliert. In seinen. Nicht mehr in denen von Karlheinz Locher.

Wäre die Welt nicht oft
An manchen Orten
Zu gewissen Zeiten
Zum Beispiel heute
Für viele so
Schrecklich
Fände ich sie recht kurios

***

Im Waaghof.

Freitag, 22. Februar, 06:54 Uhr. Kaum Betrieb. Doch im Müllerbüro brennt schon Licht. Der Kommissär liest im Rechner die Rückmeldung von Jessica Panzeri und Mladen Jonovic von der Abteilung Wirtschaft: vertiefte Überprüfung von Giorgia Furger und Elias Strickler. Ergebnis: Lochers Ex-Kollegen und -Komplizen sind in den polizeilichen Datenbanken nirgends vermerkt. Da nessuna parte. Keine abgeschlossenen, eingestellten oder laufenden Untersuchungen oder Voruntersuchungen, null gelöschte Einträge. Nirgends ein Wort über Furger und Strickler.

Bedeutet: In dieser Sache hat Strickler die Wahrheit gesagt: Seit der verpfuschten Betrugssache ist er sauber geblieben. Mehr noch: Für Lochers Todeszeit – zwischen Mitternacht und 01:00 – hat er sogar ein Alibi. Jonovic hält nämlich schriftlich fest: »Arnold Meier, Abwart des Hauses in Lausen BL, in dem Strickler und der Abwart selbst wohnen, hat den Genannten am Donnerstagabend, 14. Februar, ca. 23:30, Uhr im Eingangsbereich der Liegenschaft angetroffen und mit ihm gesprochen. Thema der Diskussion: die Krankenkassenprämien. Datum und Uhrzeit sind gesichert, weil während dieses Gesprächs Meiers

Nichte aus England eingetroffen ist (verspätete Ankunft des Flugzeugs am EuroAirport, verifiziert). Diese Frau, Dorothee Jones, geb. Meichtry, hat obige Angaben telefonisch bestätigt und erinnert sich, sich im Treppenhaus kurz mit Strickler unterhalten zu haben. Auch sie arbeitet im kaufmännischen Fach.« Von ungefähr 23:30 Uhr bis zu Lochers Tod hätte es Strickler unmöglich geschafft, aus Lausen an die Dorenbach-Promenade zu sausen, dort seinen ehemaligen Betrugsversuchkomplizen zusammenzuschlagen und ihn erfrieren zu lassen.

Giorgia Furger dagegen bleibt unauffindbar. Panzeri und Jonovic von IT und Cybercrime sind trotz erweiterter Recherchen in der digitalen Parallelwelt der Polizei auf keinen Hinweis gestoßen, dass Furger im letzten Jahrzehnt überhaupt existiert hat. Eine Vermisstenanzeige für sie liegt nicht vor, also braucht die Kripo nicht mit dem Schlimmsten zu rechnen. Sich in Luft aufzulösen ist keine Straftat.

Müller brütet vor dem Rechner über den Dokumenten. Existiert ein Motiv, das Strickler und Furger hätte dazu bewegen können, Locher zu beseitigen? Und dies fast zehn Jahre nach dem missglückten Coup? Nein, denkt der Kommissär.

Wird er seine Equipe nochmals auf Strickler ansetzen? Nein, sagt die Wahrscheinlichkeit. Unwahrscheinlich, folgert Müller Benedikt aufgrund seiner Erfahrung und der fruchtlosen Befragungen gestern Morgen und Nachmittag. Auf keinen Fall, würden die Leute vom Controlling fordern, wenn sie die Kompetenz hätten, in die operativen Abläufe einzugreifen.

Als sich der Müller im Bürosessel zurücklehnt und so sehr streckt, dass die Bandscheiben jauchzen, meldet sich das Telefon.

Müllers U-Bewusstsein erkennt den Anrufer am Klingeln, und er sagt gleich: »Guten Morgen, Thomas.« Der kümmert sich verdächtig früh ums Tagesgeschäft, findet der Kommissär. Wir übergumpen Krähenmanns Grußformel, der danach gleich zur Sache kommt. So »early in the morning« (Shanty) telefoniert keiner dem anderen ins Büro, um rumzuplauschen.

Krähenmann ruft nicht wegen der Nachricht zurück, die

Müller ihm gestern auf den Beantworter gesprochen hat: die Ermittlungsidee, die Beni mit seinem Vorgesetzten besprechen wollte. Sondern:

»Beni, gibt's Fortschritte im Fall Brügger?«

Müller, sachlich: »Bisher nichts Konkretes. Aber wir sind dran. Wir befragen erneut die jungen Leute, die ihn gefunden haben hinter der Markthalle.«

Sähe er den Chef, würde ihn dessen Geste beunruhigen: Krähenmann wedelt (keine Sorge: Freisprechanlage) mit beiden Händen (Vorsicht: Eine muss am Lenkrad bleiben!) vor sich in der Luft herum, als hätte er zu gierig von einem siedend heißen Schokoladengetränk* getrunken, was ihn nun inwendig (Kehle, Speiseröhre, Magen) quält. Wir, die wir dieses Gefuchtel mit ansehen, schließen daraus: Thomas Krähenmann plagt eine gewisse Anspannung. Er will, er wünscht, er braucht Ergebnisse. Wer hat dem Polizisten Brügger Pascal eins übergezogen und ihn die Treppe runtergestoßen? Fakten, Fakten, die verkackten, und das Gericht verknackt den, weil, keine Frage, Gewalt gegen einen Polizisten ... ███████! ... gehört zur Welt, der tristen.

»Nun gut«, sagt Krähenmann etwas unwirsch, »ich weiß, ihr tut, was ihr könnt. Aber du musst mich verstehen, Beni ...« ... Päuselchen, zwischen Thomas und seiner verregneten Windschutzscheibe staut sich die Chefenergie.

»Die Medien, die Regierungsrätin«, flicht der Müller ein und passt penibel präzise auf, dass er weder ironisch noch zynisch noch sarkastisch noch, noch, noch schnippisch, hinterlistig, taktierend, vorwurfsvoll, angriffig oder anderweitig minusmäßig tönt, sondern ... wie nennt man das, wenn man ein Argument nachvollziehen kann?

Verständnisvoll? Ja, verständnisvoll, empathisch, freundlich.

Jedenfalls kommen Müllers Ton, der Subtext, das Unausgesprochene, die Empathie, all das kommt beim Chef gut an. Das spürt der Müller in diesen Sekunden. Deshalb geraten sie nicht aneinander.

---

* Schokopulverhersteller, hier könnte Ihr Markenname stehen.

Einige Augenblicke lang rinnt im Kegel von Krähenmanns Scheinwerfern und in der Dunkelheit vor Müllers Bürofenster im Waaghof der Regen still und klar der Frontscheibe, dem Asphalt und schließlich dem Grab im Gully entgegen.

»Thomas«, unterbricht Müller die beruhigende Regensequenz, »ich will etwas mit dir besprechen. Gestern habe ich auf deinen Anrufbeantworter …«

Müller wartet durchs Telefon einen Laut ab, der ihn ermuntern würde weiterzureden.

Nein, der Erste Staatsanwalt ad interim reagiert nicht auf Müllers Gesprächswunsch. Hört er ihn nicht – vor lauter Elektromotorsurren und Benzinerdröhnen auf der Autobahn? Oder hat Krähenmanns Karrierestreben den Kommunikationskanal auf Einbahn gestellt? Klartext: nur sprechen, nie zuhören? Vor allem, wenn jemand etwas von ihm will.

»Eine Idee für die Ermittlungstaktik«, legt Müller nach, wie es Georg Kreisler in seinem Lied tut, als er Futterkörner hinzufügt, um im Park Tauben zu vergiften.

»Das besprechen wir später«, quittiert Krähenmann nun immerhin den Empfang der Müller'schen Nachricht. Freundlich, aber bestimmt. Grünes Häkchen gesetzt, Information abgelegt, vertagt bis zum Tag des heiligen Berchtold? »Ich bin unterwegs … ich melde mich, sobald ich im Büro bin. Wir finden einen Slot, um das zu besprechen.« Unmittelbar neben Krähenmann und in Müllers Telefonohr hupt ein Schwertransporter tuuut tuuuuut, dass die Welt wild wow wackelt und Müllers Gehörschnecke sich reflexartig einrollt.

All diese Geräusche, dieser Lärm, dieser Krach kurz nach 07:00 Uhr morgens. Bemüht sich dieser Freitag, besonders eklig zu werden, damit sich das Glücksgefühl umso potenter potenziert, wenn endlich das Wochenende beginnt und massiv mit Halligalli droht?

Krähenmann verabschiedet sich schon fast … »du hältst mich in Sachen Brügger auf dem Laufenden, Beni« … aus dem Telefonat, als ihm einfällt: »Wie steht's übrigens bei der Dorenbach-Promenade? Kommt ihr *da* voran? Gibt es Fortschritte,

Beni? Ich erwarte deinen Bericht. Sobald ich kann, schaue ich ins System. In einer Besprechungspause werde ich kurz …«

***

Mangels Verdächtigen.

07:31 Uhr. Sitzungszimmer S 207, Morgenrapport. Müllerteam vollzählig: Fall Locher: Gormann, Dominguez, Allmendinger, Odermatt; Fall Brügger: Wäckerlin, Vakulic. Plus der Kommissär. Darfst du dem Oberchef, der Regierungsrätin und der Öffentlichkeit keinesfalls auf die Nase binden, dass der Alkoholiker mehr Manpower zugeteilt bekommt als der verletzte Kapo-Kollege. Schlagendes Argument jedoch: Kapitaldelikt versus einfache Körperverletzung. Möglicherweise klagt die Staatsanwaltschaft im Fall Brügger allerdings auf versuchten Totschlag, werden wir sehen.

Müller: »Ich schlage vor, wir befragen die Teenager noch einmal, die Brügger gefunden haben.«

Wäckerlin: »Elodie (17) und Big S (17).«[*]

Dominguez: »Big S?«

Wäckerlin: »Stefan … Baltensberger. Und Elodie Schibli.«

Müller: »Macht ihr das, Romina und Vlado?«

Romina: »Zu Befehl!«

Dominguez lächelt. Klare Ansagen, da ist er Freund davon.

Müller: »Fragt sie noch einmal nach Details. Was sie für unwichtig halten, ist für uns vielleicht von Bedeutung. Erkundigt euch, ob sie auch nur *irgendetwas* gesehen oder gehört haben, als sie die Stufen zur Markthalle hochgestiegen sind. Ob ihnen schon unten etwas aufgefallen ist – oder noch früher … als sie sich von der Heuwaage her, am Fitnesscenter vorbei der Treppe genähert haben. Die Glastür zum Parkhaus, stand die offen? Ist einer davongerannt? Hat ein Automotor aufgeheult? Etwas Nebensächliches? Vielleicht fällt ihnen jetzt, eine Woche später, etwas wieder ein.«

---

[*] Dass ihr diese Namen spontan speditiv einfallen! Chapeau! Ich musste vorne nachschlagen.

»In Ordnung«, quittiert Wäckerlin. Ihr Blick zu Vlado Vakulic erklärt diesem, dass sie sofort mit ihm aufbrechen will.

»Wir anderen machen uns Gedanken über Karlheinz Lochers Bankkollegen. Die, mit denen er in den guten Zeiten Zigarren geraucht und die goldenen Farbnuancen des Whiskys verglichen hat.«

Silvan Dobler, Roger Grieder, Claudio Brodmann.

»Vielleicht war da etwas? Eine Rivalität? Beziehungskisten? Eine offene Rechnung? Geld? Da fassen wir nach.«

Gormann, Allmendinger, Dominguez und Odermatt löchern Lochers Bankkollegen Dobler, Grieder und Brodmann. Das Vorgehen:

a) Anrufe unmittelbar nach der Morgenbesprechung.

b) Vereinbarung von Terminen für die persönliche Befragung am selben Nachmittag. Telefonisch wäre zu diskret, deshalb persönlich: macht mehr Druck. In Aussicht stellen wir einen Besuch am Arbeitsplatz oder – »Sie arbeiten heute im Homeoffice?« – zu Hause. »Also kommen Sie lieber in den Waaghof?«

c) Die drei Herren wählen den Waaghof. Damit niemand im Büro und kein Nachbar mitbekommt, dass ihr Kollege, Parzellennachbar oder Stockwerkmiteigentümer mit der Kriminalpolizei zu tun hat. Das ist die volle Drohkulisse der Staatsgewalt. Kalt, hart, bestimmt. Korrekt bis zur Schmerzgrenze.

d1) Silvan Dobler: ist nicht erfreut, dass ihm die Polizei am Freitag das Wochenende …

d2) Roger Grieder: ist gar nicht erfreut, dass ihm die Polizei das bald hereinbrechende Wochenende zu …

d3) Claudio Brodmann: ist überhaupt nicht erfreut, dass ihm die Polizei am Freitag das bald erreichte Wochenende zu versauen droht.

Weil »irgendwas bleibt immer hängen« (Plutarch/Bacon), und allein schon, dass die baselstädtische Kripo anruft, ist v'tammi heikel, denn je nachdem, wann und wo und in wessen Gesellschaft du bist, wenn sie sich bei dir melden, kriegt deine Mamma, eine Arbeitskollegin, der Oberchef, die Supermarkt-

schlange vor der Kasse, die Gästeschar im Sternelokal oder ...
nicht die geringste Gefahr ... die Ehefrau die kriminalpolizei-
liche Kontaktnahme mit → ayayay → hoppla: Stirnrunzeln →
Klatsch → Getuschel → Gerüchte → scheele Blicke → spitze
Bemerkungen → Ausgrenzung → Konflikt → Aussprache →
Ärger → Abstieg → Karriere-Hiroshima → Streit → Trennung →
Scheidung → Sorgerecht → Alimente → Huereseich → (weitere Katastrophe) → (weitere Katastrophe) → (weitere Katastrophe) → (weitere Katastrophe) → SIG Sauer → Rechtsmedi-
zinisches Institut → Friedhof am Hörnli.

Deshalb nehmen Grieder, Dobler und Brodmann die polizeilichen Anrufe, Aufgebote und Verhöre nicht auf die leichte
Schulter.

Sie treffen, wie aufgeboten, gestaffelt an der Binningerstraße
ein. Einzeln schließen sie Bekanntschaft mit der Personenver-
einzelungsanlage. Die trennt nicht bloß Personen voneinander,
sondern kappt auch die Verbindung zwischen Menschen, die
zum Verhör bei der Staatsanwaltschaft und Kriminalpolizei
vorsprechen müssen, und der unschuldigen Wirklichkeit.

13:30 Uhr, Befragungsraum S 311. Befragung Silvan Dobler
durch Det Wm Gormann und Asp Odermatt.

14:00 Uhr, Befragungsraum S 312. Befragung Roger Grieder
durch Det Allmendinger und Det Dominguez.

14:30 Uhr, Sitzungszimmer S 207. Befragung Claudio Brodmann durch Müller, ergänzt um Ruedi Stierli von der Fahndung,
weil vom Müllerteam niemand mehr übrig ist, der assistieren
könnte. Stierli, selber Kommissär, sitzt pro forma mit im Raum,
bearbeitet aber parallel auf dem Laptop eigene Akten.

Der Schein muss stimmen. Die Ex-Kollegen des toten Karlheinz Locher sehen sich jeweils einer doppelten Kripo-Über-
macht gegenüber.

Einschüchterung? Vermutlich.

Ergebnisse? Hoffentlich.

Dobler wird 76 Minuten lang befragt. Grieder 56. Brodmann 59.

Danach: »Danke, dass Sie sich die Zeit genommen haben.«

Keine schlechten Gefühle zurückgeblieben, keine Rachege-
lüste, keine irgendwas. Stand jetzt: niente. Einhelliger Befund
des Müllerteams nach dem Austausch in Sitzungszimmer 207
um 16:30 Uhr.

»Moaning The Blues« (Hank Williams).

※※※

Zurückspulen. Heute Freitagmorgen. 10:40 Uhr.

Oberhalb des Barfüsserplatzes. Hohe Steinmauer. Gymna-
sium Leonhard. Schulhof. Donng – dänng – dinng – diiinng.
Pause. Romina Wäckerlin und Vlado Vakulic sorgen für Aufregung, indem sie aus dem Gewusel der jungen Menschen
Elodie Schibli und Stefan Baltensberger herauspflücken und
gleich darauf in der Mensa befragen. Vorsicht, pssssst, weil die
Wände Ohren haben und die beiden unbescholtene Zeugen
sind. »Nein, beim besten Willen«, sagt Elodie, etwas maulfaul,
»hmmhmhmbm«, brummt Stefan sinngemäß Ähnliches. Ausge-
deutscht: Ihnen ist nichts eingefallen, was berichtenswert wäre.
»In der Nacht, als es geschehen ist, haben wir Ihrem Kollegen
alles erzählt. Er war in Zivil, geht sicher viel ins Gym.« Wäckerlin nickt. »Dem haben wir alles erzählt«, erinnert sich Elodie.
»Mhmmm«, pflichtet ihr Big S Baltensberger bei. Elodie Schibli
ergänzt: »Das Wetter in jener Nacht war nicht toll. Montag,
spät ... da war kaum wer unterwegs.«

Aber, denkt Vakulic, als er den beiden jungen Leuten in der
Mensa des Gymnasiums Leonhard zuhört, wenn du verliebt
bist, spielt alles andere keine Rolle. Die hatten nur Augen für-
einander und nicht für das, was um sie herum passiert.

Aber, denkt Wäckerlin, die konnten überhaupt nichts mitbekommen, weil sie so bekifft waren wie ein VW-Bus voller
Hippies und sicher beim Hintereingang der Markthalle noch
eine Tüte wegrauchen wollten.

Warum sich Elodie und Big S bei solchem Wäh-Wetter im
Freien aufhielten? Erklärung I: Elodies Vater ist böse. Ihm ist
keine Freundin, kein Freund recht. Erklärung II: Baltensbergers

wohnen zu viert in einer Dreizimmerwohnung. Da ist nichts mit Privatsphäre.

Lauschig ist es bei der Hintertreppe der Markthalle nicht, aber immerhin gibt es ein paar Holzaufbauten, auf die man sich zurückziehen kann. Stühle zum Hinsetzen. Denn waren wir alles auch: jung, verliebt und vielleicht auch bekifft. Wäckerlin, das ist ihr gutes Recht, sieht das kritischer, weil kiffen = Verstoß gegen das Betäubungsmittelgesetz (BetmG) = geht nicht.

ELF BIS VIERZEHN

Fassen wir hier zwei Tage in vier Kapiteln zusammen.

Samstag, der 23., und Sonntag, der 24. Februar, verstreichen mit so dürftigen Ergebnissen, dass wir abschweifen und uns überlegen, wo dieser nutzlose Monat zwischen Nichtmehr-winter und Nochnichtfrühling seinen Namen gestohlen hat. Wie sollte es anders sein: aus dem Lateinischen. Die Römer scheinen mit Bildhauern, Mosaiklegen, Erobern, Ideenklau bei den Griechen, Versklaven und Tierkämpfen unzureichend aus-gefüllt gewesen zu sein. Deshalb machten sie sich daran, sich Monatsnamen auszudenken. Februar zum Beispiel, Februar. Vom Verb »februare«, »reinigen«, kommt das; weiß das Ety-mologische Wörterbuch von Kluge. »Reinigen«. Aber nicht die Wohnung picobello, sondern Sühne- und Reinigungsopfer für die Lebenden und die Toten. Dieser Kulthokuspokus fand eben im Februar statt, dem letzten Monat des römischen Jahres. Und dieser Monat, Hand aufs Herz, der hält sich wirklich für etwas Besonderes. Der Beweis: Wer sonst hat lediglich geizige 28 Tage und alle vier Jahre einen mehr – und glaubt trotzdem, ein richtiger Monat zu sein?

Völlig von Sinnen, der Februar. Meine Meinung.

✳✳✳

Am späteren Sonntagnachmittag, weil's dunkel ist, fühlt's sich an wie nachts, meldet sich in Gormanns Stube an der Martins-gasse in der Altstadt – er spielt gerade Klavier – die Handy-melodie: »Freude, schöner Götterfu-fu-fu-fu«, stottert der Klingelton. Für dieses akustische Ungenügen entschädigt uns der Inhalt des Anrufs.

»Sind hier ... Männer«, flüstert's so leise, dass Markus Gor-mann die Stimme kaum erkennt. »Auf Platz vor Bahnhof. Zwei.«

»Beobachten Sie sie weiter, Darko. Wir kommen sofort«, sagt der Detektiv, drückt das rote Telefönchen, danach das grüne, Kurzwahl, und fasst für Müller in zwei Sätzen zusammen. Darauf lässt Gormann die Klavierpartitur der Sinfonie unvollendet auf dem Notenpult des Instruments. Der Müller, mittlerweile im fünfstelligen Bereich verschuldet und ohne nennenswerten Immobilienbesitz auf der »Road To Ruin« (Ramones), legt an der Hammerstraße den Würfel neben das Monopoly-Spielbrett, bittet um Entschuldigung, schlüpft in die Schuhe, schnappt sich die Jacke und ruft Gülay ein Kisskissgoodbye und ihren Kindern ein Ciaociao zu.

Schnitt: Hammerstraße. Außen: dunkel. Müller → grauer Zivilwagen.

(Motorengeräusche)

Autolenkerperspektive. Straße dunkel, feucht, Rücklichter anderer Autos spiegeln sich rot in den Pfützen auf dem Asphalt.

(Motorengeräusche)

Beleuchtung von Imbissbuden, türkischen Lebensmittelläden, Schnapsshops, Kneipen spiegeln sich weiß, gelb und blau in den Pfützen auf dem Asphalt.

Blaues Licht leuchtet aus Hofeinfahrten und Hauseingängen.

(Motorengeräusche)

Schnitt. Kamera auf die Bushaltestelle des Flughafenbusses (Linie 50) unmittelbar vor dem Bahnhofseingang gerichtet. Hinter dem Bus hält der graue Zivilwagen mit Müller. Schild »Polizei« hat der Kommissär aufs Armaturenbrett gelegt. Zweites Auto fährt hinten heran. Choreografiert wie ein Ballett und perfekt synchronisiert: Gormann springt aus seinem, Müller aus seinem Dienstwagen. Sie lassen die Karren hinter dem 50er-Bus stehen, vor dem Bierladen, mitten im Centralbahnplatzgewusel.

Kamera schwenkt, zoomt auf die fünf Alkoholiker-Obdachlosen-Randständigen-Bänke. Voll besetzt sind sie. Schauen die Leute her? Bedeutet dieser Polizeieinsatz den Untergang von Darko Lacevics Anonymität? Nein, die zwei Zivilen gehen in der Menge der Menschen unter. Der Kommissär und der Detektiv gucken auch nur kurz zu den Bänken hin und gehen sofort in die Bahnhofshalle, um vor dem Geldwechselbüro zu warten. Sekunden später folgt ihnen ihr Zeuge.

Kein Blickkontakt. Müller und Markus Gormann voraus quer schräg durch die Halle und hinaus zu Gleis 4. Darko mit Sicherheitsabstand hinterher, damit nicht zufällig einer seiner Bekannten vor dem Bahnhof mitbekäme, dass er mit dem Kommissär und dem Det Wm spricht. Weil, ehrlich, auch in Zivil sieht man den zweien ihren Beruf an.

Am Gleis 4 sagt Lacevic: »Waren da, vor dem Bahnhof, vorhin, zwei.«

»Waren?«, fragt der Müller nach.

»Ja. Sind weg jetzt ... dort hinüber, Richtung Rostiger Ritter.«

Damit meint er die alte Post, Reitergebäude über den Bahngleisen, außer Betrieb, wird demnächst abgebrochen. Obwohl Adjektiv »alte« Post falsch, weil erst im Juni 1980 betriebsbereit, aber bereits für abrisswürdig befunden, miserable Baukunst und hässlich, leider.

Gormann: »Wie sehen sie aus?«

Darko Lacevic streicht sich über seine kurzen Haare, während er die Wörter sucht. »So mit dunkle Jacke, Jeans, Sportschuhe ...«

Rennst du nun als Ziviler blindlings olé olé zur ehemaligen Post hinüber und hoffst, die beiden Jacken-, Jeans- und Sportschuhträger zu finden? Dutzende fändest du, auf die diese Beschreibung passt, Dutzende und keinen, weil bestimmt schon weg, wenn sie unlautere ... Ach, ▬▬▬!

Jetzt nicht aufregen. Müller blickt Darko in die Augen. Wäre interessant, seine Geschichte zu kennen, denkt er. Der wirkt verlässlich, zuverlässig, ein Top-Typ, ehrlich, könnte einer von uns sein. Müller hat in sich eine Superkraft namens, aber das habe ich erwähnt, In-tu-i-ti-on. Andere sagen »Bauchgefühl« ... aber ist Quatschausdruck, weil wo im Körper sitzt das Gefühl? Im Bauch beim Gekröse? Hallo, Blödsinn!

Lacevic einer von uns? Ohne es zu wissen, liegt Müller damit richtig, denn Edin Lacevic, so heißt er amtlich, war vor dem Krieg Polizeiaspirant in Sarajevo, damals Jugoslawien, nachher Bosnien und Herzegowina und Krieg und viel gesehen, zu viel, gelitten, erlebt, geschossen und aus der Spur gefallen, PTBS, posttraumatische Belastungsstörung, nicht behandelt, weil keine Infrastruktur, kein Geld und in den 90ern noch kaum bekannt. All das weiß der Müller nicht, merkt aber: Lacevic erzählt keine Märchen, um sich aufzuplustern. Der Beweis: Er riskiert sogar, dass seine Bahnhofsbekannten spitzkriegen, wie er sich freundlich mit zwei Bullen unterhält.

Müller und Gormann also nicht random zu Rostiger-Ritter-Ex-Post-Immobilien-Entwicklungsprojekt hinübergetwistet. Sondern sie bleiben mit Lacevic am Gleis 4 stehen. Eben ächzt der 21:11-Uhr-Zug nach Rheinfelden–Stein–Säckingen–Frick–Brugg–Baden–Zürich HB auf Gleis 3 → Richtung → Osten. Darko Lacevic fingert in den Taschen seiner gefütterten Jacke, holt schließlich ein Handy hervor und streckt es dem Kommissär entgegen.

»Habe ich nicht gute ... aber Fotos, vielleicht sehen Sie darauf genug?«

Er loggt sich ins SBB-WLAN ein, eine Stunde gratis, und schickt dem Kommissär das Bild zu. Der lächelt.

Als Gormann Lacevics Handy sieht, fragt er ihn: »Warum haben Sie mich denn vor einigen Tagen aus der Telefonkabine bei der Margarethenbrücke angerufen, wenn Sie ein Handy haben?«

»Hatte ich null Guthaben. Jetzt ich habe wieder mehr.«

Die Aufnahmen auf Darko Lacevics Handy. Ein Job für die Spezialsoftware im Waaghof.

Nachtrag.

Leider ist Lacevics Handykamera nicht mega state of the art. Schlechte Auflösung, die Bilder körnig, wenig Kontraste. Unscharf, weil sich die Männer, die Lacevic fotografiert hat, schnell durch die Bahnhofshalle bewegten. Das weiß der Müller, nachdem er mit Unterstützung von Jonovic von IT und

Cybercrime und dessen Bildbearbeitungsarsenal versucht hat, aus den Handyfotos Informationen zu gewinnen.

04:15 o'clock ist es, als sich Mladen Jonovic und der Kommissär im Waaghof voneinander verabschieden.

FÜNFZEHN

Kriko confidential.

Grau, grau, grau kühlt der Februar. Es ist Montag, der 25. des Monats. Die Müllermüdigkeit, weil er nur dreieinhalb Stunden geschlafen hat, wird er erst später am Tag bemerken. Immerhin: Endlich klappt die Besprechung mit Krähenmann. Endlich hat sich – pünktlich um 08:00 Uhr – ein Risschen in Thomas Krähenmanns eng gestricktem, verzwicktem Zeitplan aufgetan. Endlich im Chefbüro im fünften Stock.

08:54 Uhr. »So sehe ich das«, schließt der Müller seinen Vortrag ab. Den Ermittlungsstand der Fälle Locher und Brügger hat er ausgebreitet. Er hat Krähenmann auf signifikante Einzelheiten hingewiesen, sie, wo möglich, verknüpft, seine Folgerungen dargelegt und vor allem Thomas' Fragen beantwortet. Der hatte viele. Müllers persönliche Werte heute: Charisma: 98 %; Tatkraft: 99 %; intellektuelle Fähigkeiten: 96 %; erkennbare Müdigkeit: 22 %, tatsächliche: 89 %.

»Lass mich einen Augenblick überlegen«, sagt der Chef, »oder zwei, drei.« Fast! Einen Scherz! Hat er! Gemacht! Krähenmann, sein Chef! Beinahe wirkt er sogar ein wenig locker. Er tritt ans Fenster. Schaut durch die Halbfinsternis hinüber zur Baustelle ennet der Binningerstraße, wo nach Jahren des Stillstands die »Kuppel« neu errichtet wird, ein Musiklokal. Doch uns interessiert jetzt nur das Strafrecht.

Während Krähenmann stehend am Fenster zu den Gerüsten, Verschalungen und zum Kran hinübermeditiert, ist Müller sitzen geblieben. Er betrachtet das abstrakte Bild aus dem Fundus der kantonalen Kunstsammlung, das an der Wand hängt. Ein helles Blau wie von diesen Bonbons, die ihn als Kind an Eisbären, Eisschollen und den Zahnarzt erinnert haben. Komplementär dazu ein schwungvoller grisseliger Schlieren, orangenschalenfarben, beinahe diagonal, doch nur angedeutet und nicht an jeder Stelle deckend dick aufgetragen. Der bunte Streifenbogen schwingt sich dynamisch rechtswärts, aufwärts. Ein Symbol? Drei verwischte dunkle Punkte zudem, die ausdrücken könnten –

»Eine gewagte These«, unterbricht Krähenmann die Bildbetrachtung des Kommissärs, »ein Risiko.«

»Ich weiß, aber –«

Krähenmann winkt ab, als wollte er Vaper-Dampf wegwedeln. »Du brauchst nichts weiter zu erklären, Beni. Das hast du getan, ausführlich.« Eine Sekunde. Zwei Sekunden, drei. Dreieinviertel. Dreieinhalb ... Neundreiviertel ... Ein prüfender Blick: Augen in Augen. »Ich vertraue deiner Erfahrung und ... deiner Intuition.«

Aus Müllers Psyche entweicht die Dunkelheit. Er kommt hoch vom Sessel und streckt dem Chef die rechte Hand entgegen, mit der linken streicht er sich über den Kopf.

Krähenmann umgreift Müllers rechte Hand und schaut ihm nochmals tief in die Augen. Regieanweisung: Auge in Auge, Großaufnahme der zwei Augenpaare, hochaufgelöst. Alle Fältchen rund um die Augen, die Brauen- und Wimpernhaare, die Poren sind erkennbar. Dazu Musik, wiederum Ennio Morricone, crescendo, immer lauter, bis zu einem doppelten Paukenschlag, der sich PENG anhört wie ein Revolverschuss ... 9 mm Parabellum Luger, Deutsche Waffen- und Munitionsfabrik, Berlin, 1917. Präzisionsmechanik.

»Eines noch ... äh, ja, die Hauptsache: Wichtig ist ... Diskretion«, flüstert der Erste Staatsanwalt, um direkt zu <u>unterstreichen</u> und **einzufetten**, dass das nichts Geringeres als distinguiert diskreteste Diskretion bedeutet.

»Das ist mir bewusst«, sagt der Kommissär, genauso dezibelreduziert, um seinerseits die Vertraulichkeit zu materialisieren. »Deshalb gehen wir genau so vor, wie wir das eben besprochen haben.«

Sogar wie *ich dir* vorgeschlagen habe, hätte der Müller mit Recht sagen können. Doch ein Wir ist an dieser Stelle klüger. Innenpolitisch-mathematisch gesprochen: wir > ich.

Krähenmanns Brust seufzt: »Die Medien, du weißt ... und die Justiz- und Sicherheitsdirektorin ...«

»Worte sind Taten« (Wittgenstein).

Müller nickt verständnisvoll, weil solche Verwicklungen sind vielleicht verhängnisvoll, für die Laufbahn besteht höchste Unfallgefahr. Krähenmanns Aufgaben wären sicherlich kein Job für ihn.

Händedruck, kräftig. Schicksalsgenossen. Manchmal streiten sie. Manchmal gehen sie sich grausig auf den Sack. Superbuddys werden sie wohl nie. Aber schließlich – URSCHREI! – ziehen sie am selben Strang.

Kurz nach dem Mittagessen mit dem Team in der Kantine (Toast Hawaii mit Mischsalat, dazu Nudeln, sonst reichen die Kohlenhydrate nicht; Dessert: Caramelköpfli mit einem Tupfen Schlagrahm aus dem Bläser) meldet sich Müller bei Gormann ab. Der ist sein Stellvertreter. »Kopfschmerzen«, sagt der Kommissär, »ich melde mich.« Markus Gormann ahnt nicht, dass Müller lügt. Er käme gar nicht auf die Idee, dass er das tun könnte. Denn Müller beschwindelt die Kolleginnen und Kollegen sonst nicht.

Der Kommissär verlässt den Waaghof, überquert die Binningerstraße und die geschwungene neue Fußgängerbrücke, die den Birsig überspannt. Er lenkt seine Schritte nach links und folgt der Birsigstraße, vorbei am schon wieder wegen Renovation geschlossenen Rialto-Hallenbad und am Zoo-Parkplatz (einst Hinrichtungsstätte). Er spaziert ins Herz des Postleitzahlenbereichs 4054, den Berg hoch.

20 Meter Höhendifferenz. Berg? Lachen Sie nur. Für Basel bildet dieser Abschnitt der Birsigstraße bis zum indischen Restaurant (links) und dem Eckhaus (rechts), wo bis vor Kurzem die chemische Reinigung mit Poststelle 4011 Basel-Bachletten war, wirklich einen Berg. Beweis: Der Oberrheingraben, die Niederlande und das Donaudelta sind massiv flacher. Auch der Prenzlauer Berg in Berlin nennt sich nicht »Hügel«.

13:40 Uhr.

***

Entlassung.

09:00 Uhr. Unispital. Visite Dr. Gubser, der forsche Mediziner, der einige Stunden nach dem Angriff auf Pascal Brügger den Kollegen Gormann angepflaumt hat und an der Einvernahme hindern wollte, steht mit Gefolge und Tablet vor dem Spitalbett des Rekovanzeles… Revonkalezes… des Patienten.

Er erkundigt sich nach Brüggers Befinden. Erinnerungslücke? Ja, vom ominösen Vorfall hat er keinen Schimmer. Sonst geht's, danke. Kopfschmerzen? Ja, hat er schon noch, manchmal sssssirrrrrr plötzlich heftiger, weil er ja auf den Kopf gefallen ist. Sogar eins drübergezogen hat ihm jemand, hat ihm Dr. Gubser gesagt. Deshalb der Kopfverband. Gehirnerschütterung? Ja, eine Gehirnerschütterung. Und Schulterschmerzen wegen des Sturzes. Ellenbogen, Handgelenk, havariert ist der Polizeimann weiterhin. Erstaunlich, wie viele Körperstellen der Mensch besitzt, die wehtun können. Trotz Schmerzmittelinfusion.

»Ich gebe Ihnen ein Rezept mit«, sagt Dr. Gubser und streckt Turbanbrügger einen Zettel hin. »Nehmen Sie die erste Woche drei Tabletten am Tag, jeweils nach der Mahlzeit. Und nachher je nach Bedarf.«

Hat der Patient verstanden? Prüfender Blick → Brügger. Der nickt.

»Ich empfehle Ihnen absolute Ruhe. Keine Aufregung, keine Anstrengung, keine Arbeit. Ruhe. Ich sage das nicht zum Spaß.«

Brügger nickt.

»Sie sind vorerst für zehn Tage krankgeschrieben. Dann sehen wir weiter. Das nächste Mal sehe ich Sie in einer Woche zur Kontrolle und um die Fäden zu ziehen. Genau, Montag, 4. März, 09:15 Uhr. Okay?«

Brügger nickt erneut. Dr. Gubser notiert etwas auf dem Tablet.

»Dann kann ich Sie jetzt entlassen. Wegen der Medikamente dürfen Sie nicht Auto fahren. Holt Sie jemand ab?«

Brügger nickt. Inäbnit, der Kollege, will das tun. Kompensiert Überzeit vom Wochenende. Er wird ihn gleich anrufen. Corinne kann nicht kommen. Sie arbeitet.

***

Müllers Maximalfreude.

13:52 Uhr. In seiner Wohnung an der Birsigstraße zwei Etagen über dem Lebensmittelladen angekommen, wählt Müller eine 044er-Nummer*. Chef Krähenmann hat dieses Vorgehen autorisiert und nach der Besprechung mit dem Kommissär seinerseits eine Nummer mit derselben Vorwahl angerufen.

Geschätzte Bevölkerung, liebe Leserinnen und Leser, werte Gesetzes-Groupies, Steuerzahlende aller Progressionsstufen! Vielleicht teilen Sie meinen Gemütszustand: Sie werden es kaum glauben, doch es gibt Belange, in denen Zürich und Basel nicht Rivalen sind, sondern … egal.

Tuut tuut. »Bucher«, meldet sich Manfred, den Blick nicht auf dem Gerät, sonst hätte er sofort die Müllertelefonnummer erkannt. Seinen Freund und ehemaligen Kollegen bei der Polizei Zürich am Ohr zu haben ist für Müller reine Freude. Kaum hört er Bucher »Bucher« sagen, hüpft ihm das Herz, und er bereut, ihn nicht häufiger angerufen zu haben. Doch jetzt geht es nicht um privates Glück, nicht an dieser Stelle.

Wäre das müller-krähenmannsche Vorgehen nicht ultravertraulich, wären die Schlagzeilen riesig und laut:
MÜLLER & BUCHER II
Comeback der Kripo-Titanen
117 olé, olé, olé!
Weil der Kommissär und sein alter Freund, mit dem er – erste Posaune der Apokalypse für die Glünggis – vor einem Vierteljahrhundert in Zürich die Polizeiausbildung absolviert hat, mit

---

* Die Älteren unter Ihnen werden sich erinnern, dass Zurigo einst die Vorwahl 01 hatte. »01 für die Nummer 1«, sagte man in den Goldenen 12 Stadtkreisen. Ab März 2004 drängelte sich aber die Vorwahl 044 ins Zürcher Telefonnetz und metzelte die magische 01 nieder. In einer Zangenbewegung bedrängte auch die 043 die schöne alte 01 und machte ihr vollends den Garaus.

dem er – zweite Posaune der Apokalypse für die Glünggis – während zweier Jahrzehnte die zwölf Stadtkreise von Zurigo geschützt und der Bevölkerung und dem § Gesetz § gedient hat, den er – dritte Posaune d. A. f. d. G. – liebt wie einen Bruder, mit dem er Jahre im Großen Polizeihaus, im Verhörraum 419, auf Patrouille, beim unfriedlichen Ordnungsdienst, in Weiterbildungskursen, auf Observation, bei Festnahmen und Verfolgungen, im Schießkeller und privat mit Gesprächen, in Museen und Konzerten, im Restaurant und so weiter verbracht hat – vierte, fünfte, sechste Posaune, natürlich d. A. f. d. G. – … und mit dem er nun zum ersten Mal … seit seinem Wohn- und Dienstortwechsel nach dem intergalaktisch erfolgreichen – siebte Posaune d. A. f. d. G. – Kriminalroman »Müller und die Ambulanzexplosion«[*] endlich wieder zusammenarbeiten wird.

Sie merken: Die Müllerfreude überwältigt auch uns. Denn Müller darf. Ja, er darf! »Let's Dance« (Bowie).

Oxytocin, Dopamin, Serotonin, Endorphin, Noradrenalin, Phenethylamin.

Weil er den Chef überzeugen konnte, dass er für diese Ermittlungen einen externen Spezialisten braucht, darf Müller den Zürcher Detektivwachtmeister Bucher Manfred vorübergehend als Verstärkung nach Basel holen.

Jetzt ist es raus.

Parallelstruktur.

Vertraulichkeitsbedingt richtet der Müller seine eigene Kommandozentrale ein. Zu Hause. Ohne zusätzliche Spesenabgeltung, hat Thomas Krähenmann durchgesetzt. Getarntes Zweieinhalbzimmer-Kripobüro, von dem nicht einmal die Kripo weiß. Weil, wie befohlen, millionenpromillige Verschwiegenheit, absolute Geheimhaltung. Vom Waaghof aus kannst du einen Job dieser Art nicht ausführen. Zu beträchtlich wäre die Gefahr, dass jemand im Bürobiotop etwas mitkriegt. Kaffeeklatsch beim Automaten, Lift-Small-Talk, Treppenhaus-Gefrot-

---

[*] 2016, Emons, Köln.

zel, Flur-Gerüchte, Umkleideraum-Geplauder. Oder dass einer im internen System mitliest und etwas nach außen durchsticht, fahrlässig oder absichtlich.

Das Amtsgeheimnis (Art. 320 StGB) hält Amtspersonen von Geplauder gegenüber Außenstehenden ab. Eigentlich.

Nicht aber vom Schwatzen innerhalb des Korps. Und ein Kantinengespräch sickert leicht durch an die Öffentlichkeit.

Das würde zum Problem. Die Ermittlung ginge hops. Daher hat Müller diese geheime Parallelstruktur angeregt und dem Ersten Staatsanwalt ad interim vorgeschlagen, Bucher Manfred beizuziehen. Weil er … eine Hypothese, eine von möglicherweise vielen Möglichkeiten, für die bisher kaum Hinweise vorliegen, aber rechnen musst du mit allem … weil der Kommissär gegen Kollegen ermittelt, gegen Polizisten.

Das setzt ihm zu. Auch wenn es, Stand heute, ein Vielleicht, Eventuell, Möglicherweise, Könntesein, Werweiß ist. Ein Verdacht.

Auch wenn alle wissen, dass die Unschuldsvermutung gilt und du dem § Gesetz § und ausschließlich ihm verpflichtet bist: Im Korps machst du dir mit Ermittlungen gegen Kollegen keine Freunde. Münder schließen sich wie Austern. Betrittst du die Kantine, erstirbt jedes Gespräch. Möglicherweise stopft dir einer eine schmierige schwarze Bananenschale ins Postfach. Oder du stehst dir selbst im Weg, weil du betriebsblind bist. Jahrein, tagaus schwimmst du im Polizeiteich. Der Hecht erscheint dir eventuell als Kumpel, als unverdächtiges Mitglied der Fischgesellschaft und nicht als das Raubtier, das er ist. Du selbst dagegen bist ohnehin der Anemonenfisch Nemo, bunt und von ferne sichtbar – und daher als Ermittler nahezu wertlos.

SECHZEHN

Die Ereignisse werfen ihren Schatten hinter sich.
Dienstag, 26. Februar. 08:12 Uhr. Müllers falsche Kopfschmerzen sind verflogen. Heute arbeitet er wieder im Waaghof. Das wird er tun, bis Bucher Manfred anrücken wird. Anruf von Krähenmann: Er bestätigt, er habe seitens Staatsanwaltschaft Zürich und dem dortigen Polizeikommando definitiv grünes Licht erhalten. Zusätzlich habe er sich mit der baselstädtischen Justiz- und Sicherheitsdirektorin Cordula Gruber abgestimmt. Sie billige das »außergewöhnliche Setting«, mahne aber wie er selbst an, »konsequent zurückhaltend und diszipliniert bedachtsam« zu handeln.

»Unerlässlich ist«, schärft Krähenmann Müller erneut ein, »dass ihr äussssserst vorsichtig vorgeht. Wir haben Rekrutierungsschwierigkeiten, das weißt du.«

Hat er mir bereits gestern deutlich eingetrichtert, denkt der Kommissär. Heraus rutscht ihm: »Weil die Bezahlung pro Monat etwa eineinhalbtausend Franken tiefer liegt als in den Nachbarkantonen.«

Passt das jetzt, Müller, diese Widerborstigkeit?

»Ich weiß«, antwortet Krähenmann, mit Resignation in der Stimme, »aber das hängt nicht von mir ab. Das ist ein politischer Entscheid, Beni, ein politischer. Ich hätte das auch gerne anders.«

Klar, diskutierst du in dieser Situation nicht aus, weshalb der Halbkanton Unsummen ausgibt für die Überrenovation, Totsanierung und Zubetonierung der Innerstadt und für Kleinstmaßnahmen gegen die Sauhitze im Sommer, mobile Baumtöpfe und Sonnenschirme stellt er in der Stadt auf, hahaha, wär's nicht tragisch, wär's fast lustig. Unangebracht wäre es nun auch, die Übermöblierung von Parks und Spielplätzen mit Geräten ins Feld zu führen, die keiner braucht. Die Löhne der Blaulichtorganisationen jedoch ... administrativer Einwand: »unterschiedliche Konten, andere Budgetposten, das lässt sich nicht über einen Leisten schlagen« … wissen wir, wissen wir.

Zurück zur Taktikdiskussion: Verschwiegenheit nötig, heikles Spannungsfeld, keine Unruhe im Korps befeuern …

Und Krähenmann führt seine Vorbehalte weiter aus: »Wenn diese Operation schiefgehen sollte, steht es schlecht um meine Laufbahn.« Ehrlich ist er, unumstritten, unbestritten. »Und um deine auch, Beni.«

Mhm, denkt der und schweigt. Laufbahn, Laufbahn … Ist ihm die wichtig? Ein Hamsterrad ist sie, ein Gefängnis mit Freigang. Aber gut – einatmen, ausatmen, einatmen, ausatmen … durchatmen … Müller Benedikt geht es um mehr. Gerechtigkeit herstellen will er und die Schwachen schützen und deshalb jede Ermittlung erfolgreich durchführen. Das ist sein Antrieb. Natürlich liegt ihm viel daran, dass die »Geheimoperation« gelingt. Er ahnt die Schlagzeilen, wenn dem nicht so wäre. Er will niemandem gefallen und keinem einen Gefallen tun. Nicht den Law-and-Order-Fanatikern und ebensowenig den Anarchos, weder den Libertären noch den … nicht den Medien, die stets Experten aus dem Hut zaubern, die wenig wissen, dafür aber alles besser.

Dass sich der Fall Karlheinz Locher so ereignet haben könnte, wie Müller aufgrund der Aussagen von Darko Lacevic, Urs Schmutz und Salvatore Romano, den Klienten des Schwarzen Peters, und dem Kribbeln in seinem Hirn in unruhigen Nächten kombiniert hat, das würde schwer wiegen für die Polizei. ▬▬▬ schwer! Deshalb Müllers Interesse, sich mit Hilfe von außen zu verstärken. Wahrheit. Gerechtigkeit. Ergebnisoffen. Laufbahn, Karriere? Egal. Immerhin, er hat brav den Dienstweg eingehalten. Bravo, Müller, kein Alleingang, keine Eigenmächtigkeiten.

Konzentrier dich jetzt aber aufs Telefongespräch mit deinem Chef, Müller. Krähenmann ist noch immer in der Leitung. Hör ihm zu. Er spricht dir sein Vertrauen aus, während er dich vor Unbedachtheiten und was weiß ich warnt. Vielleicht hat er selbst Angst vor seinem Mut bekommen. »Nur Intelligente spüren Angst«, stellten Penney, Miedema und Mazmanian in einer

Studie fest. Angst bewirkt a) Lähmung oder b) Tollkühnheit oder c) Vorsicht. Wir wollen c), weil die Müllerhypothese eine heikle Angelegenheit ist. Denn welcher Entscheidungsträger gäbe offentlich und öffiziell zu, dass sich in seinem Zuständigkeitsbereich ein sehr ernsthaftes Problem eingenistet haben könnte? Nämlich: die Möglichkeit eines faulen Apfels. Und hast du einen, steckt er bald andere an.

Indem Krähenmann Müllers Plan stützt, exponiert er sich. Indem er dessen Parallelstruktur unterstützt, hat er sich eine Blöße gegeben. Gegenüber der baselstädtischen Justiz- und Sicherheitsdirektorin, den Kollegen bei der Zürcher Staatsanwaltschaft und den Polizeikommandanten in Zürich und Basel-Stadt. Die Blöße, dass in Teilen der kantonalen Strafverfolgung, die ad interim seiner Verantwortung untersteht, der Wurm drin sein könnte: Kolleginnen und/oder Kollegen, die interne Vorgänge brühwarm nach außen tragen: an die Medien, an die Politik ... Lässt sich das als Eingeständnis interpretieren, dass die Staatsanwaltschaft ihre eigenen Organe nicht vollumfänglich unter Kontrolle hat? Krähenmanns Vorgänger Dr. iur. Daniel Stickelberger ist darüber gestolpert, dass sein persönlicher Mitarbeiter Hubacher systematisch vertrauliche Informationen an einen Journalisten weitergegeben hat. Regierungsrätin Gruber, damals frisch im Amt, hat Stickelberger deshalb freigestellt und interimistisch durch Thomas Krähenmann ersetzt. Was Gruber, Stickelberger und Hubacher bis heute nicht wissen: Das Ganze war eine erfolgreiche Intrige. Krähenmann und Müller haben Hubachers Hang zu Indiskretionen kaltblütig ausgenützt, um ihn und den selbstherrlichen Ersten Staatsanwalt Stickelberger aus seinem Amt werfen zu lassen. Motivation von Krähenmann: in der Hierarchie aufrücken. Motivation von Müller: den ungeliebten Chef Stickelberger loswerden. Waffenbrüder.

Deshalb ist sich Krähenmann des Risikos von Müllers Geheimoperation vollauf bewusst. Geht sie schief, wird er in einem Meer von Spott und Entrüstung untergehen. Müller, schätz die Risikobereitschaft deines Chefs und seine Unterstützung für deinen Vorschlag nicht gering.

Aufstieg oder Fall. Eines von beiden wird am Ende übrig sein.

Karriereglatteis? Der Kriminalkommissär erinnert seinen Vorgesetzten: »Dass ich Bucher beiziehen kann, hast du mir ja nur mündlich erlaubt, Thomas.« Nach Sekundenbruchteilen fügt er hinzu: »Und die Absprachen mit der Justiz- und Sicherheitsdirektorin und den Zürchern sind auch nicht schriftlich fixiert, nicht?«

Müller weiß, weshalb die Vereinbarungen nirgends dokumentiert sind und somit offiziell nicht existieren. Aber er will es doch ausgesprochen haben: »Wenn die Operation schiefgeht, kannst du behaupten, dass dich dein Kommissär lückenhaft informiert und Informationen zurückgehalten hat. Dass er dich über die Ermittlungen getäuscht hat. Die Sachlage verzerrt dargestellt. Dass er –«

Krähenmann unterbricht ihn erbost: »Hör auf, Müller. Es reicht. Du weißt, dass ich –«

»Nein, gar nichts weiß ich. Ich weiß, dass du durch eine Intrige zum Ersten Staatsanwalt aufgestiegen bist. Durch Falschinformationen, mit denen wir, du und ich, den persönlichen Mitarbeiter deines Vorgängers gefüttert haben …«

Worauf, ich sagte es, beide den Job verloren haben[*]: Hubacher, der Mitarbeiter, wegen Verletzung des Amtsgeheimnisses. Den Ersten Staatsanwalt Stickelberger hat Regierungsrätin Cordula Gruber gefeuert, weil er offensichtlich seine Leute nicht im Griff hatte und das vertuschen wollte. Im Flurfunk heißt es, dass auch parteipolitische Inkompatibilität eine Rolle gespielt hat.

Krähenmann wird der Mund trocken. »Was willst du damit sagen, Müller?«

Müller schweigt.

Was will er von seinem Chef? Ihm sagen, dass auch er auf der Hut sein soll? Dass sie beide im selben Boot sitzen und ihre Karrierekurven untrennbar miteinander verbunden sind? Dass

---

[*] Siehe »Müller und der Himmel über Basel«, 2022, Emons, Köln, S. 293.

Chef Krähenmann, wenn die Geheimoperation öffentlich werden sollte, ihn, den Kommissär, nicht würde im Regen stehen lassen können, weil er dann selbst auch nass würde?

Die Stille stachelt Krähenmann an. Er kommt in Fahrt: »Du zweifelst an mir? Nachdem ich mir die Finger wund telefoniert habe, Müller, damit du mit deinem alten Freund zusammenarbeiten kannst?«

»Das hast du den Zürchern und der Justizdirektorin sicher genau so erklärt, nicht?«

Himmel, Müller!

Was ist nur mit ihm los? Katapultiert er sich gerade aus dem Organigramm? Vielleicht müsste er zur Selbsterkundung gelegentlich ein Gedicht schreiben, das hieße »Ich und das Autoritätsproblem«.

Es könnte zum Beispiel so lauten:
Kein einziges Wörtchen reimt sich auf Chef
Außer vielleicht »kläffkläff, kläffkläff«
Das besagt präzis und schlüssig
Der Chef ist vollends überflüssig.

Müller, Müller, du gehst zu weit! Dein Chef mag andere Namen auf seinen Wahlzettel schreiben und öfter ein Ja ankreuzen, wo du das Nein markierst. Doch du hättest es schlechter treffen können, Müller. Krähenmann ist ein anständiger Kerl, seine Loyalität gegenüber den Mitarbeiterinnen und Mitarbeitern beträgt sicher über 90 %, und das findest du im Ego-Ich-Myself-Zeitalter gopferteckel selten.

Atmen, Müller, atmen! Ein … aus … ein … aus …

Blutdruck senken.

Reiß dich zusammen. Geh in dich. Stell dir etwas Schönes vor. Blumen. Ein Einhorn. Eine Auenlandschaft.

Der Kommissär vollzieht geistig-emotional eine Vollbremsung und wirft sich vor dem Chef ad interim metaphorisch in den Staub. »Pardon, Thomas … entschuldige«, und er quetscht sogar ein besonders zivilisiertes Wort aus sich heraus, nämlich: »bitte«. Und weiter: »Mich nimmt diese Sache mit. Mehr als andere Fälle. Allein daran zu denken, dass …«

Gerade noch rechtzeitig, dieses Einlenken?

Musst du aufpassen, dass du nicht die Goldmedaille als Abteilungspsycho gewinnst. Der mit den schlechten Nerven, der, wenn ihm alles zu viel wird, beginnt, wild um sich zu schlagen. Der Nichtbelastbare.

»Mir geht's ähnlich, Beni.« Krähenmann ist beschwichtigt.

»Ich will nur sagen: Pass auf. Und wenn du Schwierigkeiten bekommen solltest, zögere nicht, mich sofort anzurufen.«

»Schwierigkeiten?«

»Man weiß nie«, zitiert Krähenmann die antiken Skeptiker. Und er wiederholt: »Man weiß nie.«

Vor lauter Telefonieren glüht Müllers linkes Ohr.

SIEBZEHN

Ambivalenz.

Die Nummer 13 müsste dieses Kapitel dringend tragen, um den Ermittlungen Glück zu bringen. Die 16 wäre auch eine gute Zahl: zwölf Apostel plus vier Asse, vor allem natürlich das »Ace of Spades« (Motörhead). Das wäre mächtig, mächtig. Bei der 17 dagegen herrscht zahlenmystisch erbärmliche Dürre. Siebzehn? Diese Zahl bedeutet ja nicht einmal drei ganze Schachteln Eier. Aber ich verspreche: Dieses Kapitel bringt den Ordnungskräften ein Quäntchen Fortschritt.

Zuvor verläuft die Nacht hässlich.

Dienstagnacht, 26. Februar, 23:58 Uhr. Stark bewölkt, + 1 Grad Celsius, Luftfeuchtigkeit 70 %, leichte Bise aus NNE. Kleinbasler Rheinufer. Dunkelheit: 9 von 10 Punkten. Zoom → Dreirosenbrücke. Stärkerer Zoom → Dreirosenanlage, 4057. Ein Motor nähert sich, zwei Motoren nähern sich. Ein Wagen von rechts, einer von links. Stellen sich auf dem Unteren Rheinweg quer. Aus beiden Autos springen je drei Figuren, wegen Darkness und aus dramaturgischen Gründen *dunkle* Silhouetten ... Schattenrisse des Verderbens, Umrisse des Abscheulichen?

Zangenbewegung: Von zwei Seiten eilen die sechs auf die vier, sechs, acht Männer zu, die sich hier am Rheinufer aufhalten. Bei diesem Wetter. Alles klar? Riecht es nach Marihuana und Haschisch? (Rhetorische Frage). Trägt jemand Härteres auf sich? (Ebenfalls rhetorisch). Eine Waffe? (Dito). Trotz der geringen Freiluftaufenthaltsqualität dieser feuchten Bisennacht lungern Menschen hier herum.

»Hände hoch!«, ruft einer. »Los! Da hinstellen.« Umdrehen. Hände hinter den Kopf. Beine breit. Abtasten. Aussacken. Alle. »Was haben wir denn da?« Der Mann reißt das Briefchen auf, der Wind bläst das Pulver weg. Der restliche Inhalt der Jackentasche landet im Rhein. Die übrigen fünf zerstampfen, was sie in Jacken- und Hosentaschen oder in den Unterhosen finden.

Anderes nehmen sie weg. Sie freuen sich, wenn ihnen was in die Finger gerät. Eine Flasche, Cola, wirklich Cola? »Mach dich nicht lustig über mich, du …« Weggegossen. Fuck it. Fuck you.

Weniger als fünf Minuten dauert der Spuk. Schwarze Sturmhauben. Verdeckte Autokennzeichen. 00:03 Uhr. Weg sind sie.

***

Angst.

Bekommt Bruno Halbarter (19) mit, was mit ihm geschieht? Mit einem Sack über dem Kopf liegt er hinten in einem Lieferwagen. Zumindest klingt es nach einem Lieferwagen. Klappert und ächzt bei Bodenwellen.

Sie haben ihm eins übergezogen.

Neben ihm auf dem kalten Blech liegt Nenad Botero (31), auch er mit einem Stoffbeutel über dem Kopf. Vom Claraplatz ins Auto und jetzt …

An Hand- und Fußgelenken gefesselt, geknebelt, damit sie nicht schreien können. Damit keiner hört, wenn sie um Hilfe rufen. Der Knebel sitzt so stramm, dass das Atmen schwerfällt. Beweg dich nicht, sonst fehlt dir die Luft. Niemand käme auf die Idee, dass hinten in diesem Auto zwei gefesselte Männer quer durch die Stadt transportiert werden. Zum Allschwiler Weiher.

Auf der Südseite dieses Entengrützentümpels liegt 4102 Binningen, zweihundert Meter östlich die Straße hinunter beginnt 4054 Basel. Hier aber ist 4123 Allschwil, die einwohnerreichste Gemeinde von BL. Wohin genau rollt der Kastenwagen? Zum alten Schützenhaus neben dem Weiher. Uhrenvergleich? In wenigen Minuten 01:00 Uhr nachts. Zu dieser Stunde flaniert niemand zwecks Naherholung im Wald, erst recht nicht Ende Februar. Die maskierten Männer in Schwarz wissen das. Deswegen sind sie hierhergefahren.

Bruno und Nenad haben Angst.

***

Un peu de chance.

Meine Behauptung, dass dieses Kapitel der Polizei Glück bringt, war wohl etwas übertrieben. Oder findet einen das Glück erst in the long run?

Von den Baracken beim Allschwiler Weiher herunter hinken zwei Personen zur Neuweilerstraße. Sie überschreiten also die Stadtgrenze und gelangen zur Wendeschleife des 8er-Trams. Da stehen ein Häuschen, eine Bank und ein Brunnen mit Trinkwasser. Gesicht waschen, Mund ausspülen, den Eisengeschmack von Blut loswerden. Ausspucken. Husten. Nochmals spülen und ausspucken. Wasser trinken. Den zwei Männern geht es nicht gut. Das fällt der Streife auf, die an diesem Mittwoch, 27. Februar, gegen 02:45 Uhr, Bruno Halbarter und Nenad Botero antrifft.

Sie tragen keine Ausweispapiere auf sich. Sind dreckverschmiert, durcheinander. Das Dunkle, Verklebte im Haar, ist das Blut? Mit der Taschenlampe leuchtet Polizistin Jeanneret Simone die Kopfhaut von Halbarter an. Positiv, ja: Blut. Streifenwagenkollege Petracca Marco stellt Fragen. Klare Antworten bekommt er nicht. Die Männer wirken verstört. Gestikulieren und zeigen hinaus in die Dunkelheit, stadtauswärts, hinauf zum Weiher, zu den Holzbaracken.

Februarnacht, 02:58 Uhr. Einen »dunklen Lieferwagen« erwähnt Halbarter, und Botero zeigt Polizistin Jeanneret seine Handgelenke. Auch die schaut sie sich genau an. Muss möglichst anschaulich und detailgetreu in den Bericht einfließen: »sichtbare Verletzungen an beiden Handgelenken«. Die Haut ist aufgeschürft, etwas Blut zu erkennen, aber was hat das zu bedeuten?

Von »einem mit großem Kopf« spricht Nenad. Ziemlich wirr, was Halbarter und Botero berichten. Offensichtlich stehen sie unter Schock.

Polizistin Jeanneret ruft die Zentrale an, fordert die Kriminalpolizei und die Kriminaltechnische Abteilung an. Bitte sofort.

ACHTZEHN

Tramwendeschleife 8.

Botero, Halbarter, Jeanneret und Petracca sitzen im Streifenwagen. Ist wärmer als draußen. Etwas Kaffee war noch in Petraccas Thermoskanne. Eckdaten: Mittwoch, 27. Februar. 03:35 Uhr. Hochvertrauliche Müller-Geheimoperation hin oder her, die Zentrale hat Gormann und der den Kommissär und Valérie Allmendinger aus dem Bett geschellt. Von der Hammerstraße her trifft er ein, etwas früher schon aus dem Gundeli die Kollegin.

Kriminaltechniker Konrad Hurni fotografiert im Scheinwerferlicht die Handgelenke der zwei Misshandelten und ihre Gesichter, bis auch der Pathologe François Haberthür ankommt. Augenschein, oberflächliche Untersuchung der Gewaltopfer, anschließend deren Überführung ins Rechtsmedizinische Institut zwecks eingehender Diagnose. Müller klingelt nun Freddie Dominguez und Amber Odermatt aus ihren Träumen und befiehlt sie ebenfalls dorthin – Pestalozzistraße im St. Johann –, damit sie die zwei Männer eingehend befragen. Zwei Stunden später werden sie dem Kommissär melden, dass Bruno Halbarter und Nenad Botero noch immer so durcheinander sind, dass sie ihrer konfusen ersten Aussage bisher nichts hinzufügen konnten. Vom Stadtrand aus fordert Müller kurz nach 04:00 Uhr bei der Kantonspolizei im Spiegelhof Verstärkung und Ausrüstung an, vor allem Scheinwerfer.

Unterdessen fragt Allmendinger im Fahndungsregister ab, ob gegen Botero und Halbarter etwas vorliegt. Negativ. Dem allgemeinen System wird sie im Lauf des Tages entnehmen, dass gegen Botero, geschieden, zweifacher Vater, zahlreiche Betreibungen vorliegen (Steuerschulden, unbezahlte Krankenkassenbeiträge, unbeglichene Mietzinszahlungen), weshalb er auf der Straße gelandet ist. Und der junge Halbarter hat sich vor fünf Monaten bei der Einwohnerkontrolle von 2540 Grenchen mit

Bestimmungsort unbekannt abgemeldet und verfügt seither nur noch über die Meldeadresse beim Schwarzen Peter.

Kriminaltechniker Hurni, seine Leute, Müller und Allmendinger verschieben sich von der Tramwendeschleife hinauf → zum Parkplatz neben den Baracken beim alten Schützenhaus.

Kann diese Fläche als Wald gelten? Bäume, etliche Bäume zwischen verlassenen oder kaum genutzten Gebäuden. Geht der Verfall hier als Natur oder naturähnlich durch? Niemandsland zwischen drei Gemeinden. Altlasten im Boden. Was wird daraus werden? Wohnüberbauung oder Naturschutzgebiet? Ansiedlung von Steuerzahlern oder Naherholungsremmidemmi?

Licht. Hurni hat die Scheinwerfer eingeschaltet.

Warum warten die Kripo und die Kriminaltechnik nicht, bis der Tag anbricht? Weil Wetter und Wild allfällige Spuren im Wald schnell verschlechtern oder zerstören können. Weil ein Angriff gegen Leib und Leben vorliegt, der dringend aufzuklären ist. Weil die Täterschaft auf freiem Fuß ist. Das duldet keinen Aufschub.

Hat der Müller, als er nun mit Allmendinger, Hurni und den Kriminaltechnikern den von Botero und Halbarter genannten Tatort betritt, die Hand an der Waffe? Nein, denn unmittelbare Gefahr droht kaum. Nur blöde Täter würden verweilen, wo sie jemanden geschlagen haben, den sie unter bisher unbekannten Umständen in ihre Gewalt gebracht haben. Mindestens Körperverletzung (Art. 123 StGB) und – der von den zwei Opfern wenig genau beschriebene »Transport hinten im Lieferwagen« (Botero) – Freiheitsberaubung und Entführung (Art. 183 StGB) … das macht bis zu zehn Jahren Freiheitsstrafe. Da trödelt keiner am Tatort rum, bis die Polizei eintrifft.

Also das Grundstück ums alte Schützenhaus und die Baracken absuchen. Deshalb hat der Kommissär mehr Scheinwerfer angefordert. Er und Allmendinger haben die eigenen Taschenlampen dabei, die mit dem kräftigen Lichtstrahl, dass du vermutest, du könnest damit die Holzwände der vergammelnden Holzbaracken durchleuchten und dem Boden alle Geheimnisse entluxen.

Es riecht nach nassem Laub und moderndem Gras.

Vom Spiegelhof her treffen gegen 04:50 Uhr Kantonspolizisten und Aspirantinnen und Aspiranten ein. Die ganz Jungen sind hibbelig, weil Nachteinsatz, Ernstfall, keine Theoriesituation. Elf Personen.

Müller weist alle ein. Lichtstrahl an. Eine breite Reihe, regelmäßige Abstände, klar bezeichnete Richtung, Blick auf den Boden, langsames Schreiten.

Nach knapp einer halben Stunde ruft eine Polizistin: »Ich glaube, ich habe etwas.«

Wo sie hinzeigt, erkennen Müller, Allmendinger und Hurni im Schein der Taschenlampen Kabelbinder, so weiß, dass sie geradezu leuchten, obwohl sie halb unter dem Laub begraben sind. Gebraucht sind sie, aufgeschnitten. Drei Stück. An zweien ... Hurni hält bereits Plastiktüten zum Einpacken in der Hand ... sind das? Ja, das könnten, das dürften Blutspuren sein, Hautpartikel, abgeschürfte.

»Schaut mal«, tönt es vom Kiesplatz bei den Baracken. Wo der Kies in die Grasfläche übergeht, hat ein Aspirant im Dreck Abdrücke von Reifen entdeckt. Frisch? Hmmm ja, vermutlich. Weil weder verwittert durch Temperaturunterschiede, noch eingeebnet durch Niederschläge, auch nicht platt gedrückt von Joggern, Spaziergängerinnen, Mountainbikern und Hunden.

Fotos.

Um 06:50 Uhr bricht der Müller die Suche ab. Nicht unzufrieden mit den Funden.

**

Fast Normalbetrieb.

07:30 Uhr. Vor 15 Minuten ist oberhalb der Wolkendecke die Sonne aufgegangen. Davon merken sie nichts im Waaghof, wo der Morgenrapport beginnt. Als Ranghöchster vertritt Markus Gormann den Kommissär. Valérie Allmendinger, übernächtigt vom Einsatz am Weiher, rapportiert den Vorfall mit Bruno Halbarter und Nenad Botero. Die Misshandlung, die drei Kabelbinder, die Pneuspuren, den Zustand der beiden Männer, ihre Aussagen, verwirrt und konfus. Das Team arbeitet weiter.

✳✳✳

Unterdessen in der Nähe. Bachlettenquartier.

Nach dem Nachteinsatz ist Müller heimgegangen, weil heute die Verstärkung aus Zürich eintrifft. Falsch, eingetroffen ist. Denn als die Pauluskirche die halbe Stunde schlägt, 07:30 Uhr, klingelt es in der Wohnung des Kommissärs an der Birsigstraße in 4054, Ecke Oberwilerstraße, oberhalb des Lebensmittelladens. Auf der Treppe hört Müller Benedikt wohlbekannte Schritte. Er wartet auf der Schwelle seiner Wohnungstür. Trotz Lift steigt Bucher Manfred die Treppe hoch. Als Polizist verhältst du dich gegenüber Aufzügen aus Prinzip skeptisch: Was erwartet dich in der Liftkabine? Sind die Drahtseile unversehrt, die diese halten und bewegen (sollten)? Was mag dir blühen, sobald sich vor deiner Schutzweste frontal die Aufzugstür öffnet? Kommt dazu: Bucher Manfred ist topfit und wird immer topfitter, seit er seine Ernährung umgestellt hat: nicht mehr alles in Massen, sondern alles mit Maß – und keine toten Tiere mehr.

»Sali, Beni« und »Sali, Mamfi« und »gut gereist?« plus zwei, drei freundliche Floskeln mehr. Wenig Worte, viel Freude. Kurzes freundschaftliches Klopfen auf die Schultern, dann holt Detektivwachtmeister Bucher aus der Manteltasche einen Plastikbeutel ans Neonlicht im Treppenhaus: »Willst du?« (Gemüse) – »Komm herein.« Dann → Kaffee. Müller benötigt eine hohe Dosierung, weil nach der Opferbefragung, dem Kabelbinderfinden und dem Reifenprofilfeststellen ist er nicht einmal zwei Stunden weggesackt.

Müller legt Bucher den Fall und den Verdacht dar.

✳✳✳

Eos, Morgenröte, von Wolken verhüllt.

07:25 Uhr. Der Erste Staatsanwalt ad interim Thomas Krähenmann sitzt in seinem Ledersessel im obersten Stock des Waaghofs. Vor ihm liegen die Tageszeitungen. Zu seiner Erleichterung finden sich die Artikel, die ihn am meisten interessieren, weit hinten im Lokalteil. Einerseits kränkt ihn das ein wenig, weil er die Arbeit seiner Behörde für titelseitenwürdig hält. Andererseits entlastet es ihn psychisch ☺, dass sich heute in keiner Zeitung – wie vor drei Tagen dieser inkompetente alt Großrat ▬▬▬▬ – auf der Seite »Meinung« einer darüber auslässt, dass man in Basel offensichtlich unbehelligt straflos seelenruhig einen Polizisten bewusstlos schlagen kann, ohne dass die volle Härte des Gesetzes und das unbestechliche Schwert der Gerechtigkeit und Justitia mit den verbundenen Augen undsoweiter die Werte unserer Gesellschaft verteidigen. Wehret den et cetera. Zum Glück stehen in nächster Zukunft keine Wahlen an, denkt Thomas Krähenmann. Sonst wäre das Geschrei groß, dass die Stawa und die Kripo zimperlich und unfähig seien … und überhaupt, wie manche je nach politischer Haltung meinen. Dass die Kripo, die ja Krähenmann unterstellt ist, im Fall Brügger an Ort tritt, würde nicht nur die politischen Gegner, sondern auch Krähenmanns eigene Parteikollegen reizen, sich schonungslos auf ihn zu stürzen und sich auf seine Kosten zu profilieren. Dessen ist er sich bewusst. Im Wahlkampf existieren keine Loyalitäten, keine Freundschaften. Dort gilt einzig *Ich first*.

»Power, Corruption & Lies« (New Order).

Krähenmann halluziniert sich keine Illusionen herbei. Sentimentalität? Hat er sich längst abgewöhnt. Bei seinen Ex-Kommilitonen, die das Rechtssystem bewohnen, sieht er, was sich wo so ergattern lässt. Die Redlichen kommen nicht unbedingt am weitesten.

Wer vor der Abstimmung schon lügt
Braucht hinterher
Keine neue Strategie.

Thomas Krähenmann muss da durch, jeden Tag. Seit es Sonntagszeitungen gibt, hat er nicht einmal mehr am Sonntag Ruhe. Er atmet tief ein und raschelt mit dem Papier, das vor ihm liegt: die Tageszeitungen, wahre Stolperfallen. Auf ihn lauert auch, finsteres Menetekel, der Bildschirm. Dort warten ebenfalls Artikel zum Fall Brügger, um ihn anzuspringen und mit Vorwürfen zu bewerfen. »Noch immer schweigt der Staatsanwalt«, titelt ein regionales Medium ad personam. »Nichts Neues im Fall des verletzten Polizisten«, schreibt ein anderes. »Stille Nacht«, kalauert die Boulevardzeitung, glücklicherweise im annähernd Kleinergedruckten verborgen. Schnell kann sich das ändern, weiß Krähenmann. Launisch sind die Newsdesks, unberechenbar. Finden sie keinen saftigeren Blödsinn, kann es durchaus sein, dass sie die Brügger-Geschichte auf einmal größer fahren. Huiiii, huiiii ... Alarmstufe Rot: Die öffentliche Ordnung in der Nordwestschschschschweizzzzz brrrrrrrichchchchchtttttt zzzzzzusssssammen, Gewalttttt gegen die Polizei, Gesetzlosigkeit hoch zwei, und Schuld daran trägt ...

_____ (hier bitte Thomas Krähenmanns Name einsetzen).

Diese mediale Eskalationsgefahr ist real und könnte sich (bitte bevorzugte Floskel ankreuzen):

☐ »verschärfen«
☐ »zuspitzen«
☐ »eskalieren«

Und wer ist fürs Ungenügen der Ordnungsmacht verantwortlich?

☐ »der zögerliche Krähenmann« und »die Kuschelpolizei«
☐ »der zögerliche Krähenmann« und »die Kuschelpolizei«
☐ »der zögerliche Krähenmann« und »die Kuschelpolizei«

Je länger sich die Aufklärung der Gewalttat an Pascal Brügger hinzieht, desto mehr wackelt Krähenmanns Stellung. Chef einer Loser-Truppe? Will niemand sein. Ein Erfolg muss her. Erfolg. Erfolg ist das Zauberwort schlechthin. Erfolge musst du vorweisen. Einzig das zählt. Schaffst du das nicht, giltst du als Lahmarsch, als Versager, als nicht belastbare Pfeife, visionsloser Zauderer, konturloser Schwächling, der keine Leadership zeigt, sich nicht durchsetzen kann, seiner Aufgabe nicht gewachsen ist, seine Mitarbeiter zu wenig straff führt. Der Strafverfolgung mit einem Ponyhof verwechselt. Ein Einhornstreichler ohne Eier. Einer, der am falschen Ort ist. Dann bist du nicht mehr weit entfernt von *Kann weg*.

Krähenmann dreht den Sessel auf Rädern zum Fenster. Von draußen glotzen ihn feindselig die Nieselregentröpfchen und Nebelschwaden an.

Er ist froh, wenn sein Tischapparat nicht klingelt. Wenn doch, schießt sofort sein Blutdruck hoch, und er überprüft mittlerweile immer erst die Anzeige, bevor er abhebt. Auch beim Handy, dem anderen Einfallstor der Anforderungen, die ihn bedrängen. Von welchem Anschluss aus wird er angerufen? Soll er das Gespräch annehmen? Halten es seine Nerven aus, sich in diesem Moment mit Regierungsrätin Cordula Gruber auseinanderzusetzen? Obwohl ihr – Stichwort Gewaltenteilung, Montesquieu 1748 – keine Einmischung in seine Aufgaben zusteht. Über Krähenmann steht nur das Gesetz. Will er, dass ihn der Fraktionschef seiner Partei im Großen Rat, mit »Fragen« überhäuft? Oder dass ein Journalist, der auf unergründliche Weise an seine direkte Nummer gekommen ist, ihn beharkt?

Will er, dass sich Müller bei ihm meldet, um wieder eine Extrawurst herauszuholen? Und meint der Kommissär etwa, es mache ihm, Krähenmann, Spaß, zum x-ten Mal die Nummer des Kommissärs zu wählen, um sich nach Fortschritten zu erkundigen? Auch er würde die Kripo am liebsten in Ruhe arbeiten lassen. Hoffentlich erweist sich dieser Bucher Manfred aus Zürich wirklich als Wunderwaffe.

***

»Der Telefonanruf« (Kraftwerk).

Müller Benedikts Handy meldet sich. Aspirantin Amber Odermatt im Waaghof. 10:10 Uhr.

»Ich habe etwas gehört«, sagt sie, »das könnte uns interessieren.«

»Ja?« Der Müller mit voller Aufmerksamkeit.

»Beim Kaffeeautomaten«, präzisiert sie. »Vielleicht will er sich bloß interessant machen«, erklärt sie die Umstände, »aber ...«

»Ja?«, wiederholt der Kommissär.

»Ist diese Leitung sicher?«, fragt Odermatt. Müller stutzt. Ist Amber Odermatt hinter das Müller-Bucher-Topsecret-Sondersetting gekommen? Vielleicht ist die Aspirantin einfach intelligent.[*]

Müller braucht nur 0.7 Sekunden, um vorzuschlagen: »In einer Viertelstunde im Pavillon im Schützenmattpark? Passt das für dich?« Muss er mit Bucher Manfred mögliche Szenarien halt später durchsprechen.

Weil Kopfnicken mit der Telefonsituation inkompatibel ist, bestätigt Amber Odermatt das Treffen mit einem kurzen »Ja«.

Der Pavillon im Park, ein Restaurant, öffnet jeweils um 10. Zur aktuellen Jahreszeit, o Februar, o ▪▪▪▪▪ Februar, ist das Lokal um 10:30 Uhr nicht gerade überlaufen. Weiterer Vorteil: Müller benötigt von seiner Wohnung dorthin zu Fuß nur 5 Minuten. Deshalb kommt er vor Amber im Lokal an. Da wird jeder Wirt nervös, wenn ein Gast wie dieser nicht mehr als einen Kaffee bestellt und ein Gipfeli dazu. Das bisschen Blätterteigluxus besänftigt den Gastgeber nicht. Dessen bedrückter Blick drückt, wie es allgemein Gewohnheit des Gewerbes ist, akute existenzielle Sorgen aus. Der Gast besetzt zudem allein einen ganzen Vierertisch, sodass du als Wirt potenziell viel weniger Umsatz machen kannst. Wenn jetzt eine Gruppe Mütter mit ihren Kinderwagen eintrifft, um an Latte macchiato und Cappuccino zu nippen, einen Chai Latte zu trinken und für das Kleinkind einen Babycino ... Wo soll er sie platzieren, wenn

---

[*] Ausblick: Amber Odermatt wird sechs Jahre nach diesen Vorfällen ein Rechtsstudium abschließen und eine steile Karriere hinlegen. Zuerst als Strafverteidigerin, dann im Dienst der Staatsanwaltschaft. Schließlich wird sie im Kanton Luzern, wo sie dereinst leben wird, in den Regierungsrat gewählt werden. Was eine allfällige Bundesratskandidatur betrifft, wird sie sich schwertun, sich festzulegen. Doch der Müller, falls er zu jenem Zeitpunkt noch leben sollte, würde ihr ein solches Amt durchaus zutrauen.

dieser Einzelgast einen kompletten Tisch blockiert? Dieser sparsame Kaffee-und-Gipfeli-Kunde, ein kräftiger Typ, Resthaarschnitt sehr kurz, etwas verwittert, nicht die glamouröse Sorte, die jeder gerne zu seinen Gästen zählt, dieser Mann blättert in einem kleinen Notizbuch. Wird er den Vierertisch mit seiner Mikrokonsumation lange blockieren? Jetzt schreibt er. Was? Ist er ein Dichter? Ein so robuster, fitter, vom Wetter gegerbter? Der Wirt erkennt ihn nicht. Doch würde er einen Dichter überhaupt erkennen? Existieren Dichter, deren Gesichter ihm oder sonst wem bekannt vorkämen?

Egal, jetzt betritt eine junge Frau das Lokal. Die hat der Wirt noch nie gesehen. Sie schaut sich um, und ohne zu zögern, setzt sie sich zum mutmaßlichen Poeten. Nein, der kann keiner sein: Augen hat er, die könnten Beton bohren, Gesichter scannen, Schädelinhalte röntgen, ein Gewissen beißen, die Wirklichkeit lasern. Hände hat er, mit denen könnte er ... oder ... *kann* er ... Das will sich der Wirt gar nicht vorstellen.

»Noch einen Kaffee und ein Gipfeli bitte«, ruft der Gast dem Gastromann zu und deutet auf die junge Frau. Mitte fünfzig dürfte der Notizbuchtyp sein, die Frau eher Anfang zwanzig. Ein ungleiches Gespann. Ein Liebespaar? Dürften die nicht sein. Auf den Gesichtern fehlt das glückselige Glimmen, es fehlt die erhöhte Blutzirkulation, die das face zum blushen anregt, es fehlt die Andeutung von Zukunft. Der Wirt ist Menschenkenner genug, hat Hunderte turteln, sich anöden oder anschweigen sehen. Einerlei, er hat anderes zu tun. Wenn sie ihre Was-auch-immer-Zusammenkunft nur nicht so lange ausdehnen, dass er konsumationswilligere Kundinnen und Kunden abweisen muss. Vom Buffet tritt er wieder zu ihnen hin, serviert ihnen das Bestellte. Das müssen Vater und Tochter sein, die etwas zu klären haben. So wie ihn der Typ nach dem Servieren wegixt.

Die beiden schweigen ihn definitiv weg, worauf das Lächeln des Wirts schrumpft, auf zwei auf einer Skala von null bis zehn. Er entfernt sich einige Schritte und wischt mit einem Lappen die sauberen Tische in der Nähe der beiden noch reiner. Vielleicht kann er etwas mithören? Hm, grrr, nein, der Mann schreckt ihn mit einem Blick ab, der ausdrückt: Distanz! Geht dich nichts an, was wir verhandeln. Mach dich vom Acker.

Mann, kann der den Rücken breit machen. Wie ein Gorilla. Okaaayyyy, sorry, in Ordnung. Der Wirt steigert die Lächelintensität auf sechs von zehn. Hätte ja sein können, dass er etwas Interessantes erfährt. Der Mensch ist ein Rätsel. Zwei Menschen sind zwei hoch zwei Rätsel.

(Rückzug Wirt)

»Morgen, Amber«, sagt Müller nun freundlich.

»Guten Morgen, Chef«, antwortet sie.

Chef? Das hat der Wirt verstanden. Obwohl er sich einige Meter zur Durchreiche zur Küche hin verschoben hat, »Chef«, das hat er verstanden. Seltsam, findet er, eine Besprechung Chef – Mitarbeiterin am Morgen im Restaurant? Warum tun sie das nicht im Büro? Was geht da? Geht da was? Doch etwas Privates?

(Lassen wir den Wirt wirten und die beiden in Ruhe Rätselhaftes besprechen.)

»Was ist das für eine Geschichte vom Kaffeeautomaten?«, erkundigt sich der Kriminalkommissär.

»Leander heißt er. Er hat es mir heute Morgen erzählt, nachdem ich mit Freddie von der Rechtsmedizin zurückgekommen bin. Er sagte, im Korps gebe es ›Leute, die tätig geworden sind‹ –«

Die Ungeduld drängt den Kommissär, die Aspirantin zu unterbrechen: »In welcher Hinsicht?«

»›Tätig geworden‹, so hat er's genannt. Ich habe ihn gefragt, was er damit meint –«

»Und?« Himmel, Beni, lass sie ausreden! Sie erzählt es dir doch.

»›Den Ereignissen nachhelfen‹, hat er gesagt, ›etwas unternehmen‹, nicht immer ›die schwerfälligen Prozeduren beachten‹ ...«

Jetzt vergisst Müller nachzufragen, weil es in seinem Hirn arbeitet. Dämmern kann es dort ja nicht, denn unter der Schädeldecke herrscht ewige Nacht. Da tritt kein Morgenrot daher.

Da glänzt kein Strahlenmeer. Er starrt die Aspirantin an und schiebt ihr auf dem Tisch das Gipfeli-Körbchen zu. Das Backwarenzeug haben sie bisher völlig vernachlässigt. Wegen der Brisanz von Odermatts Aussagen scheint es dem Kommissär, dass der Blätterteig knistert. So angespannt sind seine Sinne.

»Und das findet er gut?«

»Ich denke nicht«, sagt Amber Odermatt, »sonst würde er es sicher nicht *mir* erzählen.«

Müller schaut sie fragend an.

»Er weiß doch, dass ich zu deinem Team gehöre«, erklärt Odermatt das vorher betonte Personalpronomen der ersten Person Singular im Dativ, »und du hast einen Ruf.«

Was das nun wieder bedeutet? Die Querfalten auf Müllers Stirn wollen das erfahren und auch seine nun leicht zusammengekniffenen Augen.

»Dass du korrekt vorgehst«, präzisiert die Aspirantin, »und zwar immer.«

Ein Kompliment für eine Selbstverständlichkeit? Was damit anfangen? Einfach … Danke sagen?

»Danke«, sagt Müller. Damit die Szene nicht peinlich wird, legt er sogleich nach: »Leander also? Wie lautet sein Familienname? Und wo ist der als Aspirant eingeteilt?«

✳✳✳

13:25 Uhr. Befragungsraum S 311.

Anwesend: Detektivwachtmeister Markus Gormann, Detektivin Valérie Allmendinger und Aspirant Leander Bachmann (23). Hinter der nur vom Nebenraum her durchsichtigen Scheibe sitzen Aspirantin Odermatt und Detektiv Dominguez. Aus dem Heimbüro verdeckt zugeschaltet, hören der Kommissär und Det Wm Bucher Manfred mit.

Im Befragungsraum Mineralwasser mit und ohne für alle. Interne Befragung, Auskunft, keine Beschuldigung, kein Rechtsvertreter notwendig. Ton bis auf weiteres kollegial.

»Aspirant Bachmann«, beginnt Gormann. Die Formalität,

den Dienstgrad zu nennen, wirkt immer. Denn so betont der Befrager die Hierarchie, den offiziellen Charakter des Gesprächs, die Mitwirkungspflicht des Unterstellten. »Du hast heute Morgen einer Kollegin erzählt, dass Mitglieder des Korps sich ›nicht an die schwerfälligen Abläufe halten‹ und ›selbst tätig werden‹.« Diesen Satz lässt er wirken. Bachmann runzelt die Stirn.

»Ist diese Information korrekt?«, fragt Allmendinger nach.

»Mhm«, antwortet Bachmann.

»Das bedeutet?«, hakt Gormann nach.

»Ja, das habe ich gesagt«, bestätigt Bachmann.

»Und woher weißt du das?«, fragt Valérie Allmendinger.

»Ich habe das gehört.«

»Von wem?« (Gormann).

»Äh … ja, ich … ich weiß ja nicht, ob es wirklich stimmt. Vielleicht ist es nur …«

»Du wolltest dich bei der Kollegin interessant machen?« (Allmendinger).

Bachmann errötet, öffnet die Lippen, will er etwas … ja, er will. »Nein, ich … äh, nein.«

»Also, Aspirant Bachmann«, (Gormann), »du weißt, wir sind dem Gesetz verpflichtet. Sonst …« Das Sonst lässt er offen. In diesen fünf Buchstaben steckt nämlich vieles, Teuflisches bis hin zur beruflichen Neuorientierung. Wenn ich die Kripo irreführe oder die kolportierten Aussagen verharmlose, wären die Strapazen an der Interkantonalen Polizeischule Hitzkirch und auf dem Job für die Katz gewesen, blitzt es durch Bachmanns Kopf. Und als Ex-Aspirant, gefeuert wegen dienstlicher Verfehlungen, die ihn daran hindern würden, das eidgenössische Diplom als Polizist zu erlangen … herzlich willkommen auf dem Arbeitsmarkt.

»Wir hören dir zu«, zündelt Detektivin Allmendinger. Das bedeutet im Polizeijargon: Wir haben Zeit. Bei Bedarf lassen wir dich auf kleiner Flamme schmoren.

Der Amtsarzt würde in diesen Minuten bei Leander Bachmann einen erhöhten Puls feststellen und hoppla einen Blutdruck, der nicht mehr gesund ist. Der Polizeipsychologe könnte ein inneres Dilemma konstatieren: Habe ich haltlose Gerüchte gestreut? Hörensagen aus dem Umkleideraum? Klatsch, der am Rande eines Ordnungseinsatzes beim Sankt-Jakob-Park geäußert wurde, nachdem den Kollegen unter der Schutzausrüstung so unwohl geworden war, dass sie Dampf ablassen mussten und herumgeflachst haben? Habe ich mich zu wichtig gemacht? Wollte ich mich vor der hübschen Kollegin aufplustern und mit grenzwertigen Geschichten angeben? Haftet mir in Zukunft der Ruf an, geschwätzig zu sein?

Die Zeit verrinnt.

Bachmanns Gedanken jagen sich und duellieren sich mit seinem Gewissen.

Die Waffen strecken. So lautet die Entscheidung nach qualvollen Minuten.

✳✳✳

14:45 Uhr. Nach Bachmanns Befragung tauschen sich Bucher und der Kommissär in der Wohnung Ecke Birsig-/Oberwilerstraße über ihre Wahrnehmung aus.

»Wenig konkret all das«, bedauert Manfred. »Man merkt, dass er erst kurz im Korps ist. Er kennt noch nicht viele mit Namen. Wer hat was erzählt? Er hat uns darin kaum weitergebracht.«

Müller schaut zum Fenster raus über die Straße auf das Haus mit der Nummer 140, das seit Jahren leer steht. In der Einfahrt der weinrote VW-Kastenwagen mit Römer Kennzeichen. Kaum noch Luft in den Reifen. Auch ein Rätsel.

»Handelt es sich nur um Geschwätz, um Angeberei? Ich weiß nicht. Warum sollte Bachmann der Kollegin solche Geschichten auftischen?«, stellt er seine Gedanken in den Raum.

Bucher Manfred, Stirn in Falten, fragt: »Erfindet einer zum Flirten solche Geschichten? ›Hey, die Kumpel machen Leute platt!‹« Er steht auf, um in der Küche einen Apfel zu holen. Zurück im Wohnzimmer, sagt er: »Ich bin mir sicher, in diesen Gerüchten steckt ein wahrer Kern.«

»Die Beschreibungen, die Bachmann geliefert hat … ist dir da was aufgefallen, wo wir nachhaken könnten?«

Bucher liest dem Kommissär die Personenbeschreibungen vor, die er notiert hat.

»Sagt dir das etwas?«

Müller schüttelt den Kopf und sagt »hm«. Sicher ist: Sie werden Bachmann mit Aufnahmen von Korpsangehörigen konfrontieren. Und Bucher wird sich mit Amber Odermatt auf die Clarawache begeben. Dort rücken die Kolleginnen und Kollegen für den Patrouillendienst ein. Offiziell ist Bucher vor Ort, um »für die Polizei Zürich die Basler Workflows zu evaluieren«, tatsächlich aber, um sich dort umzuhören.

✳✳✳

Ein Anruf aus der Bevölkerung.

»Gassmann«, tönt es aus dem Hörer. »Grüezi. Ich will mit Müller sprechen.«

»Worum geht es?«, fragt Marco Petracca, der in dieser Schicht das Telefon auf der Clarawache bedient. (Er schiebt heute wegen Personalmangels eine Monsterschicht, die dem Arbeitsgesetz krass widerspricht.)

»Ich will etwas melden, eine Beobachtung«, sagt Gassmann, »und ich habe Müllers direkte Nummer verloren.«

Er hatte also die direkte Nummer, denkt sich Petracca. Muss ein Informant sein. Richtig vermutet, aber er kann das nicht wissen, weil die Kripo ihre Quellen schützt: Marky Gassmann, Spezialist für den Handel mit Substanzen und Produkten aller Art, Import-Export-Kaufmann, der Star-Hehler von Gundeldingen, ist für die Kriminalpolizei eine wichtige Auskunftsperson. Er liefert denen immer wieder Informationen, damit sie ihn plus/minus in Ruhe lassen und auch mal ein Auge zudrücken. Sonst könnte er gar nicht richtig Business machen. Das weiß Petracca alles nicht. Normalerweise wendet sich Marky Gassmann mit seinen Tipps an Wäckerlin und Dominguez. Doch diesmal will er mit Müller sprechen.

»Müller? Einen Moment«, sagt Petracca und stellt den Anrufer zu Sven Müller durch.

Zwei, drei, vier Dutzend Sekunden urheberrechtsfreie Schwachmatenmusik in der Warteschleife.

Einmal tuuut tuuut, dann: »Ja?«, sagt Sven Müller.

»Es gehen Gerüchte um«, beginnt Marky Gassmann, »Gerüchte, dass ...«

Und er fängt an zu erzäh... »Halt, halt, nicht so schnell«, unterbricht ihn Müller, »ich will mitschreiben.«

***

Bei Müller an der Birsigstraße.

Bucher Manfred liest sich durch die Akten, Berichte, Protokolle, Rapporte, Einträge, Dokumente zum Fall Karlheinz Locher.

Wer ihn beobachtet, spürt keine Sekunde das Actiongefühl, das die Bewegtbildbranche gerne heraufbeschwört, wenn sie einen Kriminalfall inszeniert. In Wirklichkeit bedeutet Polizeiarbeit meist administrative Tätigkeiten in repetitiven Kleinstschrittchen, akribisch ausgeführt und kaum adrenalinbepackter als das Ausfüllen von Excel-Tabellen, die den Umsatz von Baumwollsocken en gros und en détail dokumentieren. Polizeiarbeit ist definitiv nicht so muskulär, wie das die Rekrutierungskampagne der Kapo Basel-Stadt verspricht. Doch wie beim Sockenvertrieb kann es vorkommen, dass auch bei der Kripobüromaloche strategische oder taktische Ideen aufkeimen. Wer das als Polizist selbst erlebt hat, hofft immer wieder auf solch einen Funken der höheren Erkenntnis. Auch Detektivwachtmeister Bucher Manfred. Er versucht gerade, das weitere Vorgehen zu entwickeln.

Rapporte, Protokolle, Einträge im polizeiinternen Informationssystem. Manchmal, ich sage Ihnen, hängt uns die Datenflut, die Menge an Dokumenten und Berichten zum Hals heraus. Wir möchten Blumen pflücken, Regenbogen biegen, Singvögel kolorieren.

Bucher überlegt, merkt, dass er in den Flow kommt, doch nun … nicht vergessen zu fokussieren. Das ist die Kunst. Ja, fokussieren: Lochers Ex-Frau. Seine Ex-Kollegen. Seine betrügerische Ex-Bürohaifischbeckengenossin und der ebenso wenig gesetzestreue Kostenstellenkollege: Giorgia Furger und Elias Strickler. Und all die Männer, die Lochers Weg gekreuzt haben, seit er Job, Partnerschaft, Wohnung und die übrigen Insignien der bürgerlichen Existenz verloren hat.

Der Fall Locher.

Und, zeitlich nah, der Fall Brügger.

Was weiß die Kripo bisher über den Angriff auf Brügger? Im Wesentlichen die Aussagen seiner Frau Corinne, seines Zugführers Leutnant Imfeld und seiner Kollegen Inäbnit, Mastrantonio und Thommen.

Bucher Manfred liest. Er denkt. Viel Energie und viel Zeit verbraucht das. Zum Glück – auf Anweisung von Thomas Krähenmann – arbeiten Müller und Bucher im Moment unbehelligt vom Controlling. Vorübergehend nur, aber immerhin. Denn nie weißt du, ob nicht bald wieder die Taktik geändert wird, die Ausgabenstrategie revidiert, das Vorgehen neuen Gegebenheiten angepasst, sodass die Allokation der finanziellen Mittel reevaluiert wird. Gut und recht, aber wir, die Kriminalpolizei, die Operationellen, wir haben nur eines im Sinn: die Glünggis ermitteln, überführen, festsetzen. PEFZ = Prävention, Ermittlung, Fahndung, Zugriff. Sie kennen unser Lied. Sie kennen Müllers Drei-I-Regel: »Irgendwas ist immer.« Und Sie kennen seine IMI-Regel: »Irgendwer motzt immer.« Wir haben hehre Ansprüche.

18:45 Uhr. Wegen Zentralheizungsluft und Langstrecken-bildschirmlektüre sind Bucher Manfreds Bindehäute längst entzündungsgefährdet, als ihm in den Berichten ein Satz auffällt: Am Donnerstag, 21. Februar, hat Corinne Brügger ausgesagt, ihr Mann sei »etwas gar häufig nachts eingeteilt« gewesen.

»Etwas gar häufig« … Wie interpretieren? Ungenauer Protokolleintrag? Oder bedeutet dieser Wortlaut, dass Frau Brügger einen Vergleichswert kennt, wie oft ein Polizist üblicherweise

Nachtdienst leistet? Und dass, gemessen an dieser Zahl, ihr Mann besonders häufig nachts gearbeitet hat?

Bucher steht auf, entfernt sich vom Küchentisch, auf dem sein Laptop steht. Er streckt sich, schraubt trotz der vorgerückten Zeit die Bialetti auf, streift mit dem Finger den verbrauchten Kaffeesatz in den Behälter für den Kompost, spült das Gerät aus, füllt frisches Pulver nach.

»Beni!«, ruft er ins Wohnzimmer, »was hältst du davon?« Und er erzählt ihm seinen Gedanken.

Statt Corinne Brügger anzurufen und schlafende Hunde zu wecken, entscheidet sich der Müller, bei der Personaldisposition nachzufragen, deren Software die Dienstpläne erstellt. Nicht selbst wird er sich erkundigen, denn wenn sich ein Kriminalkommissär fürs Personalwesen der Sicherheitspolizei interessiert, könnte das Gerede geben. Denn organigrammatikalisch haben Kriko-Müller und SiPo-Brügger miteinander so viel zu schaffen wie ein Eisbär mit einem Pinguin.

Wie sich also erkundigen?

Müller ruft Krähenmann an. Der nimmt das Gespräch sogar sofort entgegen. Der Erste Staatsanwalt ad interim soll bitte bei der Disposition Auskünfte über Brüggers Nachtdiensthäufigkeit einziehen. Als Begründung werde er, schlägt Krähenmann gleich vor, vorbringen, er wolle »Optimierungspotenzial eruieren«. Wenn der Oberchef so eine Formulierung von sich gibt, glauben das alle, und niemand wird Verdacht schöpfen.

NEUNZEHN

Das Ende naht.

Das Ende des Februars: Donnerstag, der 28. Zeit: 06:30 Uhr. Temperatur: + 2 Grad Celsius, schwache Bise, Luftfeuchtigkeit: 84 %. Leichter Regen. Dunkelheit, weil Sonnenaufgang erst 07:13 Uhr. Bei diesem Wetter bliebe man am liebsten unter dem Duvet liegen.

Nach dem ersten Kaffee schaltet Müller zu Hause den Computer ein und entdeckt den Bericht von Konrad Hurni von der Kriminaltechnischen Abteilung. Deren Nacht hieß Arbeit.

Die frischen Reifenspuren im Dreck bei den Baracken beim alten Allschwiler Schützenhaus stammen von beinahe fabrikneuen Pneus der Marke ████. Solche treffen übers Jahr containerweise in der Schweiz ein und werden flächendeckend und automarkenübergreifend montiert. Aussichtslos, diese Profile zum gegenwärtigen Zeitpunkt einem Wagentyp, geschweige denn einem bestimmten Fahrzeug zuordnen zu wollen.

Plus, berichtet Hurni, an den drei im Wald bei den Baracken sichergestellten Kabelbindern hat er Fasern der Kleider von Bruno Halbarter und Nenad Botero gefunden. An zwei der Plastikteile zudem Hautpartikel und etwas Blut der beiden. Erwiesen ist also: Diese Kabelbinder wurden als Handfesseln benutzt. Am dritten Kabelbinder hat Hurni kleine Erdkrümel gefunden und Fasern von Boteros Hosen. Mit der fehlenden vierten Fessel – Annahme – müssten also Halbarters Fußgelenke zusammengeschnürt gewesen sein. Darauf ist die Polizei bei ihrer Suchaktion ums alte Schützenhaus nicht gestoßen.

Plus, berichtet Hurni, das Labor hat an den Kabelbindern menschliche Desoxyribonukleinsäuren nachgewiesen. DNS, DNA. Also auch Erbgut der Täterschaft, die Botero und Halbarter gefesselt, misshandelt und an den Stadtrand verschleppt hat?

Mit hoher Wahrscheinlichkeit, ja. Doch Konrad Hurni ist

außerstande, auf die Eigentümer dieser Erbgutstränge zu schließen. Weil Vorratsdatenspeicherung = nein. 8.9 Millionen Einwohnerinnen und Einwohner hat die Schweiz, fast 8 Milliarden der Planet. Hat die Kriminaltechnische Abteilung der Polizei in Basel-Stadt natürlich keinen Zugriff auf diese 8 mal 10 hoch 9 Doppelhelices.

Dennoch kann der Kommissär nun beim Lesen von Hurnis Bericht »Treffer« und »Manfred!« rufen. Doch der ist längst unterwegs in Richtung Clarawache zu einem dienstlichen Auftrag mit Amber Odermatt.

»Treffer.« Warum?

Neben Textilfasern, Opfer-DNS und der mutmaßlichen Täter-DNS hat Hurni nämlich noch mehr nachgewiesen: Die Täter-DNS an den Kabelbindern von Halbarter/Botero findet sich auch am Gesicht der Leiche Locher. Einer der Peiniger von Botero und Halbarter hat dem abgestürzten Ex-Bankangestellten die Faust ins Gesicht geschlagen.

So brutal das ist, für Müller ist es eine gute Nachricht.

Und die beiden Vorfälle haben sich nur wenige hundert Meter voneinander entfernt abgespielt.

✳✳✳

Zur gleichen Zeit auf der anderen Seite des Rheins.

Außenaufnahme. Himmel dunkel. Die leichte Bise pfeift wie eine Knochenflöte. Auf der Clarastraße quietscht das Tram Nummer 6 vorbei in Richtung Messe. Spärlich besetzt. 06:45 Uhr. Nur sporadisch ein Passant auf dem regennassen Trottoir. Müller hat noch in der Nacht Odermatt telefonisch informiert, dass ihr heute ein Zürcher Kollege zur Seite stehen wird, mit Spezialauftrag. Vor dem Polizeiposten treffen sich nun Bucher und Odermatt. »Wir hören uns unter Aspirantinnen und Aspiranten um«, legt der Zürcher Detektivwachtmeister der jungen Kollegin dar, was Müller und er sich ausgedacht haben. »Abgesehen von übereifrigen Exemplaren, sind die vom Korpsgeist erst wenig eingemittet.«

Aspirantin Odermatt fragt ihn, wie er das meint.

»Die haben Ideale, sind noch nicht abgestumpft. Die glauben an etwas.«

»Und du?«, fragt sie.

»Täte ich es nicht, wäre ich längst nicht mehr Polizist.« Er lächelt der Aspirantin und dem trüben Morgen zu, der keine Spur von Helligkeit erahnen lässt.

Odermatt darauf: »Woran glaubst du denn?«

»Dass wir die Welt manchmal ein bisschen besser machen können. Unglück verhüten. Gefahren abwenden. Verbrecher aus dem Verkehr ziehen. Helfen. Die Wehrlosen schützen.«

»Etwa wie Zorro?« Sie lacht.

»Zorro minus Rachegedanken, eher wie … der Spirit?« Weil die junge Kollegin Will Eisners Anti-Superheld-Superhelden bestimmt nicht kennt und ihm einfällt, dass der Spirit mit Fausthieben und blauen Bohnen recht freigebig ist, korrigiert er: »Oder wie Spiderman.« Ernsthafter fügt er an: »Ich will nicht übertreiben, aber ohne uns wäre wahrscheinlich überall Chaos und Faustrecht.«

06:56 Uhr. Sie betreten die Clarawache und stellen sich dem Diensthabenden vor, Alban Garaventi (48), etwas korpulent, grauhaarig, Tabakschnupfer, Veteran des FC Amicitia Riehen, verheiratet, zwei Kinder (17, 19). Garaventi ist über die Workflowbegutachtungsmission informiert. »Sali« und »sali« und Händeschütteln.

07:00 Uhr. Morgenrapport. Der Raum gefüllt mit Blau: die Polizistinnen und Polizisten der Tagesschicht, blonde und brünette, rasierte und dreitagebärtige, tätowierte und welche ohne Tattoos. Den Gradabzeichen entnimmst du: vier Aspis im Raum (zwei Bässe, ein Alt, ein Sopran). Etwas Neugier wegen ihrer Anwesenheit spüren Bucher und Odermatt schon, aber die Erklärung – »Zürcher Kollege, Wachtmeister, evaluiert unsere Abläufe« plus »Ausbildung« – befriedigt die Wissbegier. Dass sie gefragt sind, schmeichelt den Uniformierten, das ist zu spüren. Bucher Manfred und Amber Odermatt hören zu und schauen sich um.

Garaventi rekapituliert die wichtigsten Vorfälle der Nachtschicht und umschreibt die Hauptaufgaben des bevorstehenden
Tages. (Nicht fallrelevant, lassen wir weg.) Die Polizeikräfte
machen sich bereit zum Ausrücken. Weste anziehen. Sitzt die
Waffe richtig im Holster? Ist sie gesichert? Akkustand beim
Handy überprüfen. Einer holt Batterien für die Taschenlampe,
ein anderer eine Schachtel mit Alkohol- und Drogen-Schnell-
tests für den Kastenwagen, Latexhandschuhe fürs Aussacken,
wenn du einer Person bei der Durchsuchung alle Taschen leerst.
Jemand fragt nach Klebeband, weil die Hülle des Dienst-iPads
eingerissen ist. Bucher und Odermatt verfolgen den Small Talk.
Der Blonde hat gestern Abend im Gym in Oberwil trainiert. Die
Schwarzhaarige war essen im Gundeldinger Feld. Der Kleine
war zu Besuch bei seinen Eltern, denen es nicht so gut geht. Das
Wetter ist ein Thema, die Einbruchserie, die in diesen Tagen
einen Höhepunkt erreicht, »den dritten oder fünften in diesem Winter«, scherzt einer, der gebaut ist wie ein Muni. Steve
hat schon wieder die Grippe. »Wirst du dich impfen lassen?«,
»wenn wir müssen«, der Krieg im Nahen Osten und der im
Osten … solche Themen in kurzen Sätzen, weil viel Zeit haben
die Polizistinnen und Polizisten nicht, bevor sie aufbrechen.
Odermatt und Bucher saugen alles auf. Vom Dienstplan schreiben sie hinterher die Namen der Aspirantinnen und Aspiranten
heraus.

Nachher die Aspis beiläufig befragen? Auf informell machen? Das, weiß Bucher Manfred, funktioniert nicht. *Zufällige*
Begegnung beim Kaffeeautomaten oder beim Patrouillenfahr-
zeugschlüsselholen mit dem externen Kollegen oder der Aspirantin, die bei der Kripo eingesetzt ist … hör auf, da riecht
jeder von Weitem den Hasen im Pfeffer. Warum trotzdem dieser
Bucher-Odermatt-Lauschangriff? Um die Temperatur zu nehmen. Um zu sehen, ob eventuell ein Polizeiazubi sich anders
verhält als alle anderen. Vielleicht nachdenklich, zurückhaltend.
Die Sensiblen sind wertvoll.

Möglicherweise der Kleine, der von seinen Eltern erzählt
hat?

Als die Patrouillen unterwegs sind, übermittelt Odermatt dem Kollegen Gormann telefonisch die Namen der Aspis. In der Seitenstraße neben der Wache tut sie das. Gormann wird diese vier in den Waaghof vorladen.

✳✳✳

Personalnot.

Weshalb ist das Team Müller gefühlt und real überall im Rückstand? Mehrere Delikte gegen Leib und Leben parallel → Megaworkload, das zerreißt die Müllertruppe fast: der Flug des ausgeknockten Polizeigefreiten Pascal Brügger die Treppe hinter der Markthalle hinunter; der Tod des misshandelten Ex-Bankangestellten Karlheinz Locher an der Dorenbach-Promenade; Bruno Halbarter und Nenad Botero, vom Claraplatz weg entführt, geschlagen und beim alten Schützenhaus am Allschwiler Weiher ausgesetzt. Üppig zu tun hat dieses kleine Team.

Wir wissen, dass Müller seine Mannschaft geteilt hat: Um den Fall Brügger kümmern sich Wäckerlin, Vakulic und der Kommissär. Mit der Aufklärung des Tötungsdelikts an Locher sind Gormann, Allmendinger, Freddie Dominguez, Odermatt, der externe Qualitätspolizist Bucher Manfred und ebenfalls der Müller befasst.

Zweieinhalb FTEs für Brügger, fünfeinhalb FTEs für Locher. Vollzeitstellenungleichgewicht? Ja, unzweifelhaft Ungleichgewicht, krasses. Ist diese Ressourcenallokation korrekt? Wenig für den verletzten Kollegen, mehr für den toten Alkoholiker?

Hoffentlich kriegen das die Politiker nicht spitz. Sonst sondern sie sogleich sehr Sonderbares ab. Und die Medien, die lauern nur auf so was.

Aber … halt, halt. Man beachte die Schwere der Delikte. Eine vollendete Tötung gewichten wir höher als eine einfache Körperverletzung.

Moment, Moment, wenden Sie nun vermutlich ein, diese Personalplanung ist doch unvollständig! Halbarter und Botero, die Entführten vom alten Schützenhaus. Was geht mit denen? Verdienen sie keine polizeiliche Manpower? Warum hat der Kommissär niemanden extra dafür abgestellt? Im Fernsehen gibt's dagegen sogar eine Sonderkommission, wenn ein rassenreiner Schäferhund gestohlen wird.

Der Grund hat zehn Buchstaben: Ressourcen.

Der Personalbestand ist eine Limited Edition. Wir kriegen nicht mehr Leute. Das Budget ist knapp bemessen. Es reicht so was von nicht, dass es dem einen Polizisten, der anderen Polizistin dermaßen reicht, dass sie den Kanton wechseln, weil dort bei gleich vielen Arbeitsstunden mehr CHF rumkommen und je nach Einsatzort auch weniger Schimpfwörter und Spuckattacken.

Fertig lamentiert. Weitermachen? Garantiert.

**

Die Nachtschichten.

10:15 Uhr. Thomas Krähenmann übermittelt dem Kommissär telefonisch: Laut Personaldisposition war Pascal Brügger gleich häufig für Nachtdienste eingeteilt wie andere Angehörige der Sicherheitspolizei. Nicht mehr, nicht weniger, keine Unterschiede. Drei Jahre zurück hat die Dispo die Dienstpläne überprüft.

Also direkt Frau Brügger angehen.

Befragt haben sie letztes Mal Romina Wäckerlin und Amber Odermatt. Also da capo, Vertrautheit nutzen, an bestehenden Kontakt anknüpfen.

Doch Corinne Brügger ist stundenlang nicht zu erreichen. Das Telefon – Festnetz- und Mobilnummer – läutet ins Leere.

Schnitt. Rheinfelden. Ansicht Wohnung, innen. Wohnzimmer. Sofagarnitur. Fernseher. Kein Mensch im Bild. Zoom auf Telefon: Stecker ist gezogen.

Aus dem Off leises Murmeln, unverständlich.

Kamera schwenkt um 90 Grad, richtet sich auf Küchentür, fährt in die Küche. Am Tisch Pascal und Corinne Brügger. Er trägt weiterhin einen Kopfverband. Sie sehen beide müde aus. Jetzt schweigen sie. Sie schauen aneinander vorbei.

Schnitt. Zurück im Wohnzimmer. Kamera erfasst erneut Telefon, folgt dem Kabel von der Ladestation zur Wand. Kabel bleibt ausgesteckt.

Kurz nach 16:00 Uhr erst erreicht Wäckerlin Corinne Brügger.

»Ah«, seufzt sie erleichtert, als sie endlich die Stimme der Pflegefachfrau hört.

»Was?«, fragt Corinne Brügger.

»Wie geht es Ihrem Mann?«

»Seit drei Tagen ist er wieder zu Hause.«

»Das wissen wir. Wir hätten nochmals einige Fragen an Sie.«

Frau Brüggers Nachtdienst auf der Notfallstation im Spital Rheinfelden beginnt erst um 19:45 Uhr. Also sofort vom Kriminalkommissariat losfahren. Gegen 17:30 Uhr betreten Wäckerlin und Odermatt die Wohnung. Corinne Brügger hat dunkle Ringe unter den Augen, eilig arrangierte Katastrophenfrisur, sie wirkt etwas neben sich.

»Ist Ihr Mann auch da?«, fragt diesmal Odermatt.

»Er ist ausgegangen.«

Nach einigen Sekunden Stille spricht Frau Brügger weiter. »Sollte ich mich freuen, dass er wieder zu Hause ist?«, fragt sie die Polizistinnen und sich selbst. »Wenn er so häufig nachts unterwegs war, obwohl er dienstfrei hatte, dann hat er mich angelogen. Mir hat er jeweils gesagt, er sei auf Nachtschicht.« Einige Augenblicke ist sie still. »Dass er das nicht war, kann ja nur eines bedeuten.«

»Auch wir wollen herausfinden, warum Ihr Mann in jener Nacht unterwegs war«, weicht Wäckerlin aus.

Wenn er mit einer anderen herummacht, würde das allerdings keine Ermittlungen auslösen, geht es Corinne Brügger auf. Das klingt fast beruhigend. Doch was zum Teufel könnte es mit Pascals nächtlichen Abwesenheiten sonst auf sich haben?

»Führt Ihr Mann eine schriftliche Agenda?«, fragt Odermatt.

Corinne Brügger: »Auf Papier, meinen Sie?«

»Oder elektronisch. Notiert er irgendwo, was er wann vorhat?«

»Eine Liste«, antwortet Frau Brügger, »er führt eine Liste. Die hängt am Kühlschrank. Ich hole sie.«

Schritte hin, drei Sekunden, Schritte zurück.

»Hier«, sagt sie, überfliegt das A5-Blatt, das sie Odermatt reicht, »ich glaube aber nicht, dass da alles drauf ist.« Sie schaut sich die Aufstellung an. »Der 70. Geburtstag seiner Mutter steht da … sehen Sie … und hier, das sind unsere Ferientermine, ja. Und diese Einträge … wenn da ein N steht, das sind die Nachtdienste. Wir müssen uns gut koordinieren, ich habe im Spital ja auch welche.«

Wäckerlin fragt: »Kann ich diese Liste fotografieren?«

»Wenn Ihnen das nützt«, sagt Corinne Brügger gleich. Sogleich wirkt sie aber verblüfft und fragt nach: »Warum wollen Sie die Liste fotografieren? Pascals Dienstplan können Sie doch auch intern in Erfahrung bringen. Beim Personalbüro, nicht?«

»Korrekt«, bestätigt Romina Wäckerlin. Amber Odermatt nickt ebenfalls. Nun sind alle drei Frauen still.

Brügger schließlich: »Ich verstehe: Sie dürfen mir nichts sagen.«

Wäckerlin und Odermatt bleiben stumm.

»Dann frage ich morgen nach dem Nachtdienst eben Pascal. Wenn er wieder da ist.«

»Das können wir Ihnen nicht verbieten«, antwortet Detektivin Wäckerlin. »Aber uns wäre es lieber, Sie täten das nicht.«

Der Dienstplan des Gefreiten.

Im Waaghof angekommen, lädt Romina Wäckerlin Brüggers Kühlschrank-Einsatzplan ins System und holt Det Wm Gormann dazu, um mit ihm das Gespräch mit Corinne Brügger zu analysieren.

Wo zum Teufel steckt eigentlich der Chef, denkt Romina. Offensichtlich leitet seit ein paar Tagen Gormann das Team. Ein Chef, der sang- und klanglos nicht mehr auftaucht. So etwas hat sie noch nie erlebt. Ist der Kommissär krank? So ernsthaft, dass Krähenmann noch einen Wortlaut sucht, um die Mannschaft nicht zu verunsichern? Falls Müller krankheitshalber ausfällt, würde ihm das Team doch gerne etwas schicken, einen Blumenstrauß, eine Großpackung Läckerli oder ein Buch. Was der Chef gerne liest, weiß Gormann bestimmt. Der ist auch so ein Kopftyp. Gormann weiß sicher, was mit dem Kommissär los ist. Aber er schweigt.

Als Wäckerlin dem Müllerstellvertreter Brüggers A5-Kühlschrank-Plan erklärt, lässt sie eine, wie sie findet, recht subtile Anspielung auf den Chef fallen. »Reduzierter Personalbestand«, sagt sie und nickt Gormann dabei zu. Der Detektivwachtmeister reagiert jedoch nicht, als ob er sie nicht gehört oder nicht verstanden hätte. Sorgen macht sich der offenbar nicht. Warum dann die Geheimniskrämerei?

Wäckerlin irritiert auch: Gormann trägt ihr nicht auf, Brüggers Dienstplan im Detail auszuwerten. Übernimmt er das selbst? Dann würde er das doch zumindest beiläufig sagen. Wäckerlin selbst stellt sich wegen dieses Plans nämlich schon die eine oder andere Frage. Macht Brügger mit jemandem herum und hält sich dafür ganze Abende und Nächte frei, indem er seiner Frau einen falschen Dienstplan vorlegt? Treibt er es mit einer Person, die man in der Öffentlichkeit kennt? Schläft er mit der Frau eines Kollegen? Einer wie Brügger, Ende zwanzig, ein gut gebauter Mann, voll im Saft, mit diesem verwegenen, männlichen Blick. Gut sieht er schon aus, denkt Wäckerlin. Für sie einige Jahre zu jung, logisch. Aber unter dem Uniformhemd zeichnet sich eine anständig trainierte Muskulatur ab, er bewegt sich wie ein Tiger, findet sie. Sie hat ihn bei ordnungspolizeilichen Einsätzen beim Joggeli öfter gesehen. Der drückt sich vor nichts.

**

Parallelhandlung.

Als Ersten haben sie Bruno Halbarter auftreiben können, einen der Misshandelten vom Allschwiler Weiher. Ihn befragt nun Bucher Manfred. Informell, im Pavillon im Schützenmatt-park, also außerhalb der Polizeiräumlichkeiten. Wegen b) Müllerparalleloperation und a) entspannterer Atmo.

Der Wirt ist verwirrt. Wegen der seltsamen Menschen und Personenkombinationen, die sich neuerdings in seinem Lokal einfinden. Die Kriminalpolizei scheut sich keineswegs, einen ehrlichen* Gastronomen mit ihrer Anwesenheit zu behelligen. Dass dieser davon nichts weiß, ist egal. Für beide Seiten ist es eine Gewinnsituation:

Bucher und Halbarter konsumieren pro Person einen Kaffee. Beide verzehren je ein Gipfeli.

Bucher Manfred stärkt allein durch seine Anwesenheit und Ausstrahlung (»Positive Vibration«, Bob Marley) die Sicherheit im Restaurant. Davon profitieren sowohl die Quartierbevölkerung als auch Gäste aus nah und fern und nicht zuletzt das freie Unternehmertum, wenngleich die Präsenz der Ordnungskräfte aus taktischen Gründen verborgen bleiben muss.

Kurzum: Bucher Manfred hat im Restaurant im Park Halbarters Aussage aufgenommen. Deren Nützlichkeit wird er zunächst abklären müssen, weil Personenbeschreibungen … erfahrungsgemäß … hmpfknrtz …

∗ ∗ ∗

Wer sucht …

14:40 Uhr. Nach der Halbarterbefragung ist Bucher Manfred zurück in Müllers Wohnung. Der Kriminalkommissär und er beschäftigen sich erneut mit den Einträgen im internen System. Ein geistiger Gewaltakt: bewusst vergessen, was du weißt, und unter dieser Prämisse die Berichte neu lesen. »Out of the box denken«, wie Chef Krähenmann phrasenschweint. Dich hinter den Schleier des Nichtwissens versetzen und die Tatsa-

---

* Es gilt die Unschuldsvermutung. Wir betonen: Kein Strafverfahren gegen diesen Wirt ist hängig, nicht einmal eine Voruntersuchung eingeleitet. Dieser Mann ist zum gegenwärtigen Zeitpunkt in keinerlei Hinsicht auf dem Radar der baselstädtischen Strafbehörden aufgetaucht.

chen nochmals Revue passieren lassen. Merkst du Leerstellen? Widersprüche? Lügengerüche? Lücken? Tücken? Klarheit? Wahrheit?

Müller bleibt beim Vorfall von diesem Dienstag auf Mittwoch hängen: Halbarter und Botero, die in der Frühe bei der Tramwendeschleife Neuweilerstraße berichtet haben, ein Typ habe sie mit der Aussicht auf heißen Tee mit Güx vom Claraplatz weggelockt, sie dann – ein zweiter Typ sei dazugekommen – mit einem Getränk, das vermutlich aufgepimpt war, außer Gefecht gesetzt, dann war da ein dritter Mann. In einen Lieferwagen wurden sie genötigt und zum Allschwiler Weiher verfrachtet, zum ehemaligen Schützenhaus, zu diesen maroden Baracken.

Die Aussagen von Bruno Halbarter und Nenad Botero erlauben kaum Zweifel: »Die drei Männer trugen dunkle Sturmhauben. Aber wir würden die wahrscheinlich an der Stimme erkennen.«

Wie Müller entsinnen wir uns: Darko Lacevic, Lochers Bekannter vom Centralbahnplatz, der Lange, Dünne, hat in der Nähe der Randständigen beim Bahnhof Kerle gesehen, die ihm eigenartig vorkamen. Er hat der Kripo vor vier Tagen sogar Handyfotos zur Verfügung stellen können. Allerdings körnige, unscharfe. Lacevic nimmt an, er könnte die Männer erkennen, wenn er sie wiedersähe.

Die zwei Klienten vom Schwarzen Peter, Salvatore Romano und Urs Schmutz, haben Ähnliches ausgesagt.

Zuversichtlich formuliert: Müller weiß nun von fünf Personen, die im günstigsten Fall zur Identifizierung der Unbekannten beitragen könnten.

Wenn Müller bloß wüsste, wo ansetzen.

Der Kommissär streicht über seinen Kurzhaarschnitt.

***

»Still« (Joy Division), Donnerstag, 28. Februar. Abgleichen.

Müller wendet sich zu Hause am Computer dem Foto von

Brüggers A5-Kühlschrank-Agenda zu. Markus Gormann hat ihn avisiert, dass Wäckerlin es ins polizeiinterne System gestellt hat. Vom Küchentisch aus wählt sich Müller durch die mehrfachen Sicherheitsschranken ins System ein, um das Dokument abzurufen. Mit Manfred vergleicht er es mit dem Dienstplan der Personaladministration.

Sie stellen Abweichungen fest.

Der offizielle Plan belegt: Brügger war am 6.2. dienstfrei. Jenen Mittwoch hat Pascal auf der Kühlschrankliste aber als Nachtdienst deklariert.

Samstag, 9.2., war für ihn laut Personaladministration ein freier Tag. Laut der privaten Aufstellung dagegen wiederum eine Nachtschicht.

Nun gleichen Bucher und Müller frühere Daten ab: Donnerstag, 31.1.: laut Dispo dienstfrei. Auf der Frigo-Liste findet sich blau das N für »Nachtschicht«.

Montag, 14.1., und Sa, 5.1.: gleiche Unstimmigkeit.

»Schau mal … Was hat das zu bedeuten?«, fragt Müller und deutet mit dem Zeigefinger auf den Eintrag der Nacht vom Montag, 18.2., zum Dienstag, 19.2., der Nacht, als das haschischfreudige Paar den Polizeigefreiten bewusstlos und verletzt hinter der Markthalle gefunden hat. Auch für diese Nacht hat Brügger ein »N« notiert. N wie nix verzeichnet dagegen die Aufstellung der Personaldispo. Ein N für Nachtdienst auf Brüggers handgeschriebenem Dienstplan auf dem Kühlschrank … Haben wir mit Corinne Brügger über Pascals angeblichen Dienst in jener Nacht gesprochen? Müller erinnert sich nicht, in einem Befragungsprotokoll davon gelesen zu haben. Was er aber weiß, ist, dass Alban Garaventi von der Clarawache in der Tatnacht Dominguez mitgeteilt hat, Pascal Brügger sei zum Zeitpunkt des Angriffs nicht im Dienst gewesen. Müller teilt diese Überlegungen seinem Freund mit und fügt an: »Das passt nicht zusammen. Wie war das jetzt wirklich? Was hat er in jener Nacht hinter der Markthalle gemacht?«

»Komm, wir fragen ihn«, schlägt Bucher Manfred vor.

Unbekannte Zahlenfolge auf der Anzeige.

Müllers Nummer kennt Pascal Brügger nicht. Er sitzt in der Wohnung in Rheinfelden auf dem Sofa.

»Guten Abend, Pascal«, begrüßt ihn der Kommissär. Das irritiert den Rekonvaleszenten, weil er die Stimme nicht kennt.

»Müller, Kriminalkommissariat«, erklärt Müller, Kriminalkommissariat.

21:04 Uhr. Ist Brügger wie Kevin allein zu Hause? Ja, weil Corinne tatsächlich beim Nachtdienst.

»Ja?«, meldet sich der Rekonvaleszente. Viel lieber, als vom Kommissär erneut behelligt zu werden, würde er sich in diesem Moment entspannen. Sich in aller Ruhe auf dem Handy Filmchen ansehen. Manchmal lädt er auch welche hoch, selbst oder von Kollegen gemachte. Spannend, die Entwicklung der Likes zu verfolgen. Welche Art von Aufnahmen gut laufen, welche weniger. Halt: Konzentrieren, Gefreiter Brügger Pascal! Der Kommissär ist dran. Pascal quälen noch immer Kopfschmerzen. Sie kommen, sie gehen, bald stechen sie ihn regelrecht, bald klingen sie wieder ab. Die Prellungen schmerzen ihn, die Schulter, der Ellenbogen, der Rücken. Sonst ist er ja kein Weichei, aber … und die Nähte am Hinterkopf jucken. Immerhin ist er wieder zu Hause. Zu Hause? Obwohl Corinne, etwas ist da im Busch, das spürt er. Sie redet kaum und schaut ihn … anders an. Eindringlich, irritiert und, ja, unergründlich. Er kann es nicht recht formulieren. Aber ehrlich, das wird schon wieder, er hat sie noch jedes Mal besänftigen können.

»Hallo?«, bellt Müller in den Hörer, »Brügger Pascal, hörst du mich?«

»Klar, ja, sorry … ich bin noch etwas reduziert.«

»Wir haben Fragen zu deinem Dienstplan«, beginnt der Kommissär.

Pascal wartet.

»Wie erklärst du die Unterschiede zwischen dem Dienstplan und der Aufstellung von …«, Sekundenbruchteil taktische Pause, so werden Anführungszeichen hörbar, »… den Einträgen der Liste an deinem Kühlschrank?«

Pascal bemüht sich, die richtige Antwort zu finden. »Ich … ähm …«

Jetzt wartet Müller.

»Ich … hm … also, ich fühle mich nicht genug fit, diese Frage zu beantworten. Kann mich nicht recht konzentrie… Sorry. Können wir morgen oder übermorgen darüber sprechen?«

Sorry, der hat »sorry« gesagt. Das kann der Kommissär nicht ausstehen.

Müller lässt fünfzehn brutale Sekunden einzeln verstreichen und dann diesen Satz fallen: »Vielleicht fällt dir schon früher ein, wie du diese Unstimmigkeiten erklären kannst. Du weißt ja, wo du uns findest.«

ZWANZIG

Willkommen, meteorologischer Frühling.

Freitag, 1. März. Ein Hauch von Lenz?

Einatmen … ausatmen … einatmen … ausatmen …

Vier Namen haben Bucher Manfred und Amber Odermatt gestern Markus Gormann gemeldet: die des Polizeinachwuchses der gestrigen Tagesschicht auf der Clarawache. Telefonisch gebrieft von Müller, hat Gormann diese vier für heute früh in den Waaghof bestellt. Vorgeblich zu einer Standortbesprechung im Rahmen ihrer Ausbildung. Deshalb amtlich früh: 07:30 Uhr. Freddie Dominguez holt sie im Erdgeschoss ab. Lift → 3. Stock.

Zwei Aspis müssen sich zuerst noch auf zwei Stühlen im Gang gedulden. Zwei müssen gleich ins Gespräch:

Der eine, er heißt Dominik Bauer (Bass) → Raum S 311. Freundliche Worte Det Wm Gormann. Dominguez und Odermatt sitzen mit im Raum. Fragen nach Zufriedenheit im Job, nach beruflichen Interessen und Perspektiven, nach allfälligen Entwicklungsmöglichkeiten. Gormann erkundigt sich nach dem Arbeitsklima, das Bauer erlebt, insbesondere nach dem zwischenmenschlichen Umgang. Fragt auch, ob der Ton manchmal etwas gar rüde sei und wie, Aspirant Bauer, die Kollegen miteinander und mit Verdächtigen umgehen. Hm? Mhmhm … hmhm. Danke schön, dass du gekommen bist, Aspirant Bauer. Auf Gormanns Block steht nichts Wesentliches.

Die eine, sie heißt Léa Favre (Sopran) → Raum S 312. Freundliche Worte Det Valérie Allmendinger. Vakulic sitzt mit im Raum. Fragen nach Zufriedenheit im Job, nach beruflichen Interessen und Perspektiven, nach allfälligen Entwicklungsmöglichkeiten. Allmendinger erkundigt sich nach dem Arbeitsklima, das Favre erlebt, insbesondere nach dem zwischenmenschlichen Umgang. Fragt auch, ob der Ton manchmal etwas gar rüde sei und wie, Aspirantin Favre, die Kollegen miteinander und mit

Verdächtigen umgehen. Hm … hmhm … ehmm. Danke schön, dass du gekommen bist, Aspirantin Favre. Auf Allmendingers Block steht ebenfalls nichts Neues.

Wechsel.

In S 312 bei Det Allmendinger und Asp Vakulic nun Claudia Pfister (Alt). Freundliche Worte Allmendinger. Fragen nach Zufriedenheit im Job, nach beruflichen Interessen und Perspektiven, nach allfälligen Entwicklungsmöglichkeiten. Valérie Allmendinger erkundigt sich nach dem Arbeitsklima, das Pfister erlebt, insbesondere nach dem zwischenmenschlichen Umgang. Fragt auch, ob der Ton manchmal etwas gar rüde sei und wie, Aspirantin Pfister, die Kollegen miteinander und mit Verdächtigen umgehen. Mmm … mhm … hmhm. Danke schön, dass du gekommen bist, Aspirantin Pfister. Auf Allmendingers Block steht wiederum nichts Neues.

In S 311 bei Det Wm Gormann, Dominguez und Odermatt nun Pavel Klee (Bass). Freundliche Worte Gormann. Fragen nach Zufriedenheit im Job, nach beruflichen Interessen und Perspektiven, nach allfälligen Entwicklungsmöglichkeiten als Polizist. Markus Gormann erkundigt sich nach dem Arbeitsklima, das Klee erlebt, insbesondere nach dem zwischenmenschlichen Umgang. Fragt auch, ob der Ton manchmal etwas gar rüde sei und wie, Aspirant Klee, die Kollegen miteinander und mit Verdächtigen umgehen. Klee ist der Kleine, der gestern in der Clarawache-Umkleide davon gesprochen hat, dass er seine Eltern besucht hat, denen es gesundheitlich nicht so gut geht. Buchers Intuition … nicht schlecht.

Denn Pavel Klee sagt nämlich langsam: »Etwas finde ich seltsam … jetzt, wo du mich fragst.«

Die Aufmerksamkeit von Gormann, Dominguez und Odermatt hat er nun voll.

»Vor zwei, drei Wochen habe ich gehört, wie sich auf dem Posten zwei unterhalten haben.«

»Ja?«, animiert ihn Gormann zum Weitersprechen.

»Zuerst dachte ich, die sprechen von einem Film oder einem Sportwettkampf.«

»Was haben sie denn gesagt?«, versucht Gormann, Klees Denk- und Sprechtempo zu beschleunigen.

»Dass das gut gemacht war, schnell und besser als beim letzten Mal, und dass der Typ … und dann haben sie gelacht.«

»›Dass der Typ‹ was? Haben sie nichts Genaueres gesagt?«

»Nein. Beim Händewaschen auf dem WC in der Clarawache war das.«

Er sei in der Toilettenkabine gewesen, erklärt Aspirant Klee dem Kollegen Gormann. Er habe diesem Gespräch keine Bedeutung beigemessen und es gleich wieder vergessen. »Mir ist's nur eingefallen, weil du mich gefragt hast, ob ich etwas Eigenartiges gehört habe.«

»Mhm«, sagt Markus Gormann und: »Weißt du, wer diese zwei sind?«

»Nein. Ich habe sie nicht gesehen, ich war ja in der Kabine. Ich bin erst seit Kurzem dabei und kenne nicht alle. Und der Händetrockner, das Gebläse, hat einen Riesenlärm gemacht.«

»Danke schön, dass du gekommen bist, Aspirant Klee.« Händeschütteln. Auf Gormanns Block steht nun doch etwas, was sich als Mosaikstein interpretieren lässt.

⁂

Nachtdienst. Wirklich?

Auf telefonische Anweisung von Müller regt Stv. Gormann Romina Wäckerlin an, Corinne Brügger mit einer weiteren Frage zu konfrontieren: Wie passt der Vermerk N für Nachtschicht auf dem privaten Kühlschrankdienstplan zur Tatsache, dass ihr Mann dienstfrei war, als ihn jemand auf den Kopf gehauen und die Treppe hinuntergestoßen hat?

Wäckerlin erreicht die Pflegefachfrau um 08:05 Uhr zu Hause. Zurück von der Nachtschicht, frühstückt sie gerade.

»Was sagen Sie?«, antwortet sie, »Pascal war nicht im Dienst, als …«

»So ist es.«

Corinne Brügger sofort: »Das kann nicht sein.«

»Doch.«

Corinne Brügger wortlos.

Wäckerlin fragt nach: »Wussten Sie das nicht?«

Corinne Brügger geht in die Küche, überprüft den Plan an der Kühlschranktür. »Hier steht … Montag, 18. Februar … ein N für Nachtdienst …«

Wäckerlin lässt ihr Zeit.

»Ein N … Pascal hat ein N eingetragen. Wollen Sie sagen, das stimmt nicht?« Dieser Zweifel nagt mindestens seit Seite 190 an ihr.

Wäckerlin, bemüht sanft: »So ist es. Es stimmt nicht.«

✳✳✳

Methodisch.

Stellen wir die Informationen zur möglichen Täterschaft zusammen. Wir wollen darüber nachdenken, wie es Bucher und der Kommissär in Müllers Wohnung über dem Lebensmittelladen in 4054 tun. Bereits um 06:30 Uhr hat Bucher Manfred zwischen den Zähnen rohe Fenchelstäbchen knacken lassen und die Zeugenaussagen tabellarisiert.

Fall	Zeuge	Verdächtige(r)	
Möglicherweise Karlheinz Locher betreffend	Darko Lacevic	Mehrere Männer	
Nicht zuzuordnen	Leander Bachmann, Asp.	Mindestens drei, eventuell mehr Polizisten, deren Namen Zeuge nicht kennt	
Nicht zuzuordnen	Urs Schmutz (Klient Schwarzer Peter)	Insg. fünf bis sieben Unbekannte	
Nicht zuzuordnen	Salvatore Romano (Klient Schwarzer Peter)	Insg. fünf bis sieben Unbekannte	
Nicht zuzuordnen	Pavel Klee, Asp.	Zwei Pol. Clarawache	
Pascal Brügger, Gfr.	Elodie Schibli	–	
Pascal Brügger, Gfr.	Stefan »Big S« Baltensberger	–	
Bruno Halbarter und Nenad Botero	B. Halbarter	Vermutl. drei	
	N. Botero	Vermutl. drei	

Beschreibung des/der Verdächtigen/Bemerkungen

Zeuge hat sie mehrmals am Centralbahnplatz gesehen; suchen Gespr. mit Pers. vor Bhf.; abends/nachts. Wirken sportl., kräftig, aufeinander eingespielt. Subopt. Handyfotos von zwei Verd. vorh.
DL gibt an: kann sie evtl. identifizieren.

Verdächtige äußern, »tätig geworden« zu sein, »etwas unternehmen« zu wollen, »den Ereignissen nachhelfen«, »nicht immer die schwerfälligen Prozeduren beachten«. – LB gibt an: kann mutmaßl. Verdächt. identifizieren. U. a. Kollege mit tätow. Baselstab auf rechtem Unterarm; Pol. Mitte 40 mit »metallischer« Stimme; Blonder mit Hobby Motorräder; alle vermutl. auch priv. befreundet.

Treten zu zweit oder zu dritt auf; kräftig, sportl.; 25–40-j.; kennen sich gut; sprechen wenig; Vorgehen wirkt abgesprochen; Zeuge hat sie »immer wieder« gesehen, da sie Kontakt suchen zu Randst. Bhf. SBB, Clarapl., Rheinufer; hält sie für Zivilpol. Zeuge kann sie mögl. identi.

Vgl. Urs Schmutz. Aussagen Schmutz und Romano sehr ähnlich.

»(unbekannte Tat) gut gemacht, schneller als beim letzten Mal, der Typ ...«
(fraglich, ob mit Gesetzeswidr. zus'hängt.)

Fand mit S. Baltensberger den Verletzten und alarmierte Notruf; sonst keine sachdienl. Wahrnehmungen.

Siehe Elodie Schibli.

Trugen dunkle Sturmhauben, kräftig; einen Unvermummten bei Claraplatz (Lockvogel) wg. Dunkelh. nicht klar gesehen; Zeuge gibt an, Verdächt. evtl. an Stimme erkennen zu können. Ein Täter sprach Berndeutsch, einer hatte »großen Kopf«.

Aussage wie Halbarter.

»Think« (Aretha Franklin).

Es ist ein bekanntes Phänomen: Personen, die gemeinsam als Zeugen oder Opfer in einen Vorfall verwickelt waren und sich darauf darüber ausgetauscht haben, liefern oft übereinstimmende Aussagen. Aus der Traumaforschung kennt man das ebenfalls: Das Hirn sucht nach Bildern, die zusammenpassen oder sogar übereinstimmen. Das Gedächtnis ist aber generell unzuverlässig, nimmt die Wirklichkeit unvollständig und selektiv wahr und gibt sie auch nur bruchstückhaft wieder. Deshalb ist bei Zeugenbefragungen Vorsicht angebracht: Selbst wenn die Auskunftspersonen guten Willens sind, können ihre Aussagen falsch sein, obwohl jemand diese sogar bestätigt. Zu den Streichen, die den Zeugen die Erinnerung spielt, kommen nicht selten seltsame Personenbeschreibungen, laut denen ein Gesuchter »wie ein Atheist« aussieht oder »ganz bestimmt Boccia-Spieler« ist.

Als Polizeimann oder Polizeifrau musst du, ohne suggestiv manipulierend einzuwirken, die richtigen Fragen nach dem Aussehen von Tätern stellen, um klarere Bilder, aussagekräftigere Eindrücke von der mutmaßlichen Täterschaft zu erhalten. Und über der Antwort sollst du gewissermaßen ein bisschen ommmm meditieren und auf die Erleuchtung hoffen. Newton entdeckte die Schwerkraft aufgrund eines Apfels, der vom Baum fiel, unter dem er saß. Bescheiden verlangt die Müllerpolizei vom Schicksal keine so grundlegenden Erkenntnisse. Vielleicht rettet dich der heiß ersehnte Anruf aus der Bevölkerung. Eine Einwohnerin, ein Einwohner liefert dir eine Information, die einen Sachverhalt zu erhärten vermag. Er/sie oder ein anderes Pronomen schildert den Tathergang aus Zeugensicht plausibel, kennt, o Wunder, Jackpot, die Identität des Täters, weil der im Quartier wohnt, kürzlich bei der anrufenden Bürgerin im Geschäft eine Reise gebucht hat oder ein entfernter Verwandter ist. Der Simsalabim-hier-ist-die-Lösung-Anruf wäre die Sternstunde der Polizeiarbeit. Statistisch allerdings höchst unwahrscheinlich.

Polizeiprobabilistisch gesprochen: Wenn Anrufer (Name)

beim Barte des Proleten schwört (und sich das materiell untermauern lässt), dass Person (vollständiger Name des Mutmaßlichen) in (Kaff, Beiz) am (Datum, Uhrzeit) folgende Aussage (Details zu Tathergang, enthaltend Täterwissen, das die Medien nicht erwähnt haben) gemacht hat, und zwar in Gegenwart der Zeuginnen (vollständige Namen) und Zeugen (vollständige Namen), die alle gegenüber der Polizei aussagewillig sind. Und dass sich (vollständiger Name des wahrscheinlichen Täters) in diesem Moment (Uhrzeit) in (Kaff, Beiz) aufhält und dort vermutlich (Begründung) eine Weile (hoffentlich genauer vorherzusagen, doch wir rücken sofort aus) verweilen wird, bis die Fahndung (also Kommissär Ruedi Stierli und seine Leute) die Festnahme von (Name mutmaßlicher Glünggi) vorgenommen haben wird.

Und – Gloria Viktoria! – sämtliche Informationen aus diesem Telefongespräch treffen hieb- und stichfest zu, weil die Zeug- und -innen und Zeug:innen und Zeug*innen und überhaupt sich ausnahmslos mit fotografischem Gedächtnis und mikrofonisch präziser mentaler Tonaufzeichnung glasklar selbst an die abseitigste Einzelheit erinnern. Da singst du als Kriminalkommissär vor Freude, und »wir tanzen im Viereck, wir tanzen konzentriert« (Stereo Total).

Anders gesagt: Nach Stunden des Aktenstudiums kann das Ermittlerhirn fatal in Schieflage kippen, weil die Schotten unterhalb des Unsinnlevels undicht sind und vom Ozean des Dubitativen und Depressiven her Zweifel und Konfusion ins Unterdeck einsickern.

So ergeht es in diesen Sekunden Müller Benedikt und Bucher Manfred in der Wohnung an der Birsigstraße. Sie benötigen eine Pause. Beim Aufstehen vom Küchentisch, auf dem die Laptops stehen, knackt die Wirbelsäule, und die Knie knirschen, als wäre die Gelenkflüssigkeit mit Sand verunreinigt. 11:17 Uhr.

»Kommst du mit?«, fragt Müller und zeigt auf die Laufschuhe, die er aus dem Schuhregal holt. Dass fast alle Modelle höllenhässlich und garantiert unfair produziert sind, darüber denkt der Kommissär kaum noch nach.

Bucher: »Ich will mit zu Hause telefonieren. Geh nur.«
Müller zieht es trotz des ████████wetters ins Freie. Gesunder Körper statt Corpus Delicti. Die Birsigstraße in 4054 → Richtung Westen → Schützenmattpark → traurige Vögel mit tropfendem Gefieder auf kahlen Bäumen → Schützenmattstadion → zwei Sportler am Sprinten → General-Guisan-Straße → »Keep Moving« (Madness) → vorbei am Ausbildungszentrum der Polizei → noch weiter → siehe Stadtplan 1:10'000: Wohnquartiere, gelegentlich durchtrennt von Ausfallstraßenschneisen: Morgartenring, Laupenring, Strassburgerallee. Einen Fuß vor den anderen setzt er. Bald, bald findet der Körper zu seinem Rhythmus. Ein … atmen … aus … atmen … ein … atmen … aus … atmen, den Geist eingeschaltet und aus, ein Schritt und der nächste, der nächste ist der übernächste, er zählt sie nicht, das Blut zirkuliert, es schießt aus dem Herzen, fließt mit Sauerstoff angereichert in die Arterien hinein in die Äderchen, die feinen Verästelungen, in die Organe und zurück durch die Venen, in die Kammern, deren Klappen sich unaufhörlich öffnen und schließen. Druck, Blutdruck. Bewegung. Die Lungen saugen Luft an, kalt, und stoßen sie aus, warm. Die Muskeln wärmen sich, die Sehnen lockern sich, die Bänder spannen sich und geben wieder nach. Aussagen, Namen, Personen, Beschreibungen, Orte, Uhrzeiten, die Berichte des Pathologen und der Kriminaltechnischen Abteilung. Ein … atmen … aus … atmen … Elastischer werden die Schritte, biegsamer die Gelenke, die Bewegungen geschmeidiger. Elastischer werden die Gedanken, biegsamer, geschmeidiger. Ein Hochgefühl. Ein Rhythmus stellt sich ein, *der* Rhythmus, der Rhythmus wird rund für die Runde in Großbasel-West, die der Müller rennt, die er seit Langem kennt. Müllers Geist schweift hierhin, dorthin, dahin, wohin auch immer. Er läuft. Schwebt sein U-Bewusstsein? Wechselt er in einen transzendentalen Modus? Treibt ihn sein Sein oder sein Bewusstsein? Er vergisst den Fall, die Akten, die nackten Fakten, die vertrackten, manchmal verkackten. Die Vorgänge, die verhängnisvollen, die Ereignisse, die Geheimnisse, die er knacken, deren Urheber er packen will, zerfließen. Aus den

Poren: Schweiß. Das Langarmshirt feucht. Die Stirn nass. Der Körper aufgeheizt, jede Zelle, Mitochondrien, Kraftwerke der Zellen, Müller dampft. Regelmäßig schöpft er Atem, bu-bumm bu-bumm pumpt das Herz.[*] Aussagen, Namen, Personen, Beschreibungen, Orte, Uhrzeiten, die Berichte des Pathologen und der Kriminaltechnischen Abteilung. Er schaut senkrecht zum dunklen Himmel hoch, sein Blick folgt den Wolken, die tief hängen. Hinunter vom Himmel stürzen sich die Müllergedanken wie die Fledermäuse im Hinterhof, die er im Sommerhalbjahr vom Küchenfenster aus beobachten kann. Gedanken, still wie die Nacht, leer wie die Flaschen und scharf wie die Scherben, die man frühmorgens in Vorgärten, auf Mäuerchen, an Tramhaltestellen, in Hinterhöfen findet. Aussagen, Namen, Personen, Beschreibungen, Orte, Uhrzeiten. Müller läuft, macht sich leer, lüftet seinen Kopf, denkt an alles und nichts. Seine Kleider sind nun von außen und von innen nass. Vielleicht müsste er sich doch von diesem Synthetik-Sportzeug kaufen, das er nicht mag.

Müller holt sein Denken zurück. Sein Geist kreist über dem toten Locher, dem verletzten Brügger mit dem Kopfverband, über Halbarter und Botero, von der Straße geschnappt, geschlagen und im Allschwiler Wald deponiert wie Müll. Einem hungrigen Geier gleich gleitet Müller über der Wirklichkeit, vollführt im Flug Figuren, taucht in die Tiefe, späht zum Boden, bemüht, jede noch so kleine Einzelheit zu erkennen, die Augen scharf zu stellen. Er atmet, ein und aus. Ein und aus.

Währenddessen[**] verweilt Bucher Manfred in der Wohnung an der Birsigstraße. Mit Zürich telefoniert er, das heißt mit ♥ Brenda. Ausnahmsweise ist sie an einem Werktag zu Hause. Kompensation Überzeit. Sie überrollt ihn nicht mit Berichten über die gerichtsmedizinischen Vorgänge im Institut, sondern erzählt vom Alltag diesseits der forensischen Wirklichkeit. Dazwischen unterhält er sich mit ♥ Frieda (8). Ist gerade

---

[*] Wäre die Menschheit weniger herzlos, wenn sie – wie der Krake – mehrere Herzen besäße

[**] Dieses schöne Wort, ein temporales Adverb, taucht hier zum ersten Mal überhaupt in einem Müllerkrimi auf.

nicht in der Tagesstruktur, sondern zu Hause bei Mama. Sie erzählt ihm Neues aus der Primarschule und beschreibt ihm eine Zeichnung, die sie gerade gemacht hat: Schmetterlinge vernichten mit Pollenkanonen Darth Vader. *A4, Wachskreide auf Papier, 2024, Privatsammlung Marquardt-Bucher, unverkäuflich.* Lebhaft bunt. Das Gute gewinnt, der Bösewicht bleibt auf der Strecke. Wäre es nur so einfach. Ein mehrfaches Oléolé auf die Zuversicht von Kindern. Durchaus aber auch ein wenig das Verdienst von Brenda und Manfred: Sie haben es geschafft, ihrem Kind ein positives Weltbild zu vermitteln, trotz und obwohl … _____ (bitte aktuelle Jahreszahl einsetzen, Namen zeitgenössischer Diktatoren, anderer Extremisten und Sachverhalte, die der Menschheit das Leben schwer machen).

Als Müller nach einer Stunde verschwitzt, ausgepumpt und zufrieden die Wohnung betritt, legt Bucher gerade auf. Da sagen sie zeitgleich, Brüder im Geiste: »Du, ich habe eine Idee.«
Und die scheint sich allmählich zu bestätigen.

✳✳✳

Aussagen, Namen, Personen, Beschreibungen, Orte, Uhrzeiten.
Nach der Dusche ruft der Müller Krähenmann an. Um zu erwirken, dass die DNS von Brügger Pascal genommen werden darf. Deshalb regt Müller beim Chef eine Hausdurchsuchung für Brüggers Wohnung an. Er will subtil vorgehen.

»In Ordnung. Ich kümmere mich um den Durchsuchungsbefehl«, sagt Thomas Krähenmann nach kurzem Nachdenken. Er fragt nicht nach und hofft, dass Müller weiß, was er tut.

Subtil will der Kommissär vorgehen, sagte ich. Aber hält er ausgerechnet eine Hausdurchsuchung für subtil Fragezeichen Ausrufezeichen Stirnrunzeln. Remember, rappel: Es ist Donnerstag, der 28. Februar. Pascal Brügger ist zwar seit Montag aus dem Spital entlassen, doch weiterhin krankgeschrieben. Also ist es unmöglich, einfach nach dem Morgenrapport auf der Clarawache diskret seinen benutzten Kaffeebecher aus dem

Abfalleimer zu fischen und sicherzustellen. Brügger wird bald zur Nachkontrolle im Unispital erscheinen. Bei dieser Gelegenheit ließe sich unauffällig Erbgut abzapfen. Doch so lange will Müller nicht warten.

Romina Wäckerlin ruft Corinne Brügger an. Sie fragt nach einer frisch verwendeten Tasse, nach der Zahnbürste oder Ähnlichem ... und weil in Frau Brügger der Wunsch nach Klarheit und Wahrheit über ihren Mann groß ist, zeigt sie sich sehr kooperativ.

Hausdurchsuchung daher unnötig. Asp Amber Odermatt und Det Valérie Allmendinger fahren nach Rheinfelden, Asservatenbeutel in der Tasche. Brüggers gebrauchte Tasse – Aufschrift: »Harley Davidson Parking Only – Trespassers Will Be Shot« – bringen die Polizistinnen umgehend ins Labor der Kriminaltechnischen Abteilung. Zeile für einen Rapper: Yo, will the coffee mug lead to the mug shot?

Wird der »coffee mug« zum »mug shot« führen?

✶✶✶

Mögliche Quelle.

Unterdessen hat Kollegin Wäckerlin den Informanten Marky Gassmann in den »Train Bleu« beim Bahnhof zitiert. Hotelcafé für Durchreisende und Messegäste. Hier wird kein Einheimischer den Import-Export-Spezialisten und Star-Hehler im Gespräch mit dem Muskelmann und der großen Blonden der Kriminalpolizei bemerken. Wer seine Quellen liebt, schützt sie.

Alle paar Wochen findet dieses Treffen statt. Temperatur nehmen bei den Kleinkriminellen, Unkenrufe von der Gasse, Informationen darüber, was die Halbwelt so umtreibt. Marky freut sich nicht über diese Begegnungen. Er willigt ja nicht ganz freiwillig dazu ein. Trotzdem tut er es, weil ihm die Kripo im Gegenzug etwas mehr Raum lässt für seine Geschäfte. Eine süßsaure Situation, Dilemma, Zwickmühle. Na ja, denkt er.

Paukenschlag. ████! Markys erster Satz verblüfft Wäckerlin

und Dominguez. Gassmann löst in ihnen ein innerliches Wow aus, beschwingt trägt er nämlich seinen ersten Satz vor: »Und? Habt ihr etwas herausgefunden?«

»Etwas herausgefunden?«, fragt Wäckerlin zurück. Simultan formen Dominguez' Äuglein Fragezeichen, und zwar zwei.

»Ich habe doch mit Müller telefoniert.«

»Mit Müller hast du …?«, erkundigt sich Wäckerlin.

Blickwechsel Dominguez ↔ Wäckerlin, was dem Informanten nicht entgeht. Er folgert: Die haben ein Chaos bei den Bullen, ein riesengroßes. Da weiß die rechte Hand nicht, woran die linke rummacht. Das könnte lustig sein, wenn er davon profitieren könnte. Er findet, dass die Bullen bei seinen Geschäften etwas gar genau hinschauen und ihn in seinen Aktionen behindern. ████! Mal ein bisschen unbehelligt traden, das wäre sein Wunsch. Die Schmier kommt ihm aber im Alltag ständigstens in die Quere, hef-tigs-tens stört sie seine Businessworkflows. Nun ist er einmal proaktiv aktiv geworden, hat Müller angerufen, um ihm … und Freddie und Romina … ehrlich, die haben keinen Schimmer davon, dass er, Marky Gassmann, Müller angerufen hat, um ihm von den Gerüchten zu berichten.

Telefoniert Marky dem Kommissär etwa aus Spaß oder aus Menschenfreundlichkeit? Sicher nicht. Er verhält sich vorbildlich kooperativ – und die merken das nicht mal. Das darf doch nicht wahr sein. Er hat angenommen, Freddie und Romina hätten ihn hierher in den »Train Bleu« bestellt, um ihm auf die Schulter zu klopfen. Danke für deine Hilfe, gut gemacht, Marky, wir geben dir dafür die zwanzig Kisten Laptops zurück, die wir vor sechs Wochen … ABER NEIN, KEINE BELOH-NUNG DAFÜR, DASS ER SICH ALS ███████████ WERTVOLLE QUELLE ERWIESEN HAT, HUERESACK! Dabei ist das der Deal. Eigentlich, Mann. Das versprechen die ihm immer wieder, wenn er ihnen Informationen besorgen soll: »Wir sehen über den Lieferwagen mit den Mountainbikes hinweg, wenn du uns …« und »solange du nicht mit den ganz harten Sachen handelst«. Wenn sie etwas von ihm wollen, erzählen ihm die

Bullen solche Märchen. Aber wenn's hart auf hart geht, tricksen sie und finden Ausflüchte, hinterlistige Ar███öch██!

Wort halten? Die nicht. Lügner! Lügner!

Romina und Freddie merken: Marky ist richtig sauer.

Marky Gassmann, den Vornamen hat er übrigens von Joey, Dee Dee, Tommy, Johnny, Richie, Elvis und C. J. ausgeliehen … Los Ramones … im Grunde heißt er Marc, stammt aus Lupsingen und war gar kein schlechter Sekundarschüler.

»Mit Müller telefoniert?«, findet Freddie Dominguez schließlich die nötigen grammatikalisch-lexikalischen Tools in seinem Frontalkortex oder wo dieses Zeug gespeichert ist, um an Markys Aussage anzuknüpfen.

Marky nickt, dass die Halswirbel knacken. »Ja«, bestätigt er, damit Klarheit herrscht. Mann, sind Romina und der Freddie so zähflüssig kapierfähig. »Ja, mit *Müller* habe ich telefoniert. Vor einigen Tagen.« In einem Film von Marcel Carné würde er an dieser Stelle an seiner Zigarette ziehen. Doch im »Train Bleu« herrscht Rauchverbot. Heute wird auf der Welt gebombt, getötet und geplündert, doch immerhin ist zum Gesundheitsschutz das Rauchen in Lokalen verboten. Also schaut Marky bloß kurz die Blonde und den Kraftmann an und sagt: »Ihr habt mir mal seine direkte Nummer gegeben, wenn etwas dringend ist. Die habe ich aber verloren. Darum habe ich auf der Clarawache angerufen, und die haben mich verbunden. Mit Müller.« Er schaut Wäckerlin an, dann Dominguez. »Wisst ihr nichts davon?«

Hm, willst du dem Kerl doch nicht Einblick geben in Sand im Getriebe, falls es hat, und es sieht nach einer Sechsspurautobahnausbaubaustelle von Sandberg aus. Und Müller, der Chef, erscheint seit Tagen kaum mehr im Waaghof, denkt Wäckerlin. Gormann führt das Team. Marky ruft Müller an, aber niemand weiß etwas davon. Fließen die Informationen nicht? Was ist los?

Romina Wäckerlin und Freddie Dominguez sind sichtlich irritiert und versuchen, Boden unter die Füße zu bekommen. Marky Gassmann dauert das alles jetzt zu lang, er hat später noch was zu tun. Darum platzt er in den polizeilichen Refle-

xionsprozess hinein: »Am Mittwoch muss das gewesen sein.«
Sein Anruf bei Müller.

»Das wäre der …«, bemüht sich Dominguez zu berechnen.

»… 27. Februar gewesen«, beendet Wäckerlin den Satz und wirft dem Kollegen einen Blick zu.

»Nimmst du noch einen Kaffee?«, fragt Dominguez den Informanten, »wir müssen telefonieren.« Das heißt: Wäckerlin zieht sich in den Vorraum des Restaurants zurück und tätigt den Anruf.

Die Kaffeemaschine im »Train Bleu« zischt. Eine Mitarbeiterin klopft Kaffeesatz aus einem Maschinenteil heraus, dessen Bezeichnung mir nicht geläufig ist, ist aus Chromstahl … Jedenfalls klopft sie die feuchte Kaffeepulverpampe in den Satzbehälter hinein. Kann man drauf Shinkansen-Pilze züchten, wenn man sich darauf versteht, als Champignonchampion. Aber das ist ein Geschäft, das Gassmann noch nicht für sich entdeckt hat.

Während Wäckerlin telefoniert, plaudern Dominguez und Marky. Trivialgespräch zwischen Kleinkriminellem und Kriminalpolizisten, wie geht das? Du redest über Baustellen, überall sind sie, eine Seuche. Über den FCB, dessen Führung, die Transfers. Fragst dich, wo sie die Chancen versiebt haben, sprichst über den Meisterschaftsmodus, den keiner will, halbgare Idiotie, da sind sie sich einig. Problemlos kann sich das Duo im Einklang echauffieren über den Stau am Morgen, den am Mittag, den am Abend und den am Gotthard und den bei der Markthalle und über die Aktionsangebote bei den Großverteilern und das unergründliche Rätsel, wann man die Treuepunkte wo wofür einlösen kann. Bulle und Glünggi in full harmony.

Wäckerlin kommt an den Tisch zurück, so dynamisch, dass ihr Pferdeschwanz wippt. Sie ergreift das Wort, ohne auf das Gespräch der beiden Rücksicht zu nehmen.

»Mit Müller hast du telefoniert, am 27.?«, fragt sie. »Also vor zwei Tagen?«

»Ja«, bestätigt Marky, »warum?« Verblüfft, dass die so einen Zirkus darum veranstalten, dass er mit dem Kommissär telefoniert hat.

Romina geht nicht auf seine Frage ein, hakt aber nach: »Was hast du ihm erzählt?«

Jetzt ... also ... nun blinzelt Marky really ratlos aus seinem Aberzombie-&-Snitch-Hoodie. Er seufzt, weil es ... also, ehrlich ... wieder anstrengend für ihn wird.

»Okay. Ich brauche sofort ein Mineral«, fordert er jedoch ultimativ, »wenn ich die ganze Story noch einmal erzählen muss.«

»Müller weiß nichts von einem Anruf von Marky. Das hat er mir vorhin am Telefon gesagt«, klärt Wäckerlin Dominguez auf, als sie sich vom Superhehler verabschiedet und gleich nach ihm das Café verlassen haben. »Entweder lügt Marky ...« – »Glaube ich nicht, der hat zu viel zu verlieren«, sagt Dominguez. – »... oder auf der Clarawache haben sie geschlampt«, schließt Wäckerlin. »Ich rufe Gormann an. Vielleicht weiß der mehr. Der Chef war vorhin am Telefon etwas kurz angebunden, als ich ihn gefragt habe, ob ihn Marky angerufen hat. Er hat gesagt, er hat sich noch nie mit dem unterhalten.«

✳✳✳

Der andere Müller.

»Hier ist die Liste der Polizisten, die am 27. auf der Clarawache Dienst hatten«, sagt der Müller zu Bucher Manfred und zeigt auf den Bildschirm.

Sie gehen die Namen durch und finden einen Polizisten namens Müller, Sven Müller. Dem Originalmüller beginnt es zu dämmern.

»Findet sich im System ein Eintrag, dass der Marky Gassmanns telefonische Aussage entgegengenommen hat?«

Bucher klickt sich durch die Einträge im Journal des 27. Februars. Sie finden einige Vorgänge, an denen Sven Müller beteiligt war. Aber keinen, der sich auf Gassmanns Anruf bezieht.

»Wer hat den Anruf zu Müller durchgestellt?«

Maus, klicken, scrollen, klicken → »Petracca hatte Telefondienst.«

Müller ruft Marco Petracca an. Dieser erinnert sich, dass er Gassmanns Anruf entgegengenommen hat. Weil es nicht oft vorkommt, dass ein Externer auf die allgemeine Nummer anruft und mit einem namentlich genannten Polizisten sprechen will.

»Ja, er hat Müller verlangt, und ich habe ihn an Sven weitergeleitet.« Dass der Hehler den Kommissär hätte gemeint haben können, ist ihm nicht in den Sinn gekommen. Ein Müller war ja auf der Wache.

Seit Dienstschluss vorgestern hält sich der andere Müller, Sven, in den Bergen auf, fährt Ski und macht Après-Ski. Am Montagmorgen wird er den Dienst wieder antreten. Eine Überraschung wird ihn erwarten. Müller Benedikt bittet Petracca um Stillschweigen. Petracca verspricht das.

✳ ✳ ✳

Rückblende. Seltsam.

Warum wollte Markyman den Müllerkommissär anrufen und nicht Wäckerlin und Dominguez, seine üblichen Kripo-Kontaktpersonen? Eine Weile hat er beim Treffen im »Train bleu« herumgedruckst, schließlich aber Klartext geredet: »Mit euch ist es … wie soll ich sagen … nicht einfach. Also, ihr nehmt mich ständig in die Zange, versprecht mir, wozu ihr gerade Lust habt«, Stirnrunzeln von Wäckerlin und Dominguez, Blutdruck steigt, Augenrollen von Marky, der seufzt, »ich warte **zum Beispiel** seit Wochchchennnnn auf die Freigabe der E-Trottinetts, die ihr eingezogen –«

»Sichergestellt«, präzisiert Wäckerlin.

»Die ihr mir weggenommen habt. Bekomme ich die erst wieder, wenn kein Schwein mehr Interesse an diesem Gerümpel hat?«

Mies würden sie mit ihm umspringen, richtig mies und fies. Sie seien unzuverlässig, das müsse jetzt aus ihm heraus, ██████! **Er** riskiere Kopf und Kragen, wenn er sie mit Infos versorge, und der Dank sei … »██████!« Dem Kommissär gegenüber, von dem man viel Gutes höre, existieren … also zwischen Marky und Müller existieren dagegen keine bad feelings und Spannungen. Deshalb dachte er, er nimmt mal mit dem Kontakt auf. Lieber mal mit dem sprechen. Was denn nun falsch sei? Nie könne er es ihnen recht machen, nie, Ehrenwort! Er schüttelt den Kopf. »Ihr selbst habt mir von Müller erzählt und gesagt, wenn ich euch nicht erreiche, kann ich im Notfall *ihn* kontaktieren.«

»Aber du *hättest* uns erreichen können, Marky«, fährt ihn Wäckerlin an.

»Ja, aber ich *wollte* nicht«, gibt der zurück. Er trumpft etwas frech auf, weil – das merkt er klar und deutlich – die dringend etwas von ihm wollen. Die brauchen Infos. Vielleicht kann er für sich etwas herausholen.

Doch wie konnte Marky Müller Benedikt mit dem Kantonspolizisten Sven Müller verwechseln? Das haben ihn Wäckerlin und Dominguez bewusst nicht ausdrücklich gefragt. Sonst hätte er fotorealistisch verstanden, dass sich in den Polizeiapparat von Basel-Stadt das Chaos eingeschlichen hat. Erklären können sie sich die Verwechslung selbst: Ihr Topinformant hatte mit dem Kommissär nie direkt zu tun. Seine Stimme kennt er nicht. Ein Polizeimüller am Telefon war für ihn zwangsläufig *der* Müller. Was hat der andere Müller mit den Marky-Informationen gemacht?

EINUNDZWANZIG

Die Entwicklung der Gedanken beim Gehen.

Samstag, 2. März, 11:05 Uhr.

»Marky Gassmann wollte mit dir sprechen, ist aber von Petracca zu Sven Müller weitergeleitet worden. Der hat offensichtlich Informationen nicht weitergegeben.«

»Im System hat er keine Spuren hinterlassen«, sagt Bucher Manfred weiter. »Also hat er das mit Absicht getan.«

Diese Worte hängen wie Nebel über den Pingpongtischen im Schützenmattpark, während Müller und Bucher das Pavillon-Restaurant betreten. Eine neue Personenkombination: Marky Gassmann wartet bereits. Er, Müller und Bucher sind die ersten Gä$te. Der Wirt zuckt nur noch mit den Schultern. Seine mentale Buchhaltung sagt ihm: Viele schwarze Kaffees und Gipfeli über längere Zeit sind besser als nichts.

Müller will Markys Telefon-Geschichte von ihm selbst hören.

Begrüßung, Vorstellen et cetera. Das ist nun also der Originalmüller, denkt Marky.

»Herr Gassmann«, Befragungstaktik: Namensnennung wirkt wie Peitschenhieb, weckt jeden, »erzählen Sie uns bitte«, interessantes Wort, suggeriert Kooperation, doch ist klar, dass der höfliche Ton bei Bedarf pamm-pamm ins Garstig-Grimmige umschlagen kann, »was Sie vor drei Tagen am Telefon dem Polizisten Müller erzählt haben.«

Marky nippt am Kaffee und seufzt. »Das habe ich gestern Freddie und Romina im Detail berichtet, alles.« Man merke: Marky duzt Romina und Freddie. Bedeutet: Vertrauen besteht. Kooperative Beziehung hergestellt. Informantennetz funktioniert. Richtigen Ton gefunden.

»Sie kennen doch unser Prozedere«, mischt sich Bucher Manfred ein, um die Herzfrequenz des Informanten zu senken. Noch ein Zürcher, fällt Marky auf. Übernimmt nun Zürich die

Basler Polizei? Was wollen die hier? Gibt es in Zürich nicht genug Verbrechen?

Irgendwie … beunruhigt ihn das. Andererseits fühlt er sich ein wenig geschmeichelt: Fährt dieser Bulle eine Stunde her, um sich mit ihm zu unterhalten.

»Ja«, sagt Marky. Klar kennt er das Prozedere: Die fragen hundertmal das Gleiche, bis man sich verplappert oder einem im Kopf so trümmlig ist, dass man sich nicht mehr erinnert, was man vor Stunnnnnndennnnn gesagt hat, als man im Kopf noch frisch war. Hamsterrad. Fleischwolf. Handschellen. Leck mich.

Marky ächzt, schaut die beiden an. Ihm bleibt nur, diese Befragung hinter sich zu bringen.

Er fängt an zu erzählen: »Das ist wirklich nicht in Ordnung, ein Skandal, eine Schweinerei«, sagt er. Nämlich: Ein Junkie namens Greg … er glaubt, er heißt mit Nachnamen Mahrer … hat dem Markyman berichtet, dass ihm drei Männer in der Dreirosenanlage »den Stoff weggenommen« und ihn darauf »gepackt« hätten, »in einem Kastenwagen« mitgenommen, »zu den alten Baracken beim Allschwiler Weiher«, dort verprügelt und liegen gelassen. »Das war im Januar«, beendet Marky seinen Bericht, also vor eineinhalb, zwei Monaten.

»Warum melden Sie uns das erst jetzt? Anfang März?«, fragt der Müller.

»Weil ich mich lange gefragt habe, ob die Story stimmt. Greg hat mir zwar die Prellungen gezeigt, von den Schlägen. Aber ich dachte, er hat mit jemandem gekämpft, ihr wisst schon: Meinungsverschiedenheit wegen eines Deals oder so.«

Die Kriminalpolizisten fordern ihn mit den Augen zum Weitererzählen auf.

»Doch dann habe ich vor einigen Tagen von der Sache am Dorenbach gehört. Vom Toten, der auch zusammengeschlagen wurde. Die gleiche Geschichte, das gleiche Quartier, nicht?«

»Greg Mahrer?«, erkundigt sich Müller.

Marky nickt.

»Wo finden wir den?«

Marky wie aus der Pistole geschossen, schnippisch: »Also ... eure Arbeit müsst ihr schon selber –«

Herrische Handbewegung Müller. Das können wir nicht ausstehen: Wenn die Bevölkerung uns raten will, dass und wie wir und überhaupt wir unsere Arbeit ... Emotional zieht da Gewölk auf, man wähnt sich bei Edgar Allan Poe.

Bucher Manfred klappt sein Notizheft zu und steckt den Stift weg. Marky versteht den Wink, winkt aber ab. »Ich bin noch nicht fertig«, sagt er. Bucher nestelt den Kugelschreiber wieder aus der Jackeninnentasche. Einen Plastikbeutel mit geschälten Karotten legt er jetzt auch auf den Tisch. Der Wirt sieht den Beutel und räuspert sich. Sie beachten ihn nicht. Der Müller sitzt da wie eine Salzsäule, getreu dem Motto: »Bewegst du dich nicht, bringst du oft etwas in Bewegung« (Sir Malcolm Doddle, KBE).

»Nochmals einen Kaffee? Und ein Gipfeli?«, fragt der Kommissär.

Der Wirt, einigermaßen in Hörweite, spitzt seine Gehörschnecke und will schon ohne persönliche Ansprache tätig werden.

»Nein danke«, sagt Marky und denkt ans Sodbrennen, das ihm Überdosen von Kaffee und Blätterteiggebäck zufügen. »Greg hat mir gesagt, er hat das später in einem Verhör erwähnt. Dass er gekidnappt, zusammengeschlagen und bei den Baracken hingeworfen worden sei. Von drei Männern.«

Müller, kurz: »Sicher?«

»Warum hätte er mir was vorlügen sollen? Um sich interessant zu machen? Vielleicht schon, aber beim Dorenbach, der Tote, das war doch auch so. Und beim alten Schützenhaus ... die zwei ...«

Von der Geschichte hat er also auch gehört, bemerkt der Kommissär.

Zwei zynische Sekunden lang lacht Marky. Niemand glaubt einem Junkie. So einer könnte sich nie und nimmer durch absurde Phantastereien ins Zentrum der Aufmerksamkeit manövrieren. Mitgefühl bringt da keiner auf, alle dächten, der drückt auf die Tränendrüsen, damit man ihm etwas Geld rüberschiebt. Und was mit dem Geld passiert …

»Ich denke, Gregs Story stimmt«, sagt Marky. »Es ging ihm einigermaßen okay, als er sie mir erzählt hat. Er hat, glaube ich, weder übertrieben noch gelogen. Die Geschichte ist so absurd, dass sie stimmen muss.«

»Und … Herr Gassmann, hat Ihnen Greg Mahrer berichtet, wo und von wem er verhört wurde?«

Keine Sekunde zögert Marky: »Auf der Clarawache.«

Mhm, denkt der Müller und fasst nach: »Wer hat ihn dort befragt?«

»Keine Ahnung. Ich war ja nicht dabei.«

Marky hebt vor Ahnungslosigkeit die Hände. Er denkt wieder, dass die Bullen ihre Arbeit selbst erledigen müssen.

Gesucht: Greg Mahrer.

Unter den kahlen Bäumen vor dem Pavillon weist Müller via Handy seinen Stellvertreter im Waaghof, Detektivwachtmeister Markus Gormann, an, nach Greg Mahrer zu suchen. Aber unbedingt diskret, ohne die Kanäle, die bei einer regulären Fahndung üblich sind. Damit nicht zufällig einer »auf der Clarawache« davon Wind bekommt.

Eine halbe Stunde später hat Gormann übers Einwohnerregister Monika Hänggi (49) in 4153 Reinach BL ausfindig gemacht, Verwaltungsangestellte beim Kanton. Bei ihr hat Gregor Mahrer (25, Identität mittlerweile bestätigt) offiziell seinen Wohnsitz. Sie ist seine Mutter. Von Gormann telefonisch angesprochen auf »das Gerücht, Gregor Mahrer sei in einen Wald am Stadtrand verschleppt und geschlagen worden«, wie es der Det Wm formuliert, bestätigt ihm Frau Hänggi, dass ihr Sohn auch ihr das genau so erzählt habe.

Gormann: Ob sie diesen Bericht für möglich oder wahr halte?

Hänggi: »Ja. Er lügt zwar oft, vor allem wenn's um Geld geht … um Drogen. Aber ich war an jenem Morgen zu Hause, als er völlig zerschlagen und halb erfroren hier angekommen ist. Gegen ... elf Uhr? Ja, gegen elf Uhr war das, er war dreckig, seine Lippen waren geschwollen, er hatte ein blaues Auge und Prellungen an den Armen und am Rücken. Ich habe ihn verarztet.«

Gormann: »Wann war das? Welches Datum?«

Monika Hänggi braucht nicht nachzudenken: »Dreikönig. Wir haben den Kuchen gegessen. Ich wusste nicht, dass Greg kommt, deshalb hatte ich nur einen kleinen gekauft. Aber mit dem zerschlagenen Mund konnte er ohnehin fast nichts essen.«

»Ist er nicht zur Polizei gegangen?«, fragt Gormann.

Monika Hänggi antwortet: »Für ihn war ja nichts zu holen, höchstens Ärger. Darum hat er's auf sich beruhen lassen.«

»Warum Ärger?«, fragt Gormann gegen.

»Wer glaubt schon einem chronischen Drogenkonsumenten, dass ihn drei Männern entführt und zusammengeschlagen haben?« Greg Mahrers Mutter schluckt.

»Hat er es denn versucht? Jemandem davon zu erzählen?«

»Später. Erst später. Ich habe ihm gesagt, er soll zur Polizei gehen und Anzeige erstatten. Er wollte nicht. Verstehe ich ja.« Gormann auch. Monika Hänggi fährt fort: »Einige Tage danach wurde Gregor festgenommen und auf dem Posten befragt. Da hat er dem Polizisten vom Angriff auf ihn berichtet. Das hat er mir gesagt.«

»Und?«

»Nichts. Nichts ist passiert. Weil ... welcher Polizist nimmt einem wie Gregor eine solche Geschichte ab? Suchtkranke gelten nicht als vollwertige Menschen.«

»Weshalb haben nicht Sie den Vorfall angezeigt?«

Monika Hänggi wiederholt, was sie soeben gesagt hat: »Wer glaubt schon einem wie ihm, dass er gefangen und verprügelt worden ist? Dass er die Polizei informiert hat, aber der Verhörbeamte nicht reagiert hat? Wenn ich als seine Mutter mit so was zur Polizei gehe ... Sie können sich vorstellen, was die für Gesichter schneiden würden. Die schalten für so eine Geschichte doch nicht einmal den Computer ein.«

Markus Gormann lässt Frau Hänggis Ärger Raum und

schweigt. Vermutlich hat sie recht. Gormanns Gedanken schweifen ab. Er scannt sein Verhalten in solchen Situationen. Handelt *er* immer angemessen und gerecht?

»Sind Sie noch da? Hallo?«, fragt Monika Hänggi durchs Telefon.

»Ja, Entschuldigen Sie bitte. Selbstverständlich, Frau Hänggi. Ich habe Ihnen zugehört«, antwortet Gormann verlegen. Was willst du zur Mutter eines Junkies sagen? »Alles halb so schlimm, das wird schon, alles kommt gut, bla, bla, bla?« Monika Hänggi kennt sich aus mit Ärger und Verzweiflung, mit Ekel und Wut, mit Schmutz und Ausreden, hochheiligen Schwüren und tiefen Enttäuschungen, mit Lügen und Elend. Was könnte sie einem alles erzählen? Von den Wertgegenständen, die nach und nach aus der Wohnung verschwinden, von Geräuschen zu Unzeiten, von Schlaflosigkeit und plötzlichem Hochfahren vom Kissen, weil sie im Tiefschlaf etwas gehört hat. Von der Angst, wenn das Telefon klingelt: Meldet sich das Spital oder die Polizei, die ihr … das droht jederzeit … mitteilen, dass sie eine schlechte Nachricht … dass ihr Sohn leider … Kämpft sie mit Schuldge-fühlen? Hätte ich doch … Warum habe ich nicht … Was hätte ich wann ausrichten können? Monika Hänggi kennt sich aus mit dem Schmerz, auch weil sie sich erinnert, dass dieser Junkie einst ein wehrloser Säugling war.

Ihr kann Gormann nicht mit Floskeln und Plattitüden kom-men.

Ihm gefällt nicht, dass er diese Frau in Gedanken als »die Mutter eines Junkies« bezeichnet. Doch mehr weiß er nicht über sie.

Wie Empathie zeigen?

Indem er zuhört, lediglich zuhört und nicht unterbricht, damit sie aus ihr herauskann: die Trauer über ein junges Leben, das höchstwahrscheinlich niemals ein normales, gewöhnliches, langweiliges, durchschnittliches, ödes, anstrengendes, in man-chen Augenblicken aber glückliches Leben sein wird. Gift in den Venen, chemischer Dreck im Körper, Gefahr auf der Straße, in den Hinterhöfen, in der Dreirosenanlage, an der Klybeckstraße, der Müllheimerstraße, dem Matthäuskirchplatz … die Brutalität unter Händlern und Junkies … rund um die Uhr 24/7/365 Beschaffungsstress …

»Ich freue mich, dass Sie angerufen haben«, sagt Monika Hänggi unvermittelt zu Markus Gormann. »Zum ersten Mal habe ich das Gefühl, dass sich die Polizei für meinen Sohn als Menschen interessiert. Sonst geht es nur darum, ihn zu verhaften oder ihm die Drogen wegzunehmen und vor seinen Augen in den Gully zu schmeißen –«

»In den Gully schmeißen«, wiederholt Gormann, weil er verdauen muss, was die Frau gesagt hat: Sie freue sich, dass die Polizei sie anruft. Und er denkt: Gully? Das ist nicht unser Vorgehen. Das entspricht nicht der ordnungsgemäßen Sicherstellung von illegalen Substanzen.

»In den Gully? Sagten Sie …?«

»Das hat mir Gregor mehr als einmal erzählt: dass Polizisten ihn und andere durchsuchen und den Stoff in den Straßengraben oder in den Rhein schütten.«

Hm, denkt Gormann.

»Wo ist Ihr Sohn, Frau Hänggi? Wir müssen ihn dringend sprechen.«

Nach einer kurzen Sekunde antwortet sie: »Wenn ich das wüsste.«

* * *

Dank sei den Gebrüdern Lumière.

Gormann berichtet an Müller, und Müller und Bucher kommen zum Schluss: »Fotos!«

Sie werden sich fragen: »Was für Fotos?«

Der Kriminalkommissär und Bucher Manfred wollen Aufnahmen möglicher Verdächtiger zeigen.

Wem?

Greg Mahrer, sobald er aufgespürt ist. Nenad Botero und Bruno Halbarter, Salvatore Romano und Urs Schmutz, Darko Lacevic. All denen, die angegeben haben, sie könnten die Verdächtigen wahrscheinlich identifizieren. Und Renate Roth von der Gassenküche, Ralph Cecchetto vom Schwarzen Peter.

Aber wessen Foto?

»Das von Elias Strickler, dem einstigen Komplizen von Karlheinz Locher, der in der Tatnacht mit ihm von der Überwachungskamera im Bahnhof erfasst wurde«, schlägt der Kommissär vor.

Und sonst?

»Darko Lacevics Handyfotos. Die Männer im Mantel, die Gormann und ich im Bahnhof knapp verpasst haben«, sagt Müller. »Leider sind die Aufnahmen verwackelt und unscharf …«

»Gut. Und Fotos von Lochers Arbeitskollegen in der Bank Nordwest: Grieder, Brodmann und … wie hieß der dritte?«

»Dobler?« »Ja, Dobler.« »Vielleicht haben die Locher gesucht, um ihm etwas heimzuzahlen.«

Und dann natürlich Fotos der Polizeikollegen von der Clarawache.

Müller: »Sven Müller, Pascal Brügger, Inäbnit, Thommen, Mastrantonio.«

Let's roll.

Die Fotos der Kapo-Kollegen fordert der Erste Staatsanwalt ad interim Krähenmann bei den Human Resources an. Die Aufnahmen der Bankmitarbeiter Grieder, Dobler und Brodmann lädt Bucher aus einem Online-Businessnetzwerk herunter, wo sich eine Unzahl von Siegertypen tummelt. Stricklers Bild findet sich im Überwachungsvideo vom Bahnhof. Lacevics Handyfotos liegen ebenfalls vor. Von der verschollenen Ex-Locher-Komplizin Giorgia Furger ist weder Pixel noch Byte aufzutreiben.

Mit den Fotos hoffen sie, dem Durchbruch näher zu kommen. Ausschließen. Eingrenzen. Plausibilisieren.

※ ※ ※

Einsatz.

Die Kolleginnen und Kollegen schwärmen aus. Die Ersten, die die Fotos unter die Nase gehalten bekommen, sind der Gassenarbeiter Ralph Cecchetto und Renate Roth, Leiterin der Gassenküche. Roth glaubt in Mastrantonio – markante Stirnglatze, Muttermal rechts des Mundes – einen Polizisten zu erkennen, der ihr bei einem Einsatz im Matthäus-Quartier aufgefallen ist. Dort arbeitet sie. Ist ein Polizist, stimmt. Ansonsten keine Identifikationen. Nie bewusst wahrgenommen, tut mir leid. Für sie alles ansonsten unbekannte Gesichter.

Cecchetto, in den Räumen des Schwarzen Peters an der Elsässerstraße, gibt gegenüber Vakulic und Allmendinger an, das eine oder andere Gesicht – ausschließlich die Polizisten – komme ihm halbwegs vertraut vor. Er deutet auf die Fotos von Inäbnit, Brügger und Sven Müller. Die habe er »denke ich, schon gesehen«. Doch auf die Nachfrage nach genaueren Umständen schüttelt er den Kopf. »Nein, leider nein. Es ist eher ein Gefühl.«

Gormann erreicht Darko Lacevic, bittet ihn um ein Treffen und hört als Antwort: »Bin ich nicht vollbeschäftigt«, deshalb »Termin sofort« in der Markthalle.

Dort Kaffee, hinsetzen, Laptop aufklappen, reinschauen, Bild um Bild durchklicken.

»Nein«, sagt Darko bei jedem Bild, »nein.« Er bemüht sich bei der Fotosession, das ist ihm anzusehen. »M-m«, eine weitere Variation der Negation – wie das Kopfschütteln. Gormann lässt jedes Bild so lange auf dem Bildschirm, bis Lacevic »nein« oder »weiter« sagt. Strickler, Grieder, Dobler, Brodmann – Lochers Ex-Kollegen. Brügger und seine Polizei-Spezis: Thommen, Mastrantonio, Inäbnit. Sven Müller – der falsche Müller von der Clarawache, wieder »nein«.

Oder … hat Markus Gormann eben statt einem negierenden »M-m« wie vorhin ein »Mmm« gehört, das einem »M-hm« nahekommt, also einer affirmierenden Partikel?

Gormann hakt nach, indem er mit den Stimmbändern ein in der Tonhöhe ansteigendes »Hmm?« von sich gibt.

»Der hier«, sagt Lacevic mit Nachdruck, »ja, der ist Mann vom Bahnhof.«

»Wie ›vom Bahnhof‹?«

»Vor kurze Zeit, einige Tage«, erklärt Lacevic. »Du, Kommissär, ich … zwei Männer, dunkle Mantel, durch Bahnhof zu alte Post gegangen. Die Fotos, die ich geschickt habe.«

Gormann öffnet auf dem Laptop die halbscharfen, dreiviertelverschwommenen, doppelkörnigen.

Lacevic nickt, den Blick weiter auf Gormanns Laptop. »Der ist er, ja.«

Letzten Sonntag war das, erinnert sich Markus Gormann, am 24.

»Der hier? Sind Sie sicher, Darko?«

Der Magere kategorisch: »Ja. Ich erinnere. Er spricht anderen Dialekt, nicht Basel. Habe gehört, wie hat gesprochen.«

»An jenem Sonntag, als Sie uns alarmiert haben, weil Sie beim Bahnhof die zwei Männer gesehen haben?«

»Nein, nicht da habe ich sprechen gehört. Früher, weil ich habe ihn an diesem Tag nicht erste Mal begegnet. War ab und zu bei uns am Bahnhof.« Lacevic tippt sich mit dem Zeigefinger gegen die Stirn. »Erinnerung ist manchmal langsam leider.«

✳✳✳

Leerstelle.

Nenad Botero spüren Valérie Allmendinger und Freddie Dominguez über eine Abteilungsleiterin des Sozialamts auf, deren Nummer in der Polizeidatenbank verzeichnet ist. Frau Voss, so ihr Name, weiß: Weil jemand verstorben ist, hat er gestern einen Platz im Männerwohnheim an der Rheingasse beziehen können. Vier Wände. Schutz vor der Kälte, vor dem Regen, vor den Menschen. Ein Bett. Essen. Sanitäre Anlagen. Privatsphäre. Blick auf den Fluss und die Frachter, die vorüberziehen. Die Schiffe tragen Namen wie »Manhattan«, »Vierwaldstättersee« und »Caritas«. Träume, die vorbeigleiten.

Im Wohnheim begeben sich Allmendinger und Dominguez

mit Botero in den Raum, der als Esszimmer dient. Ist gerade menschenleer, weil Mahlzeit vorbei, der Geruch nach Hörnli und Gehacktem hängt noch in der Luft. Botero + Allmendinger + Dominguez → Laptop, Bilder, klick, klickklick, klickklickklick. Bilder, unter anderem von Kollegen. In Freddie Dominguez und Valérie Allmendinger arbeitet es. Befehl ist Befehl. Du führst aus. Nenad Botero erkennt auf den Fotos niemanden. »Die waren doch maskiert«, erklärt er. Er habe einzig ihre Augen gesehen, und auch die bloß kurz. »Die Typen haben sich bewegt. Die haben doch nicht stillgehalten, damit wir uns einprägen können, wie sie aussehen.« Keine Zeit, sich die Augenfarbe zu merken, allfällige Fältchen, vielleicht eine kleine Narbe in den wenigen Quadratzentimetern Haut, die die Sturmhaube frei lässt. Die Silhouette der Männer … kräftig waren sie, durchtrainiert, genau. Ja, die könnte er … könnte er die tatsächlich identifizieren? Aber gleichen sich Schattenrisse nicht wie ein Ei dem anderen?

»Diese Bilder sagen mir nichts«, lautet Boteros Verdikt. Und er fügt hinzu: »Vielleicht, wenn ich die Stimmen dieser Männer hören würde, dann vielleicht.«

Allmendinger und Dominguez ziehen erfolglos aus dem Männerwohnheim an der Rheingasse ab. Stimmprobendatenbank gibt's nicht. Noch nicht. Aber in vielem sind heutzutage George Orwells Befürchtungen nicht unbedingt als absurd zu bezeichnen.

✳✳✳

Noch immer unbekannten Aufenthalts: Greg Mahrer.

Auch den Samstagabend verbringen Müller, Bucher und Gormann mit der Suche nach ihm. Gormann informiert nach Absprache mit dem Kommissär auch Darko Lacevic, dass die Kripo mit Mahrer sprechen will. Lacevic kommt viel herum und verhält sich bisher ausgesprochen kooperativ. Auch Aspirantin Odermatt unterstützt die Suche. Sie hat die hochvertrauliche Operation längst durchschaut, ohne dass Müller sie eingeweiht hätte. Egal, der Kommissär kann jedes Hirn brauchen, das ihm hilft. Greg Mahrers Bild ist in der Datenbank. Wegen Drogen- und Eigentumsdelikten vorbestraft, brauchen wir nicht zu erwähnen. Er wäre der richtige Zeuge, hoffen wir. Hoffen wir, dass er bald auftaucht.

Hoffen wir, dass er lebt.

ZWEIUNDZWANZIG

Die unsichtbare Hand.

Sonntag, 3. März.

Mehr Fotosessions mit Zeugen. Gassenarbeiter Cecchetto lässt seinen Sonntag sausen und begibt sich extra in die Räumlichkeiten des Schwarzen Peters an der Elsässerstraße. Hier werden Bucher und Müller gleich Urs Schmutz und Salvatore Romano treffen. Der eine findet sich pünktlich um 11:15 Uhr ein, der andere ein paar Minuten später.

Separieren, damit sie sich nicht beeinflussen, wenn sie die Fotos begutachten. Müller und Romano in diese Ecke, Bucher und Schmutz in jene. Ralph Cecchetto in Hörweite, erledigt unterdessen Administratives.

Konzentration.

Schmutz und Romano merken gleich: Diese Bullen sind nicht hier, um sie zu schikanieren, kujonieren, piesacken, anzuscheißen, zu plagen und quälen.

Darum Kooperation.

»Zeigen Sie mir den von vorher nochmals«, sagt Romano zum Kommissär.

»Können Sie das Bild vergrößern?«, bittet Schmutz den Zürcher.

Offenbar haben wir die mögliche Täterschaft gut eingegrenzt, denkt der Müller. Wir erreichen den grünen Bereich, denkt Bucher Manfred.

»Das … könnte«, beginnt nämlich Salvatore Romano, »bevor er die schwarze Maske über den Kopf gezogen hat, habe ich ihn ganz kurz gesehen …«

Urs Schmutz' Zeigefinger deutet auf das Gesicht, das ihm aus Buchers Laptop entgegenblickt.

Gegencheck: von Schmutz erkanntes Bild nun Romano vorlegen. Ergebnis: »Ja«, sagt dieser zögernd. Er denkt nach und schaut das Foto prüfend an. »Ja … das ist einer von denen.«

»Sicher?« »Ja. Der hat mich an der Claramatte mal umgestoßen und jemandem die Ware geklaut. Das ist der.«

Gegencheck II: Von Romano identifiziertes Foto jetzt Schmutz präsentieren. Resultat: »Kann ich das mit mehr Kontrast haben? … Ja. Tagsüber tauchen diese Typen kaum auf. Drum sieht man sie nicht so recht, weil's dunkel … Aber ja, der, der gehört dazu.« »Wirklich?« »Wenn er auf dem Vorderarm einen Baselstab tätowiert hat, dann tausendprozentig.«

»Bei der Claramatte habe ich die schon oft gesehen«, sagt Romano.

»Und beim Claraplatz«, sagt Schmutz.

Straßenrand in der Elsässerstraße, unweit vom St. Johanns-Tor. Nach der Befragung von Schmutz und Romano sitzen Müller und Bucher im dunkelblauen Zivilwagen.

»Ein tätowierter Baselstab«, murmelt Bucher Manfred vor sich hin. Er kennt die Tabelle mit den Beschreibungen der möglichen Verdächtigen auswendig. »Aspirant Leander Bachmann hat doch von einer Baselstab-Tätowierung gesprochen, oder? Einer der Kollegen, die mit ihren Taten angegeben haben, hat so eine.«

»Das wäre definitiv ein Merkmal zur Identifikation«, sagt Müller.

»Ist«, kontert Bucher, »so was kannst du nicht erfinden.«

Müller startet den Motor.

»Komm, ich fahre dich zum Bahnhof.«

Bucher Manfred hat es verdient, den Rest des Sonntags mit seinen Liebsten, Brenda und Frieda, in Zürich zu verbringen.

***

Angeschwollen.

Auf der Polizeiwache im Bahnhof SBB (gleich neben Gleis 1) führen zur gleichen Zeit Odermatt und Gormann den Foto-Check mit Bruno Halbarter durch. Das heißt, nun mischt auch Gormann operativ in Müllers Superdiskretermittlung mit. Der

Kreis derer, die aktiv daran beteiligt sind, wächst. Hoffentlich erfahren das Thomas Krähenmanns Nerven nicht.

»Der!«, ruft Halbarter gleich bei den ersten Pixeln aus, »spricht der Berndeutsch?«

Gormanns Augen verengen sich für einen Sekundenbruchteil zu Schlitzen.

Odermatt notiert sich den Namen.

Gormann: »In der Nacht, als Sie und Nenad Botero überfallen wurden, haben Sie beide uns von einem Täter ›mit einem großen Kopf‹ erzählt.«

»Stimmt, ja. Das war aber ein anderer.« Halbarter erinnert sich.

»Wie groß?«, fragt Amber Odermatt.

Halbarter gestikuliert, probiert mit den Händen aus, wie groß der Schädel des Unbekannten ungefähr war.

»Nicht extrem groß«, sagt er, »unter der Kapuze, nein ... er hat keine Kapuze getragen, nur die Augen waren frei.« »Eine Sturmhaube?« »Genau. Die war hinten am Kopf wie ... wie etwas angeschwollen, ausgebeult.«

Gormann notiert das.

✻✻✻

Der Anruf.

»Habe ich gehört, dass Greg ist in St. Johann«, meldet Lacevic übers Handy an Gormann. »Gegend Voltaplatz, Mühlhauserstraße«*, präzisiert er, »Kollege hat ihn gesehen.«

Da sich Darko Lacevic bisher als zuverlässige Quelle erwiesen hat, klingelt Gormann sofort den Müller an. Der hat gerade Manfred am Bahnhof aussteigen lassen und ist auf dem Weg ins Kleinbasel zu Gülay.

Geht leider nicht. Dienst geht vor. Müller und Gormann sofort ins St. Johann auf Beobachtungsposten. Zuerst Mühlhauserstraße. Im dunkelblauen Zivilfahrzeug. Sie können aber

---

* Postleitzahlenbezirk 4056. Gern geschehen.

nicht stundenlang zu zweit in einem Auto sitzen bleiben. Die ganze Nachbarschaft würde darauf aufmerksam, dass eine Observation läuft. Daher müssen die beiden ab und zu den Standort wechseln, umparkieren, auch mal aussteigen, sich trennen, spazieren, sich einzeln in ein Café setzen. Ab und zu austreten muss auch sein. Observieren, das ist Knochenarbeit. Langweilig bis zum Überdruss, trotzdem musst du jede Sekunde auf dem Sprung sein, bereit einzugreifen. Vor lauter Warten treibt das Hirn Spielchen, versucht mit Autosuggestion die Zielperson herbeizubeamen oder die für die Aufklärung des Falles entscheidende Wahrnehmung wahr werden zu lassen.

Gormann und Müller haben Glück. Nach nur zweieinhalb Stunden taucht er auf, der Toxikomane Greg Mahrer. In der Murbacherstraße zeigt er sich, die bekanntlich weniger die Glamourecke von Großbasel West ist. Mehrfamilienhäuser, zum Teil neuere Blocks, zum anderen eher sanierungsbedürftige Alt- und vor allem Hochkonjunkturbauten. Nicht schlecht gelegen allerdings, fünf Minuten zu Fuß vom Kifferparadies St. Johanns-Park, der Anlegestelle der Flusskreuzfahrtschiffe und dem Rhein. Bei diesem nassen Wetter jedoch so traurig wie die hinterletzte Industriebrache.

15:10 Uhr ist es, als Gormann und Müller Greg Mahrer festnehmen, um ihn zu befragen. Sie nehmen ihn in die Mitte und wollen ihn bis zum Wagen eskortieren.

Zwei Zivile, er krass in Unterzahl, Mahrer reißt die Augen auf, sein Puls rast, es überläuft ihn eiskalt und höllenheiß, Panik. Panik. Er flucht, er jammert.

Der Regen schlägt ihm aufs Gemüt. Die Stadt wirkt schmutzig, schmierig, böse.

Böse, weil er seine Ruhe will. Weil er lieber in der Wohnung von diesem Typ, den er vom Rheinbord kennt, geblieben wäre und nur herausgekommen ist, weil er bald etwas braucht.

Panik, weil er versteckt sich.

Hat sich versteckt.

Vor wem? Und warum? Als Erstes jedoch müssen Müller und Gormann herausfinden, *dass* er sich versteckt hat.

██████! Mahrer … erlebt er ein Déjà-vu? Was wollen die? Wird er auf offener Straße entfü…? Die Tageszeit passt nicht. Viertel nach drei. Es ist hell, nicht wie letztes Mal. Da war es Nacht. Und die zwei Männer jetzt sind nicht vermummt. Sie geben sich als Zivilbullen aus, haben ihm einen Dienstausweis gezeigt. Zumindest der Fastglatzkopf. Der andere nicht.

Greg spürt, dass diese zwei echte Bullen sein dürften. Zu 99.99 Prozent.

Der eine weist ihm mit dem Zeigefinger den Weg: dorthin. Er befolgt die Anweisung. Sie schubsen ihn nicht in einen Hauseingang, lenken ihn nicht in einen Hinterhof, drängen ihn nicht um eine Ecke in eine Einfahrt, um ihn ungestört … Alles in … nein, NICHTS ist in Ordnung. ZWEI ZIVILE UND ER. Er krass IN UNTERZAHL. Der eine links, der andere rechts von ihm. Er ist machtlos. Sie sind aufmerksam, überwachen ihn, lassen ihm keine Fluchtmöglichkeit. Protestieren müsste er, reklamieren, schreien, brüllen, damit jemand merkt, was hier abgeht. Doch … wen würde das interessieren? Würde es *überhaupt* einen kümmern, dass die Bullen ihn, Greg Mahrer, von der Murbacherstraße wegpflücken, um … Ja, wozu denn? Aussacken, alles abnehmen, was er auf sich trägt, DABEI VERSUCHT ER ERST, ETWAS AUFZUTREIBEN, und die hämischen, zynischen, gehässigen Fragen, die er ohnehin nicht beantworten kann, nicht will. Von wem hast du das Zeug, du Penner? Wer verkauft dir diese Scheiße? Wir wissen, Arschloch, dass du selbst diesen Dreck vertickst. Und – fast die mitfühlende Variante: Merkst du nicht, was du dir antust, du Wrack?

Seit sie ihn zum Mitkommen aufgefordert und in die Mitte genommen haben, haben diese zwei kein Wort mehr gesagt. Sie lassen ihn zwischen sich her marschieren. Korrigieren ab und zu seinen Kurs, indem sie seinen Ellbogen packen und ihn steuern. Ihm kommt es vor, sie marschierten stundenlang.

Mahrer in Panik, weil zwei Zivile und ein Auto.

»Dahinein«, sagt der Fastkahle und deutet auf einen dunkelblauen Skoda. Der mit der geraden Nase schaut bloß zu.

Mahrer bleibt stehen. Stemmt sich mit den Füßen in den Boden. Schüttelt den Kopf. Schüttelt sehr den Kopf. Ruft: »Nein, ich geh da nicht rein!«

Die angeblichen Polizisten tauschen einen Blick. Der eine hält die Hände offen auf Brusthöhe vor sich, Handflächen dem Festgenommenen zugewandt. Das meint wohl: Wir kommen in Frieden. Wer glaubt denen so was? Wer wäre so dumm, denen so was zu glauben? Junkie Mahrer hat Erfahrungen, viele Erfahrungen mit der Polizei gesammelt. Wenig gute.

»Ich steige nicht in dieses Auto«, wiederholt er heiser. Erinnert er sich? An einen Vorfall, den der Kommissär und Gormann genauer geschildert bekommen wollen. Die Situation ist wie eingefroren.

Der Regen trommelt neben ihnen aufs Dach des dunkelblauen Wagens.

»Worum geht's denn?«, fragt Greg. Er hält es nicht mehr aus. Er braucht bald etwas, bitte.

Gormann zeigt erneut aufs dunkelblaue Auto. »Wir tun Ihnen nichts«, sagt der Zürcher, »wir wollen Ihnen nur einige Fragen stellen.«

Wenige Meter über ihnen flattern drei nasse Tauben vorbei. Hoffentlich kacken sie die Bullen voll. Doch die Viecher weigern sich, Greg Mahrers Wunsch zu erhören.

»Okay«, murmelt Mahrer. Ins Trockene, ja. Sich setzen, ja, auch das will er. Tür auf, er → Rücksitz, die Bullen vorne rein. Haben die Tür nicht von außen verriegelt. Er sucht mit der Hand die Vorrichtung zur Türöffnung, findet sie. Sie funktioniert nicht. ▓▓▓▓▓▓.

Müller sieht, wie Mahrer die Hand von der Autotür zurückzieht. Der Kommissär hält eine Thermoskanne in die Luft und bietet dem Junkie Kaffee an. Bizarr. Bullen, die Kaffee anbieten. Ist das die Wohlfühltruppe? Er lehnt ab.

»Was ist Ihnen im Januar geschehen?«

Wovon reden die? Passiert doch einiges im Lauf eines Monats. Mega▓▓▓▓▓stress! Januar? Woher soll er wissen, was die hören wollen. Wenn du denen das Falsche erzählst, behalten sie dich stundenlang drin. Nur um dich zu schikanieren.

»Sie wurden in ein Auto gelockt, verprügelt und in den Wald verfrachtet«, sagt der mit dem eigenartigen Ostschweizer Dialekt.

»Ich habe Ihre Namen nicht verstanden«, bemerkt Greg und schaut die zwei Bullen an.

»Gormann, Kriminalpolizei«, sagt der Ostschweizer, und der mit den ganz kurzen Haaren, der Zürcher, fingert in seiner Brieftasche nach dem Dienstausweis.»Müller Benedikt«, steht da. Greg betrachtet die Plastikkarte jetzt genauer. Sieht echt aus. Aber wie sieht eine gefälschte Polizeilegitimation aus? Wie eine wirklich echte? Vermutlich könnte jeder so einen Ausweis basteln. Wenn das professionell gemacht ist, Kreditkartenformat, Foto, Plastik … Nur ein Bulle merkt den Unterschied, wenn die Karte fake ist. Müller und Gormann. Greg will sich die Namen merken, falls auch diese zwei … Aber wie wissen die von dem Vorfall im Januar?

»Nicht ins Auto gelockt und dann verprügelt, sondern umgekehrt«, schießt es aus ihm heraus.»Kommt ihr jetzt mit dieser Geschichte? Die habe ich doch vor Ewigkeiten gemeldet.«

»Wo?«

»Auf der Clarawache.«

»Wem?«

»Woher soll ich wissen, wie der geheißen hat. In einem der hinteren Zimmer in der Clarawache war das.«

»Wie hat er ausgesehen, der, dem Sie davon erzählt haben?«

Hoppla, was geht da, denkt Greg Mahrer.

»Ich …«, sagt er, vervollständigt den Satz aber nicht, weil er sich anstrengt, Eindrücke, Bilder jenes Verhörs ins Bewusstsein zurückzuholen.»Es war ein … ein Blonder, glaube ich.«

»Ein Blonder?«, dringt Müller auf ihn ein.»Sind Sie sicher?«

Greg Mahrer deutet auf die Thermosflasche und sagt:»Jetzt hätte ich gerne einen Kaffee.«

Der Schaffhauser gießt ihm einen ein. Aufs Autodach fließt der Regen herunter, er füllt den Grundwasserpegel so richtig üppig auf. Der, der laut Dienstausweis Müller heißt, hält ihm nun ein Paket Petit Beurre vors Gesicht. Die Wohlfühltruppe:

Kaffee und Kekse. Unglaublich, denkt Mahrer. Er greift in die Kekstüte, bittet den Bullen mit einem Blick, den Kaffeebecher nochmals zu füllen.

»Ja, ein Blonder war es«, sagt Greg.

»Wir wollen Ihnen etwas zeigen«, erklärt der, der Müller heißt, und dreht den Zündungsschlüssel. Der Motor springt an. Hallo, was …? Sie fahren den St. Johanns-Ring hoch zum Kannenfeldplatz, aber … nicht! … zum Polizeiposten in der Strassburgerallee, nein! Mahrer zuckt zusammen. Der andere Bulle merkt Mahrers Unruhe und beschwichtigt: »Keine Sorge, Ihnen geschieht nichts. Wir sind die Guten.«

Bizarr, einfach nur bizarr.

Sie fahren auf dem Ring stadteinwärts, an der Betonkirche vorbei, die aussieht wie ein Elektrizitätswerk, Burgfelderplatz, passieren die Bäckerei Krebs, das Brausebad, erreichen den Schützenmattpark, nach dem Denkmal »La France reconnaissante à la Suisse généreuse« und dem Kiosk scharf rechts hinaus … zum Bundesplatz-Kreisel → Brennerstraße. Gegenüber vom Kompostareal, als Tangente zum Schützenmattpark, bildet der rechte Straßenrand einen Parkplatz, gedacht für Busse.

Was wird das, geht es Mahrer durch den Kopf. Die Unruhe hat ihn wieder, die Panik kehrt zurück. Sind das wirklich echte Kripoleute? Denn Verhöre finden nicht, *nicht*, **nicht** in einem verregneten Park statt.

Der Wirt im Restaurant im Park traut seinen Augen nicht. Jetzt schleppen die schon Junkies an. Also das …! Immerhin trägt Greg Mahrer saubere Kleider (die hat er vom Tageshaus für Obdachlose an der Wallstraße), und Stoppelbärte sind seit Jahren modisch. Die beiden, die mit dem Junkie das Restaurant betreten … den mit den wenigen Haaren und dem Röntgenblick kennt er mittlerweile, mit der Sorte wäre nicht zu spaßen, urteilt der Wirt.

Also okay, der Abendservice steht nicht unmittelbar bevor. Einige Leute, die sich nicht scheuen, bei Regen in den Park zu gehen, sitzen bei Kaffee und Kuchen, und die Kleinkinder krümeln alles voll. Na dann, sollen die beiden Starken mit ihrem Randständigen halt irgendwo Platz nehmen.

Sein Rachebedürfnis sublimiert der Wirt, indem er dem Trio unaufgefordert drei Kaffee und drei Gipfeli bringt, aber nur eine Portion Kaffeerahm dazulegt.

Der »Chef«, so hat ihn vor einigen Tagen die junge Frau bezeichnet, die mit ihm hier war, der klappt einen Laptop auf, viel zu laut geht die Softwareherstellermelodie an, und er redet auf den Junkie ein. Offenbar erklärt er ihm etwas. Der Junkie nickt. Der andere klickt.

Der Junkie schüttelt den Kopf. Wartet, schaut auf den Bildschirm. Schüttelt den Kopf. Wartet und betrachtet den Laptop. Schüttelt … geduldet sich kurz, starrt, hebt den Finger und spricht, schaut genau hin, schüttelt den Kopf …

Der Wirt beobachtet die Szene von der Theke aus, sieht, wie sich der Nicht-Chef Notizen macht, während der andere mit dem Zeigefinger auf den Monitor zeigt, den Junkie etwas fragt. Du brauchst kein Universitätsdiplom in Lippenlesen, um zu erkennen: Der Junkie antwortet mit »Ja«.

Ja.

»Ja«, sagt Greg Mahrer im Schützenmattpark-Restaurant zu Müller und Gormann, »das ist er.« Den Blonden glaubt er trotz Unschärfe auf Darko Lacevics Handyfoto vom 24. Februar aus dem Bahnhof SBB zu erkennen. Auf dem Bild, das die Human Resources dem Kommissär zugestellt haben, erkennt ihn Mahrer als den gleichen Mann. Als den Polizisten, dem er auf der Clarawache berichtet hat, dass er einige Tage zuvor entführt worden war, mit Fäusten und Tritten traktiert und beim alten Schützenhaus neben dem Allschwiler Weiher ausgesetzt.

Auf dem Foto erkennt er den Blonden, der seine Anzeige bei der Befragung am 11. Januar nicht aufgenommen hat. Der sich einen Dreck darum geschert hat.

Gormann verlässt das Restaurant. Draußen ruft er Amber Odermatt im Waaghof an. »Freitag, 11. Januar, Nachtschicht. Schau bitte nach, ob du die Befragung von Greg Mahrer findest.

Clarawache. Er muss da vorübergehend festgenommen und verhört worden sein.«

Die Aspirantin sucht, findet, liest, sagt: »Da steht etwas. Die Befragung ist im System verzeichnet. Eine Drogensache.«

»Nichts weiter? Keine Anzeige durch Mahrer wegen Tätlichkeit, Angriff, Körperverletzung?«

»Nichts«, antwortet die Kollegin, die Augen auf dem Bildschirm, »kein Wort.« Und während sie den Eintrag im System erneut durchgeht, sagt sie: »Wenigstens hat ›GT‹ nichts Derartiges festgehalten.«

GT. Das Kürzel, das bei diesem Eintrag steht. GT, der Blonde. Gian Thommen (35), Kantonspolizist. Pascal Brüggers Kumpel.

Der Angriff auf Greg Mahrer, den Thommen nicht dokumentiert hat, fand in der Nacht auf Sonntag, 6. Januar, statt. Bei der Dreirosenbrücke. Das weiß das Opfer mit Sicherheit. Was er aussagt, stimmt mit der Angabe seiner Mutter überein: Greg sei am Morgen nach dem Vorfall zu ihr nach Reinach gefahren. Wie er aus dem Wald in die Stadt zurückgefunden, wie er die Schläge und die Kälte einigermaßen überstanden hat, wie er zu seiner Mutter gelangt ist, weiß er nicht.

»Da habe ich eine Lücke«, gesteht er in diesem Augenblick im Restaurant. Eine Lücke … nicht unbedingt wegen der Drogen, denkt der, sondern wegen der Schläge, wegen des Schocks.

Ja, am 6. Januar. Monika Hänggi, seine Mutter, habe ihn aufgepäppelt, sie hätten Dreikönigskuchen gegessen. König wurde nicht er.

Wo hat Mahrer gesteckt die letzten Tage, als er sich nicht einmal in der Wohnung seiner Mutter gezeigt hat, obwohl sie ihm stets etwas zu essen bereithält?

Er hat sich nicht rausgetraut, hat sich versteckt, in der Absteige dieses Kumpels im St. Johann.

Warum?

Weil er sich verstecken muss.

Weshalb?

Weil er ein Problem hat.

Wieso?

Weil er in einer Nacht, Müller und Gormann erfahren es in diesen Minuten, es war die auf Dienstag, 19. Februar, beim Hinterausgang der Markthalle einem Bullen in Zivil eine, zwei, drei Gerade voll mitten in die Fresse gedonnert hat. Was war der überrascht, dass einer wie Junkie Greg solche Kraft und Schnelligkeit entwickelt, weil er ... damit ihm ... damit ihm der Bulle nicht noch einmal den Stoff abnehmen, ihn beschimpfen, anrempeln und schlagen ... wäre nicht das erste Mal gewesen, dass der ... genau *der*, kein anderer Bulle, sondern exakt genau derselbe ... v'tammi ... der hat ihn in jener Nacht von der Heuwaage her verfolgt, unter der Brücke und am Parkhauseingang vorbei, zuerst die Straße, dann die Treppe zur Markthalle hoch ... blöder Fluchtweg, Sackgasse ... und Gregor Mahrers pamm pamm pamm Fausthiebe, die waren schnell und hart. Der Typ hat das Gleichgewicht verloren, ist rücklings gestürzt, rückwärts die Treppe hinunter, und deshalb hat Greg Mahrer ein Problem und hatte sich verborgen, bis ihn Darko Lacevics Bekannter an der Mühlhauserstraße gesehen und Darko davon erzählt hat, und der hat die Kripo angerufen.

»Es gibt noch mehr solche Geschichten«, berichtet Mahrer dem Kommissär und dem anderen Polizisten im Restaurant im Schützenmattpark. »Ich schwöre Ihnen«, sagt er dreimal und hebt die Rechte zum Gelübde, wie Bundesrätinnen und Lobbyisten im Bundeshaus es tun, »der Bulle hinter der Markthalle, das ist ein Kumpel des Blonden«, behauptet Greg Mahrer und schwört es erneut.

Woher er das weiß? Weil der, der ihn in der Nacht auf den 19. Februar zur Markthalle verfolgt hat, der, dem er da das Gesicht poliert hat, »der war es«. Was? »Der hat mir vor Dreikönig auf der Dreirosenanlage den Stoff abgenommen und mich weggezerrt, mich niedergeschlagen, in einen Kastenwagen geschmissen. Der Typ hat mich schließlich bei den Baracken beim alten Schützenhaus rausgeworfen.«

Und nach wenigen, aber langen Sekunden, während denen in seinem Kopf der Film jener Nacht abläuft, sagt er: »Kalt war es auch. Kalt.«

In der Markthallennacht, eineinhalb Monate später, bei der Verfolgung die Treppe hoch, hat Greg den Schweinehund erkannt. Da sind ihm die Sicherungen durchgebrannt und er losgaloppiert und zack tätsch und pamm pamm pamm …

In der Nacht vom 5. auf den 6. Januar war es, als der Gefreite Brügger Pascal Greg Mahrer gequält hat. *Nachtdienst* steht da auf Brüggers Kühlschrank-Dienstplan. *Dienstfrei* meldet die Personaldisposition. In der Befragung vom 11. Januar hat Gian Thommen Mahrers Aussage nicht protokolliert, um seinen Kumpel zu schützen. Und Sven Müller hat am 27. Februar Marky Gassmanns Anruf, in dem der Informant dem Kommissär Müller die Misshandlung von Greg Mahrer melden wollte, unter den Teppich gekehrt.

✳✳✳

Aspirant Bachmann.

Nerven töten, sein Restsonntag geht flöten, ist im Eimer. Müller persönlich hat ihn angerufen. Wenn dich, einen Aspiranten, der Kommissär am Sonntagnachmittag eigenhändig auf dein privates Mobiltelefon anruft und dich »für sofort« in den Waaghof bestellt … ihm wird ganz anders, dem Aspiranten Leander Bachmann (23), der solo zu Hause in der Eineinhalb-Zimmer-Wohnung in Münchenstein sitzt und bis zu diesem Anruf den Sonntagnachmittag totgeschlagen hat mit Games und Apps auf seinem Smartphone. Der verhängnisvolle Anruf hat seine innere Unruhe zerstört, genauer gesagt: Die herzverstörenden Frequenzen von Müllers Stimme sind frontal gegen Bachmanns vegetatives Nervensystem geprallt.

Was hat das zu bedeuten? In ihm malt es automatisch schwarz.

»Sofort«, antwortet er dem Kommissär und hofft, dass seine Stimme nicht zu sehr zizizittert und zuzuzu viel verrät, »ich fahre gleich los.«

»Ruf an, wenn du vor dem Eingang stehst«, befiehlt ihm der Müller, »die Porte ist am Sonntag nicht besetzt.«

Wir merken: Der Kommissär kehrt offiziell in den Waaghof zurück. Um den Aspiranten aussagewillig zu klopfen, baut er die ganze Drohkulisse auf: den sonntags fast verlassenen Sitz der Staatsanwaltschaft des Kantons Basel-Stadt. Die dunklen Korridore, in denen das Licht nur angeht, wenn der Bewegungsmelder das veranlasst. Darin hallllen die Schritttte von robustem Polizeischuhwerk, und auch die Metalllltüren der Zelllllen knalllllen hallllig, wenn sie ins Schloss fallllen.

Zurück zum Aspiranten Bachmann. Er ärgert sich über sich selbst. Hätte ich bloß dieser Kollegin nicht imponieren wollen, ich Trottel. Hätte ich mein Maul gehalten. Ich habe mit dem Pimmel gedacht, ich Idiot, alles habe ich verkompliziert. Und dann materialisiert sich vor ihm in 3D, Technicolor und Dolby Stereo die Szenerie, die er gleich erleben wird: er allein im fast ausgestorbenen Waaghof, ihm vis-à-vis der Kommissär, der bestimmt nicht allein aufkreuzt. Der Putzmittelgeruch auf den Korridoren. LED-Lampen in den Gängen, die mit einem Klicken anspringen. Abgesehen davon ist hier und jetzt alles dunkel und düster und einsam und still, von allen guten Geistern verlassen.

Sonntag, verdammter, der Dritte Dritte, schlägt heute das Verhängnis zu?

Gormann holt Bachmann unten ab. Schweigend steigen sie in den Lift.

17:35 Uhr, Waaghof, Befragungsraum S 311. Den kennt Bachmann. Am Mittwoch, vor vier Tagen erst, hat er bereits hier gesessen. Der Schaffhauser mit der griechischen Nase und eine Kollegin haben ihn ausgequetscht. Offenbar hat ihnen das nicht gereicht, sonst hätte ihn die Kripo nicht noch einmal aufgeboten. Der Kommissär selbst.

Hüben: Müller und der Schaffhauser.

Drüben: Aspirant Leander Bachmann.

Hinter der nur einseitig transparenten Glasscheibe, vermutet Bachmann, halten sich weitere Verhörfachleute auf. Vielleicht Amber Odermatt, die ihm das alles eingebrockt hat. ██████!

Weil der Aspirant als Auskunftsperson einvernommen wird, wird laut StPO keine Rechtsvertretung benötigt. Also liegt wohl kein Verdachtsmoment gegen Bachmann vor. So klar vermag der in seiner Lage allerdings gerade nicht zu denken.

Der Müller stellt alle Anwesenden vor, auch für die mitlaufende Tonaufnahme. Vorstellung mit Dienstgrad, was bei internen Befragungen immer wirkt: »Müller … Kommissär. Gormann … Detektivwachtmeister. Aspirant Bachmann«, ein Dreiklang, absteigend von den Höhen der Strafverfolgung bis zum Fußvolk … und dazu leiert der Kommissär Datum, Uhrzeit und trallala und »Befragung als Auskunftsperson« herunter, dass Bachmann sich fühlt wie ein Weizenkorn, das zwischen zwei Mühlsteine gleitet.

Los geht das Bussard-und-Mäuschen-Spiel: »Am Mittwoch hast du einer Kollegin erzählt, dass gewisse Polizisten ›tätig geworden‹ seien … dass sie ›den Ereignissen nachhelfen‹ und die ›schwerfälligen Prozeduren nicht immer beachten‹.«

Natürlich erinnert er sich.

»Erinnerst du dich?«

Natürlich erinnert er sich.

»Erinnerst du dich *jetzt* an Einzelheiten? Wie haben die Leute ausgesehen, die das erzählt haben?«

Natürlich erinnert er sich.

Er denkt nach und blickt zuerst den Kommissär an, dann den anderen.

18:27 Uhr. Eine Stunde kann lang sein, schmerzhaft zäh. Die Zeit schleicht. Immer schleicht sie, immer wenn dich das Unangenehme anfällt. Wie eine Boa constrictor umschlingt dich die Zeit, rückt näher und näher und drückt mehr und enger zu, bis deine Wirbelsäule und die Rippen knackckckckcken. Sie schnürt dir allmählich die Luft ab.

»Aspirant Bachmann«, unterbricht der Müller die reptilische Metapher, die den Aspiranten beschlichen hat. »Du hast uns vor vier Tagen beschrieben, wie diese Männer ausgesehen haben.«

Natürlich habe ich das, denkt Bachmann. Aber will ich es wiederholen?

»Der eine hat auf dem rechten Unterarm einen Baselstab tätowiert, nicht wahr?«

Bachmann lächelt gequält. Ja, der hat einen Baselstab auf der Haut. Sein Mund zuckt. Müller und Gormann entgeht das nicht. »Erinnerst du dich an diese Aussage?«, fragt der Kommissär.

Der Kriminalpolizist mit der geraden Nase, Gormann, mischt sich ein: »Und einer war ›ein Blonder mit Hobby Motorräder‹.«

»Einer ist ein Typ Mitte vierzig mit ›auffällig metallischer Stimme‹«, legt der Kommissär eine weitere Information aus der Erstbefragung nach.

Klar, das habe ich ihnen vor vier Tagen alles erzählt. Aber ist es gescheit, wenn ich das wiederhole, womöglich schriftlich und unterschrieben? Damit das im Korps die Runde macht: Bachmann verpfeift Kollegen. Bachmann verpfeift Kollegen. Bachmann verpfeift Kollegen. Petze. Rätschbäse. Täderlisack. Kollegenschwein. Warum habe ich nicht den Mund gehalten? Gegenüber der Kollegin und erst recht, als mich die Kripo das erste Mal gelöchert hat? Ein Missverständnis, hätte ich sagen müssen, ein Scherz … ja, nicht gerade ein guter … Nichts anderes als ein geschmackloser Scherz war das, entstanden aus Übermut, aus Übermüdung nach einem zermürbenden Nachtdienst. Das kann man doch verstehen, nicht? Das hätten die von der Kripo bestimmt verstanden. Die kennen das auch: die ganze Nacht vom Dreiländereck bis in die Breite, von den Langen Erlen bis hoch aufs Bruderholz, ein Notruf nach dem anderen, Einsätze, die sich aufreihen wie die Kettenglieder zwischen den Handschellen.

»Leander Bachmann«, sagt der Kommissär. Dem Aspiranten scheint, zu ihm spreche die Boa consssssssstrictor, die ihm die Luft, die Lebensgeister abdrückt und ihn verschlingen will.

Sein Mund ist trocken. Er blickt sich um. Gormann bemerkt, dass sich Bachmanns Augen auf eine Mineralwasserflasche richten. Er erhebt sich vom festgeschraubten Stuhl, holt die Plastikflasche an den soliden, von Sorgen zerschrammten Tisch, schraubt den Deckel auf. Es zischschschscht.

Er setzt sich, steht gleich wieder auf, um Becher zu …

18:38 Uhr. Die Zeit schleicht weiter. Sie kriecht, robbt bäuchlings durch den Dreck der Wirklichkeit. Warum verschlingt das Unangenehme immer so viel Zeit?

Spreche ich, bin ich im Korps der Paria inter Pares. Spreche ich nicht, sabotiere ich eine Ermittlung und fliege raus. Und – ██████! – wenn das stimmt, was die gesagt haben … falls es stimmt, dann ist es nicht in Ordnung, was die tun.

Was ist diesen Schwachköpfen auch eingefallen, ihren Quatsch in meiner Anwesenheit zu erzählen? Warum behalten die solchen Unsinn nicht für sich? Was belästigen sie andere mit ihrer Prahlerei? Großspurige Kerle. Aber was, wenn es kein Geprotze ist? Sieht so aus, als seien es keine leeren Worte. Sonst würde ihn nicht der Kommissär persönlich befragen, an einem Sonntagabend. Seit Mitte Februar war das der erste Sonntag, an dem er, Leander Bachmann, nicht zur Arbeit musste.

Danke schön. Versaut ist er, der ersehnte freie Sonntag.

»Worum geht es eigentlich?«, fragt Bachmann auf einmal selbstsicherer, als er selbst sich zugetraut hätte. Die zwei Kriminalpolizisten merken: Der will nicht bocken oder polemisieren, sondern hat tatsächlich keine Ahnung, worum es genau geht. Verhörtechnisch gesprochen: Der Dosenöffner hat funktioniert. Müller und Gormann machen Fortschritte.

Kurz nach 19:00 Uhr klappt Gormann seinen Laptop auf. Bachmann bekommt ein Foto nach dem anderen vorgesetzt. Fotos. Fotos. Fotos. 19:19 Uhr: Der Blonde von Lacevics körnigem Handybild, das sei einer der Typen, die in der Umkleide von ihren Taten berichtet hätten. 19:25 Uhr: Den mit dem Baselstab auf dem Arm identifiziert er ebenfalls. Von beiden kennt er die Namen nicht.

✳✳✳

Dorma bain.

Schlaf gut. Bucher Manfred hat den Sonntagnachmittag und -abend mit Brenda und Frieda in Zürich verbracht. Privatleben. Gönnen wir den dreien. Darf sein, muss sein, alles Gute. Morgen früh kommt er mit dem Zug wieder nach Basel.

Für Müller, Gormann, Odermatt dagegen war das ein höllischer Sonntag. Schlussbukett: Gegen 21:30 Uhr endet Müllers telefonischer Bericht an seinen Vorgesetzten, Thomas Krähenmann. Eine gute Stunde haben sie sich unterhalten, Müller im Waaghof, der Chef im Theater. Statt im dritten Akt des Stücks »Das Dreigroschenopfer« saß er im Foyer, den Müller am Ohr. Danach hat Müller noch Gülay alles erzählt, den Rechner abgestellt und ist plemplem vor Müdigkeit den Berg zu seiner Wohnung hochgewankt. Gefällt fällt er zwischen die Laken.

DREIUNDZWANZIG

Schlamassel.

Pluspol: Wetter mild. Minuspol: Montag, 4. März. Anode: Reduktion. Kathode: Oxidation. Bei Dienstantritt um 07:00 Uhr erwartet den Polizisten Sven Müller auf der Clarawache eine Überraschung. Er hat die zivile Jacke noch nicht ausgezogen, da schickt ihn Postenchef Alban Garaventi sofort in die Innereien der Wache, in ein Sitzungszimmer, das für Besprechungen und heute für eine Befragung verwendet wird.

Dort sitzen zwei Männer über 50. Der eine ist kräftig, Haarwuchs spärlich, stechender Blick. Den sieht er nicht zum ersten Mal, kommt's ihm vor. Den anderen hat er noch nie gesehen. Der beißt gerade in eine rohe Karotte.

Knappe Vorstellung, kurze Begrüßung, in medias res. »Mittwoch, 27. Februar«, steigt der mit der Karotte auf Zürichdeutsch ins Verhör ein. Verhör, schwant es Sven Müller, weil ihm ein Kommissär und ein unbekannter Externer gegenübersitzen. Weil der Postenchef vorher ernst und schweigsam war und ihn sofort »nach hinten« befohlen hat.

Vier Augen schauen ihn an.

»Mittwoch, 27. Februar«, wiederholt der Kommissär. Dann schweigen sie. Und fixieren ihn. Mit den Augen. Und sagen kein Wort. Schauen nur. Mustern ihn. Starren. Röntgen ihn mit ihrem Blick. Warten. Atmen. Sind still. Rühren sich nicht. Worauf warten die? Er kennt die Tricks, natürlich kennt er die Tricks bei einem Verhör. Die Uhr tickt, die Zeit vergeht, sie warten, schauen, schweigen. Belauern ihn. Ja nichts Falsches sagen. Besser nichts sagen, gar nichts. Es gilt die Unschuldsvermutung. Was wissen sie? Wissen sie etwas? Gibt es etwas, das sie wissen könnten? Existiert etwas, von dem es nicht gut wäre, wenn sie es wüssten? Hatten die schon einen anderen von uns in der Zange? Hat einer nicht dichtgehalten?

In der Rolle als Tatverdächtiger hat Sven Müller noch nie an diesem Tisch gesessen. Das ist sch████. Diesmal stellt nicht er die Fragen. Das ist wirklich ████. Die wollen ihn aushorchen, etwas von ihm erfahren. Etwas, das sie schon wissen? Das sie wissen und bloß noch bestätigt und erhärtet haben wollen?

Innerlich beginnt er zu zerbröckeln.

Die Luft ist schlecht im Sitzungszimmer. Oder kommt's ihm nur so vor? Hat das ganze Wochenende über keiner hier gelüftet? All die Junkies und Penner, die ganzen abgestürzten Typen, die Psychos … die haben die Luft verbraucht, die er, Sven Müller, jetzt zum Atmen bräuchte. Die Luft in seinem Polizeiposten, die ihm zusteht, weil sie ihm gehört. Atmen fällt ihm schwer. Schweiß rinnt ihm zwischen den Schulterblättern den Rücken hinunter. Unter den Achseln den Rippen entlang abwärts. Warum ist dieser verdammte Raum dermaßen überheizt!

Die ihm gegenübersitzen, haben alle Zeit der Welt.

Lächelt ihn der Zürcher mit der Karotte an? Der nächste Biss ins Wurzelgemüse hallt von den Wänden des Verhörraums wider wie der Knall einer Felssprengung.

Der Kommissär starrt ihn an. Wartet der? Auf eine Antwort? Hat er überhaupt eine Frage gestellt? Sven Müller kann sich nicht erinnern. Aber auch nicht, dass er keine Frage gestellt hat. Sie sitzen schon ewig lange Minuten in diesem Raum, er auf diesem Stuhl, die Kripo-Leute jenseits des Tisches. Warum sagen die nichts?

Die haben Zeit.

Natürlich weiß Polizist Sven Müller, dass er die Aussage verweigern kann, um sich nicht selbst zu belasten. StPO Artikel 158. Aber welchen Eindruck macht das, wenn du als Polizist bei einer internen Untersuchung … ist es eine interne Untersuchung, oder wirft das bereits größere Wellen? … auf deinem Recht auf Aussageverweigerung beharrst? Würdest du dich so nicht selbst vorverurteilen, wenn du im Gespräch von Kollege zu Kollege verstockt wirkst? Brauche ich einen Anwalt, fragt er sich. Braucht er, sofern beschuldigt. Das führt zurück zur Ungewissheit: Was wissen die? Was haben sie vor?

Himmel, da bist du ein paar Tage beim Skifahren, Superneu-schnee, ehrlich, Schneekristalle in der Luft, über diesen Unter-land-Schmißwolken Sonne, hey, und kaum bist du zurück im Dienst, kommen die dir blöd.

Sich dumm stellen. Den Naiven spielen. Den, der leicht über-fordert ist und sich beim besten Willen nicht erinnert?

»Mittwoch, der 27. Februar«, fängt der Kommissär wieder an, »du warst auf der Clarawache.«

Also doch, etwas Dienstliches.

»Du hast Telefongespräche entgegengenommen«, bohrt der Karottenmann zürichdeutsch nach.

Telefongespräche im Plural? Was wollen die? Es war nur ein … heikler … Anruf! An diesem Tag.

»Ja«, sagt Sven Müller. Etwas muss er ja sagen, und das Ja bezeichnet einen Fakt. Gleichzeitig liefert er damit keine In-formation, aus der sie ihm einen Strick drehen könnten. Einen Strick drehen.

»Und protokolliert?«

Der Kommissär starrt ihn an. Sind seine Augen grün, blau oder grau?

»Was?« Sven Müller will Zeit gewinnen. Wie vorgehen? Einen Anwalt verlangen? Oder eine Vertrauensperson des Polizeibeamtenverbandes?

»Den Anruf«, sagt der Kommissär, »hast du den ordnungsge-mäß dokumentiert? Uhrzeit, Personalien des Anrufers, Gegen-stand des Anrufs, dein Kürzel …«

»Nein«[*], protokolliert hat er diesen Anruf, nun spricht der Kommissär im Singular davon, protokolliert hat er den Anruf nicht. Wie können sie davon wissen? Wie hat die Kripo das herausgefunden? Hat dieser Informant, dieser Gassmann …?

Ihm geht ein Licht auf. Über sein Gesicht flackert ein Leuch-ten.

Dem Kommissär entgeht das nicht. Er fixiert ihn noch fins-terer.

---

[*] Bertolt Brecht, Aufstieg und Fall der Stadt Mahagonny, Szene 1.

Polizist Sven Müller senkt sofort den Blick, dann den Kopf, das Herz sinkt ihm in die Hose. »Ordnungsgemäß dokumentiert« ... Dass diese Offiziere sich immer so überkorrekt ausdrücken. Sich so überkorrekt verhalten. Die hätten doch, zur Hölle, ██████, anderes zu tun, nicht? Nicht ihn behelligen, den Gutgesinnten. Sondern die richtigen Kriminellen, nein, die Kriminellen verfolgen, nicht ... Er sucht Hilfe bei der Wand des Besprechungszimmers, die bräuchte dringend einen frischen Anstrich. Es liegt kein Trost darin, der Farbe beim Abblättern zuzusehen.

»Doch, ja«, stemmt er sich gegen den Lauf der Zeiten, um doch noch die Kurve zu kriegen, »wir erstellen jedes Mal eine Notiz: Uhrzeit, Identifikation des Anrufers, Inhalt des Gesprächs, allenfalls eingeleitete Maßnahmen.«

Am 27. Februar. Der Anruf von diesem Informanten Gassmann, der ihm diese Junkiegeschichte anzeigen wollte ... was die Kollegen getan haben, die nicht nur lahm quatschen.

»Bei jedem Anruf erstellst du diese Notiz? Ohne Ausnahme? Auch am 27. Februar?«

Die wissen alles, die Kripofritzen. Ich brauche definitiv einen Anwalt, denkt Sven Müller. Das sagt er dem Kommissär. Die Befragung wird unterbrochen.

09:13 Uhr. Clarawache.

»Seit zwanzig Minuten ist Glutz bei Sven drin«, sagt auf dem Korridor Polizistin Vlora Iljazoski zu Müller und Bucher Manfred. Die beiden haben für ihre Taktikbesprechung von der Clarawache weg ein paar Schritte in Richtung Messeplatz und zurück gemacht.

»Glutz? Tatsächlich?«, wundert sich der Müller.

»Wer ist Glutz?«, fragt Bucher Manfred.

»Einer der Prominentenanwälte der Nordwestschweiz«, klärt ihn der Kommissär auf.

»Ein VIP-Jurist für einen gewöhnlichen Polizisten. Wie das?«, spricht Bucher Manfred seinen Gedanken aus.

Hier unten können Sie gerne Ihre Hypothese notieren, weshalb sich, abgesehen vom Honorar, ein Hochglanzjurist für einen Normalbullen wie Sven Müller einsetzt:

....
....
....
....
....
....

Als Müller und Bucher, noch mit Kälte in den Mantelfalten, wieder das Clarawache-Hinterzimmer betreten, in dem Sven Müller und RA Arno Glutz sitzen, sagt der Jurist sogleich: »Mein Mandant nimmt sein Recht wahr, die Aussage zu verweigern.«

Kommissär Müller, darauf vorbereitet, gibt lächelnd zurück: »Willkommen in Untersuchungshaft, Sven Müller.« Und zu Glutz sagt er: »Der Haftbefehl ist eine Sache von Minuten.«

Drinbehalten darfst du einen Mutmaßlichen ohne vom Zwangsmaßnahmengericht bewilligten Haftbefehl maximal »48 Hours« (The Clash). 48 Stunden in der funktionalen Einöde einer Einzelzelle im Waaghof. Dorthin – Auftrag an den Postenchef – lässt Müller seinen jungen Namensvetter überstellen. So ist er stets greifbar für weitere Verhörrunden.

Warum Pol Sven Müller am Mittwoch, 27. Februar, Marky Gassmann während ihres Telefongesprächs nicht aufgeklärt hat, dass er nicht der Kommissär ist, vor allem aber, dass er weder festgehalten hat, dass der Anruf eingegangen ist, noch, welchen Inhalts dieser war, das gilt es zu klären. Vermutungen hat unser Müller einige. Doch die gehören bewiesen. Abkürzungen erlaubt die Polizeiarbeit nicht. Jetzt bloß keinen Fehler begehen.

Zurück in seiner Wohnung, weist Müller per Telefon Gormann an zu überprüfen, ob der in wenigen Minuten offizielle U-Häftling über den Rhein transportiert worden ist und ob er schon seine Zelle im Waaghof bezogen hat. Zweimal positiv meldet Gormann, und Müller wählt die Nummer von Thomas Krähenmann. Zwischenstand mitteilen. Fortschritte aufzeigen.

»Großartig, Beni, großartig«, reagiert der Chef. Nach einer Weile, während er auf eine Reaktion des Kommissärs wartet, sagt er: »Auch wenn das ein denkbar schlechtes Licht auf die Kapo wirft.«

»M-hm«, pflichtet ihm Müller bei und ergänzt einfach: »Ja.«

✳✳✳

Krisensitzung.

Montagnachmittag, 13:30 Uhr: Im Spiegelhof, Büro der Vorsteherin der Justiz- und Sicherheitsdirektion, Regierungsrätin Cordula Gruber. Anwesend: sie höchstselbst, der Erste Staatsanwalt ad interim Thomas Krähenmann, Polizeikommandant Stefan Zgraggen, von den operativ Tätigen Kommissär Ruedi Stierli von der Fahndung, Kriminalkommissär Müller und Bucher Manfred, Detektivwachtmeister mit besonderem Auftrag (mbA) aus Zürich.

»Berichten Sie, Herr Kommissär«, sagt die für vier Jahre gewählte Volksvertreterin.

Müller Benedikt, flankiert von Krähenmann und Bucher, lässt sich nicht zweimal bitten. Die Runde hört zu. Müller – aktuelle Werte: Charisma: 99.7 %; Energie: 98.7 %; Muskeltonus: 95.4 %; Sachlichkeit 99.2 % – legt die Ermittlungsergebnisse offen. Er beginnt damit, wie Jogger Ivan Blagojevic am Freitagmorgen, 15. Februar, an der Dorenbach-Promenade den toten Ex-Banker Karlheinz Locher gefunden hat. Er fasst zusammen, dass zwei Jugendliche in der Nacht auf Dienstag, 19. Februar, hinter der Markthalle auf den bewusstlosen Kantonspolizisten Pascal Brügger gestoßen sind. Dieser war nicht dienstlich unterwegs, obwohl er gegenüber seiner Frau behauptet hatte, Nachtdienst zu leisten. Er erzählt, wie in den frühen Morgenstunden des 27. Februar eine Patrouille bei der Wendeschleife des Trams 8 unweit der Stadtgrenze zu Allschwil die Verletzten Bruno Halbarter und Nenad Botero angetroffen hat. Sie gaben zu Protokoll, dass sie misshandelt, entführt und unweit des alten Schützenhauses am Rand des Allschwiler Waldes ausgesetzt worden seien.

Er berichtet, dass die Kriminaltechnische Abteilung – Hurni

und seine Leute – an Karlheinz Lochers Leiche und an Kabelbindern, die die Täter im Fall Halbarter/Botero verwendet hatten, teilweise identische DNS-Spuren isolieren konnte. Das belegt, dass mindestens ein Täter im Fall Locher auch an den Tätlichkeiten und der Verschleppung von Botero und Halbarter beteiligt war. Doch die Brutalität gegen Locher hat sich besonders hart ausgewirkt. Die Schläge gegen ihn waren noch kräftiger als die, die Botero und Halbarter getroffen haben. Die Temperatur war in jener Nacht tiefer und Locher allein, verletzt, von allen verlassen.

Müller erzählt der Regierungsrätin, Chef Krähenmann, dem Kommandanten Zgraggen und Stierli von der Fahndung von Gregor Mahrer, dem Drogenkranken, dem in der Nacht auf Dreikönig nach eigenen Angaben fast exakt das Gleiche widerfahren ist. Verletzungen bestätigt durch seine Mutter.

Er blickt zu Bucher Manfred, um sich zu vergewissern, dass er alles korrekt und vollständig zusammenfasst, und trägt der Runde vor, dass ein Aspirant namens Leander Bachmann trotz der Befürchtung, als Kollegenschwein zu gelten, ausgesagt habe, dass gewisse Korpsangehörige damit prahlen, mit eigenen Methoden Recht zu schaffen.

Beschreibungen der Verdächtigen durch die Randständigen Darko Lacevic, Bruno Halbarter, Nenad Botero, Urs Schmutz und Salvatore Romano würden sich überschneiden und die Identität der Verdächtigen bestätigen. Mehrere der Genannten und Aspirant Bachmann hätten auf Fotos die mutmaßlichen Täter erkannt, deren Strafverfolgung er, Kommissär Müller, dringend anrege.

»Korrekt«, unterstützt ihn Thomas Krähenmann, »wir waren während aller Ermittlungsschritte in kontinuierlichem Austausch, der Kommissär und ich.«

RR Gruber nickt ihm zu und sagt: »Bitte fahren Sie fort, Herr Kommissär.«

An den Straftaten beteiligt seien:

ein Mann, der einen Baselstab auf den rechten Unterarm tätowiert trägt: Mastrantonio Angelo, Kantonspolizist, ein Blonder, der sich für Motorräder interessiere: Thommen Gian, Kantonspolizist,

einer, der Berndeutsch spricht: Inäbnit Jean-Luc …

einer, der die Rache eines von ihm Schikanierten zu spüren bekam: Brügger Pascal …

Oberst Stefan Zgraggen, Kommandant der Kantonspolizei Basel-Stadt, rutscht unruhig auf seinem Stuhl umher.

Müller legt nach: »Beteiligt ist auch einer, der die Anzeige des misshandelten Gregor Mahrer weder entgegengenommen noch dokumentiert hat. Um allfällige Missverständnisse auszuräumen: Gregor Mahrer hat im Januar auf der Clarawache Gian Thommen bei einer Befragung gemeldet, dass ihn Unbekannte an den Stadtrand verfrachtet und geschlagen hatten, nachdem sie ihm seinen Stoff abgenommen und eingesteckt hatten.«

»Eingesteckt, nun … du meinst ›sichergestellt‹, nicht wahr?« Kommandant Zgraggen Komma skeptisch Komma erfragt eine Präzisierung. Er wirkt gereizt.

Müller fährt fort: »Nein. Gestohlen, ihm abgenommen, zu welchem Zweck auch immer. Gian Thommens Zusammenfassung dieser Befragung beschränkt sich auf einen Betäubungsmittelfall.« Das lässt er wirken. »Thommen hat Mahrers Anzeige nicht entgegengenommen und im Protokoll mit keinem Wort erwähnt, dass Gregor Mahrer ihm diese Straftat gemeldet hat, Entführung, Körperverletzung, Diebstahl …«

»Erzählen Sie weiter, Kommissär!«, befiehlt Regierungsrätin Gruber.

»Und Sven Müller, der ebenfalls auf der Clarawache Dienst tut, hat die Meldung unseres Informanten Marky Gassmann, die sich auf den Fall Mahrer bezog, ebenfalls weder dokumentiert noch seinem Vorgesetzten weitergeleitet.«

Müller pausiert. Die Regierungsrätin schaut sich im Raum um und dann zum Fenster hinaus in die garstige Welt.

»Fahren Sie bitte fort, Kommissär Müller.«

»Wir haben Zeugenaussagen, etliche. Zeugen, die einen oder mehrere dieser Männer beim Bahnhof gesehen haben, bei der

Dreirosenanlage, auf der Claramatte, am Claraplatz, im Matthäusquartier –«

»Sicher in Erfüllung ihrer dienstlichen Aufgaben, nicht?«, fragt Oberst Zgraggen, sichtlich nervös.

»Die Fakten, die wir bisher belegen können, lassen einen anderen Schluss zu«, gibt Müller ruhig zurück. Neben ihm nickt Thomas Krähenmann, als wäre er Buddha unter dem Feigenbaum. Er wirkt überhaupt recht sonnig heute.

»Viele von deren Straftaten können wir beweisen, doppelt und dreifach sogar. Gian Thommen und Sven Müller, die Informationen unterschlagen und Vorfälle nicht dokumentiert –«

»Mutmaßlich!«, geht Polizeikommandant Zgraggen dazwischen.

»Lassen Sie den Kommissär berichten, unterbrechen Sie ihn nicht ständig«, klemmt die Regierungsrätin den Kommandanten ab.

»Ein Zeuge* hat den Polizisten Inäbnit vor wenigen Tagen erkannt, als er im Bahnhof SBB … mutmaßlich«, Müller deutet im Sitzen eine Verbeugung vor dem Kommandanten an, »Ausschau nach neuen Opfern gehalten hat.«

Müller spricht nun ohne Störung weiter. Detail für Detail pflügt er sich durchs Dossier, hakt die bisher bekannten Tatverdächtigen ab, für die bis zu einem Gerichtsurteil selbstverständlich die Unschuldsvermutung gilt.

Außer Müllers Stimme ist nur gelegentlich ein Seufzen zu hören, das Knarren eines Stuhls, dessen Besitzer unbehaglich das Gesäß verrückt. Die Falten auf den Stirnen graben sich ein, tief wie die Wolfsschlucht. Manch ein Verantwortungsträgerkinn bedarf allmählich zur Stütze einer Hand. Denn der Kommissär schaufelt Tonnen und Tonnen an Schmutz in die Wirklichkeit. Den Schmutz einer Selbstjustiz von Polizeiangehörigen bringt er an die Oberfläche.

Regierungsrätin Gruber räuspert sich. Kommandant Zgraggen ist weiß wie die Wand in Grubers Büro. Stierli von der

---

* Darko Lacevic.

Fahndung reibt sich, wohl unwillkürlich, die Hände. Der Erste Staatsanwalt ad interim reißt sich zusammen, damit niemandem auffällt, dass er trotz allem die Situation genießt. Weil *seiner* Mannschaft in diesen Stunden der größte Erfolg gelingt, der sich in der Strafverfolgung des Kantons Basel-Stadt seit ... ja, seit wann eigentlich? ... ereignet hat.

Der größte Erfolg, ja. Aber auch der größte Skandal.

Polizisten, die sich zusammengetan haben, um sich an Randständigen auszutoben. Sie zu schikanieren, zu quälen, zu ...

Noch ist nicht alles vollkommen geklärt. Die Vorsteherin des Justiz- und Sicherheitsdepartements hakt nach: »Was war das für eine Geschichte mit dem Täter ›mit dem großen Kopf‹, die Ihnen jener Zeuge erzählt hat, Kommissär?«

»Das war der Gefreite Pascal Brügger. Am 25. Februar aus dem Spital entlassen und in der Nacht auf den 27. Februar schon wieder bei Übergriffen dabei.«

»Ich möchte wissen ... warum ein großer Kopf?«, fragt Gruber.

»Unter der Sturmhaube, mit der er sich maskiert hat, trug er noch immer den Kopfverband aus dem Spital. Den er dem Drogenkranken Gregor Mahrer zu verdanken hatte, weil er diesen früher geplagt hatte.«

Schalltote Sekunden quälen sich durch die Krisensitzung. In den Köpfen der Anwesenden arbeitet es.

Oberst Zgraggen ficht sein letztes Rückzugsgefecht: »Und was, bitte schön, soll das Motiv sein, dass Polizeikräfte sich angeblich solche Taten zuschulden kommen lassen?«

Alle blicken Müller an.

»Hass«, sagt der. »Hass, Abneigung, Ekel, Ausschluss ... Ablehnung von allem, was irgendwie abweicht von dem, was sie als normal, nützlich und richtig empfinden.«

Die Menschen am Rand, die niemand will. Die manche am liebsten weghätten. Für die in dieser Gesellschaft kein Raum ist. Aus den Augen.

Müller nimmt nicht das F-Wort in den Mund, bezeichnet die mutmaßlichen Schuldigen nicht als ██pack. Kraftausdrücke gegen die Kollegen würden seine Darlegungen nur schmälern. Das weiß er. Charisma: 99.7 %; Energie: 98.7 %; Muskeltonus: 95.4 %, das sind seine aktuellen Werte. Und vor allem auch Sachlichkeit 99.2 %. Die behält er stählern bei. Obwohl seine Berufsehre durch die Taten dieser Kollegen schwer gekränkt ist. Er flucht, tobt und kotzt nur innerlich.

Nun schweigt er konsequent und blickt alle einzeln an: Regierungsrätin Gruber, den Kommandanten Zgraggen, den Ersten Staatsanwalt ad interim Krähenmann, Kommissär Stierli von der Fahndung und Bucher Manfred, seinen besten Freund.

Grünes Licht. Müller erhält von der Regierungsrätin und von Krähenmann die Befugnis, das Erdbeben auszulösen. Auch aus diesem Grund haben die Vorsteherin des Justiz- und Sicherheitsdepartements und der Chef, der höchste Ankläger des Kantons Basel-Stadt, in diese Krisensitzung Ruedi Stierli einbezogen. Der Chef Fahndung und seine Leute werden die Verhaftungen vornehmen. Polizeikommandant Zgraggen protestiert noch schwach, wird von der Regierungsrätin aber ausdrücklich zum Schweigen gebracht und an seine Schweigepflicht erinnert. Sickert etwas an die Mannschaft durch, ist er dran. Die Anwesenden haben Cordula Grubers Miene verstanden.

»Ein Gutes bringt das andere« (Bruder Klaus).

VIERUNDZWANZIG

Cis-gis. Holiday im Waaghof.

Sven Müller sitzt bereits in U-Haft. Widerstand leisten auch die übrigen Verdächtigen nicht. Sie sind überrumpelt, dass *das ihnen* widerfährt. Praktischerweise haben sich an diesem Morgen alle pünktlich auf der Clarawache zum Dienst eingefunden. Kein Leck, das ist bemerkenswert, Kommandant Zgraggen hat seinen Leuten gegenüber den Mund gehalten. Stierlis Mannschaft, die Fahndung, hat die Festnahmen durchgeführt, noch bevor es der Sonne eingefallen wäre, sich über den Horizont zu schieben, um diese Schande zu beleuchten. »Handschelleneinsatz«, hat Ruedi Stierli seine Leute explizit angewiesen. Weil es auch ihm den Magen umdreht, was sich – gemäß aktuellem Ermittlungsstand – Angehörige der Kantonspolizei geleistet haben. Könnte er es bildnerisch-gestalterisch ausdrücken, würde er ein lautes Giftgrün auf die Leinwand spritzen und daneben einen Totenkopf mit gekreuzten Oberschenkelknochen hinpinseln.

Müller Benedikt ebenfalls.

Morgengrauen, Dienstag, 5. März: Das Schmutzschwarz der Nacht geht über in ein Drecksgrau, das sich den ganzen Tag über nicht verändert.

Festnahmen. Transporte in den Waaghof. Ttttammm ... Zellentüren, die ins Schloss donnern. Sicherungsbolzen, die einrasten. Schlüsselbünde, die rasseln. Befehle. Halblaute Stimmen. Murmeln. Schritte in Korridoren. Ein Kommen und Gehen: dienstlich die einen, ertappt und beschuldigt die anderen, im Mandatsverhältnis die mit der Aktenmappe. Beschuldigte haben das Recht auf einen Anwalt. Art. 130 StPO. Raum S 311. Raum S 312. Die Rechtsbeistände stellen sicher, dass die Befragungen korrekt vonstattengehen. Aufnahme läuft. Befragungen. In wechselnder Besetzung. Müller für alle sichtbar wieder offiziell im Haus, mit ihm Bucher, Gormann, Wäckerlin, Dominguez,

Allmendinger. Die Aspis Odermatt und Vakulic sitzen gelegentlich mit im Befragungsraum. Wer gerade mit keinem Verhör befasst ist, beobachtet das Geschehen in Gesellschaft des Ersten Staatsanwalts ad interim Thomas Krähenmann von außen durch die Einwegscheibe. Dann und wann eine Pause: pinkeln, durchatmen, trinken, die Taktik besprechen. Die Kripoleute fragen, löchern, bohren, haken nach, schenken Mineralwasser ein, bieten Kaffee an, spazieren in S 311 und 312 drei Meter hin, vier Meter zurück und stellen Fragen, einmal, viermal, dreizehnmal. Es fehlt an Luft. Also lüften. Kaltluft strömt herein, kalt wie das Blut der mutmaßlichen Übeltäter. Kalt wie deren Gewissen. Kalt wie der Tod und sein Hauch.

Es gilt weiterhin die Unschuldspipapo, selbstverständlich. Die Polizei, die Staatsanwaltschaft: Sie müssen ihre Vorwürfe beweisen. Das ist der Rechtsstaat. Bis zum Urteil gilt der Verdächtige als unschuldig. Es gilt die Unschulds... Unschu... Unsch... U...

Au revoir.

Pascal Brügger ist der Einzige, den die Fahndung nicht bei Dienstantritt geschnappt hat, sondern zu Hause. Weil er ärztlich weiterhin rekonvaleszent ist. Was ihn nicht daran gehindert hat, wenige Tage nach seiner Verletzung und nur wenige Stunden nach seiner Entlassung aus dem Unispital mit seinen Komplizen »tätig zu werden«, gegen Nenad Botero und Bruno Halbarter. Mitsamt seinem Kopfverband haben ihn die Aargauer Kollegen zu Hause in Rheinfelden festgenommen und in den Waaghof überführt. Raum S 311. 08:37 Uhr, guten Morgen, Pascal Brügger. Einen Anwalt verlangt er nicht, denn er ist, glaubt er, Manns genug, das alleine durchzustehen. Da kann der Muskeltyp von der Kripo, dieser Spanier, noch lange grimmig auf ihn herabschauen. Wie der sich bei der Tür des Befragungszimmers aufbaut ... Merken die denn nicht, was läuft? Was da draußen in der Stadt abgeht? Dass das Land langsam, aber sicher vor die Hunde geht? Dass man sich wehren muss. Dass ▬▬ jeder aufrechte Bürger etwas unternehmen muss. Bevor es zu spät ist.

Freddie Dominguez, geboren als Alfred Mauchle, steht breitbeinig bei der Tür von S 311 und glotzt Brügger an. Gormann, der Schaffhauser mit der griechischen Nase, wirkt unnahbar, schlecht gelaunt, seine Stimme rasierklingenscharf, als hätte ihn Brügger persönlich beleidigt.

Gormann schaltet die Aufnahme ein, nennt die Anwesenden, die Uhrzeit und fragt Brügger noch einmal, ob er einen Rechtsvertreter will.

»Nein, brauche ich nicht«, antwortet der.

Ohne diese Aussage zu kommentieren, legt Gormann ein Foto auf den abgenutzten Tisch vor den Kantonspolizisten.

»Pascal, kennst du diesen Mann?«

Brügger denkt an Corinne, die nicht mehr nach Hause gekommen ist und ihn per Whatsapp wissen ließ, dass es ihr gut geht, sie aber Zeit brauche, um ... Abgekanzelt hat sie ihn, fallen gelassen, diese ...

Die Nähte am Hinterkopf jucken.

Gormann bewegt das Bild vor Brüggers Nase hin und her.

»Kennst du?«

Das ist dieser ... klar kennt er den, der kann etwas erleben, wenn er ihn in die Finger kriegt. Diesen Junkie.

Hinter ihm hustet der Muskelspanier.

»Nein, sagt mir nichts.«

»Du hast ihn in der Nacht von Samstag auf Sonntag, vom 5. auf den 6. Januar ...«, fährt Gormann langsam fort, »... angeblich kontrolliert, ihm sein Heroin abgenommen, ihn zusammengeschlagen und beim alten Schützenhaus ...«

Gormann beendet den Satz bewusst nicht. Die Autovervollständigungsfunktion in Pascal Brüggers Hirn erledigt das schon.

»Du warst nicht allein. Dein Kollege Thommen war auch dabei«, legt Gormann nach. »Er hat uns alles erzählt.«

(Stimmt zwar nicht, reine Verhörtechnik, glauben Sie bei Befragungen den Polizistinnen und Polizisten kein Wort.)

Was geht in Pascal Brügger vor? Wie fühlt er sich in diesem Moment? Karriere am Ende, Ehe im Eimer, die ganze Welt hat er gegen sich, hat ihn der Kumpel tatsächlich verpfiffen? ...

Was würden wir erfahren, wenn wir die elektrischen Ströme in seinem Hirn in Text übersetzen könnten?

Halt, aber ... Nein, doch ... Wie ... Oder ... hm, äh ... Mist ...

Selbstzweifel: Entgleitet mir die Situation? Bin ich fürs Verhör fix genug oder zu lax oder gar nix?

Auf das vegetative Nervensystem ist Verlass. Es reagiert schneller als Brüggers Hirn. Denn nun rumort's gewaltig in seines Darmes Peristaltik.

Achterbahnfahrt, innerlich: Der wird doch nicht ... Er hat tagelang versucht, den Junkie zu finden. Nach dem Aufeinandertreffen hinter der Markthalle war er nirgendwo aufzutreiben. Auch Inäbnit, Mastro und Sven haben ihn nicht mehr angetroffen, obwohl sie ihn gesucht haben. Ja, die Markthalle, Mitte Februar. Zufällig hat er da den Kerl bei der Heuwaage gesehen. Der Junkie hat ihn erkannt und sich erinnert an den Allschwiler Wald Anfang Januar. Deshalb ist er weggerannt wie ein Hase. Schisshase. Der hatte garantiert etwas dabei. Er hat ihn verfolgt, den Hügel hinauf, am Fitnessstudio vorbei, zur Treppe, die zur Markthalle hochführt. War eh kaum jemand draußen unterwegs, bei dem Wetter. Erstaunlich schnell war der, das hätte er ihm nicht zugetraut, wirklich. Der Junkie also die Stufen rauf. Eine gute Gelegenheit, dem gleich nochmals die Meinung zu geigen. Ihn ertappen, wie er sich einen setzt auf der Treppe. Ihm den verdammten Dreck abnehmen. Irgendwie hat er wohl zu wenig aufgepasst. In der Dunkelheit die Treppe hoch, nur vorwärtsgeschaut, wo der Typ sich versteckt. Doch der war schlauer, als er dachte. Hat ihm eins übergezogen. Game over. ███████! Von einem Junkie ausgeschaltet, er. So weit sind wir schon.

Deshalb hat sich der Sch██ßer seither versteckt und sogar bei der Kripo gepetzt. Nun sitzt Brügger diesem giftigen Ostschweizer gegenüber. Der ist sicher auch kein echter Schweizer. Hinter dem steht der Muskelfritze. Durch dessen T-Shirt erkennt Brügger, dass er die Faserbündel seiner Oberarmmuskeln warmvibrieren lässt. Er kennt sich da aus. Das ist eine Drohung, die du nie nachweisen könntest. Die wissen genau, was sie tun.

Vorgestern hat Greg Mahrer dem Kommissär und Gormann beim Kaffee im Restaurant im Schützenmattpark angegeben, womit er Brügger ausgeknipst hat: Es war ein Blumentopf, Pflanze noch drin. Den hat Mahrer nach dem Zuschlagen an den Rand der Treppe zurückgestellt, in eine der Nischen mit den Sitzmöbeln. Roland Cattaneo* und Konrad Hurni von der Kriminaltechnik haben diesen Tontopf sichergestellt, überprüft und auf der Unterseite, wo kein Regen Spuren wegwaschen konnte, tatsächlich Doppelhelices von Pascal Brügger (Opfer) und Gregor Mahrer (Täter) nachweisen können.

Mahrers Motiv: Rache.

Rechtlich: vorsätzliche Körperverletzung.

Ethisch: hm.

Menschlich: verständlich.

»Nachdem dich das Unispital entlassen hatte, bist du gleich am nächsten Abend mit deinen Kumpels wieder auf die Piste gegangen, um weitere Obdachlose zu quälen«, fährt Markus Gormann fort.

Hinter ihm verzieht Freddie Dominguez das Gesicht, und automatisch spannt er erneut seine Muskeln, während sich Pascal Brügger fragt, ob er nicht doch besser beraten wäre, einen Anwalt zu verlangen.

Kann Gormann Gedanken lesen? Er weist nämlich auf Folgendes hin: »Du hast das Recht auf einen Anwalt.«

»Nowhere Left To Run« (The Outcasts). Wir haben dich, Buddy. Aussageverweigerung hin oder her. Wir haben Indizien, wir haben Zeugenaussagen. In Raum S 312 nebenan packt Gian Thommen bei Müller und Allmendinger in diesen Minuten aus.

Die Räume S 311 und S 312 sind heute ausgelastet.

Pascal Brügger verweigert die Aussage, Gian Thommen gesteht, Angelo Mastrantonio, Jean-Luc Inäbnit und Sven Müller sind ebenfalls in Untersuchungshaft gesetzt. Müller hofft, dass die

---

* Willkommen zurück aus den Ferien, Roli. Hattest du gut Schnee?

drei Schweiger im Lauf der Befragungen reden und allfällige weitere Mittäter verraten werden.

Zumal die Kriminaltechnik aufgrund eines anonymen Anrufs im Laufe des frühen Nachmittags im Mülleimer einer privaten Garage im Klybeck, Gegend Giessliweg/Rastatterstraße, einen durchtrennten Kabelbinder sicherstellen kann. Und zwar dort, wo der Schwager des Polizisten Thommen jeweils seinen Lieferwagen einstellt. Die Textilfasern, die Cattaneo und sein Team an der Plastikfessel finden, entsprechen denen von Nenad Boteros Hose. Es handelt sich um den gesuchten vierten Kabelbinder vom Überfall auf Botero und Halbarter. Und das zweite Tüpfelchen auf dem Ö: Das Reifenprofil des Lieferwagens deckt sich mit jenem, das die Kriminaltechnik am Rand des Kiesplatzes beim alten Schützenhaus dokumentiert hat. Der Eigentümer dieses Fahrzeugs, der Schwager des festgenommenen Thommen, stellt sich als der »Polizist Mitte 40 mit der metallischen Stimme« heraus, den Whistleblower Aspirant Bachmann erwähnt hat. Als einen von denen, die beim Kaffeeautomaten mit ihren Aktionen prahlten.

Hürzeler Christoph heißt der Schwager, Verkehrspolizei. Stierli schickt zwei Fahnder raus.

Außer vom geständigen Thommen hat Müller in den Einvernahmen von den Festgenommenen bisher keine Worte der Reue gehört. Nur Achselzucken, Schweigen, dunkle Blicke. Verstocktheit.

Nachschlag.

Allmendinger und Odermatt treffen gegen 14 Uhr zur Hausdurchsuchung bei Brüggers in Rheinfelden ein. Den Wohnungsschlüssel des Untersuchungshäftlings tragen sie auf sich. Dennoch klingeln sie zuerst. Corinne Brügger öffnet die Tür. Sie wirkt müde, aber entschlossen. Sie sei gerade dabei, eine Tasche mit Kleidern und anderen persönlichen Dingen zu füllen, erklärt sie.

»Wo bewahrt Ihr Mann seine E-Banking-Unterlagen auf?«, fragt Valérie Allmendinger.

»Bald Ex«, korrigiert Corinne Brügger. Wenn wir ihre Stimmung mit Emojis ausdrücken, wären dies zwei Boxhandschuhe und ein Atompilzchen. Sachdienlich zeigt sie auf die Zimmertür neben dem Schlafzimmer und sagt: »In der obersten Schublade rechts vom Computer. In einer grünen Mappe.«

Bedankt, gesehen, sichergestellt.

Im Waaghof nehmen sich Gülay Sermeter und Mladen Jonovic von Wirtschaft und Cybercrime dieser Unterlagen an und stellen fest, dass Pascal Brügger regelmäßig Bargeld auf sein Konto eingezahlt hat.

Wer, der keinen Laden betreibt, zahlt Banknoten ein?

Wer, der nicht ein Honorar als Sängerin in Cash erhalten hat?

Wer, wenn nicht ein Bulle, der Junkies Stoff klaut und diesen weiterverkauft?

Corinne Brügger, mittlerweile ortsabwesend, von Amber Odermatt am Nachmittag mobiltelefonisch abgeklärt, wusste nichts von den 23'450 Franken, die der Bald-Ex auf einem Konto liegen hat. Dessen Existenz er seiner Frau ebenfalls verschwiegen hat.

Die Verhöre von Sven Müller, Mastrantonio, Inäbnit und Hürzeler, die Nachbefragung des geständigen Thommen und das Schmoren in der Zelle des die Aussage verweigernden Brügger dauern bis tief in die Nacht.

Die Kriminalpolizei arbeitet erfolgreich.

FÜNFUNDZWANZIG

»Lightning Strikes (Not One But Twice)« (The Clash).
Mittwoch, 6. März. 10:30 Uhr. Blitzlichter, blitzartig wähnt man sich blingbling in Hollywood. Minutenlang nur Blitz Blitz Blitz, Blitz Blitz Blitz. Das flasht. So was hat der Müller, so was hat diese Stadt bisher nie erlebt.

Der Saal im obersten Stock des Spiegelhofs, der normalerweise internen Schulungen und Besprechungen dient, vibriert.

Beat Schwarz von der Medienstelle hat viel Hirnenergie aufgewendet, um die Vertreterin und die Vertreter von Recht und Ordnung am Tisch sorgfältig zu arrangieren. Er hat sie so positioniert, dass das Licht von der Seite auf die Profile der Law-and-Order-VIPs fällt. Den Kameras bieten v.l.n.r. die Stirn: Kriminalkommissär Müller Benedikt (übernächtigt, aber pure Energie), der Erste Staatsanwalt seit heute früh nicht mehr ad interim[*] Thomas Krähenmann (müde, aber strahlend), die Vorsteherin des Justiz- und Sicherheitsdepartements Regierungsrätin Cordula Gruber (ernst), Oberst Stefan Zgraggen (zerknirscht), Kommandant der Kantonspolizei Basel-Stadt, und Kommissär Ruedi Stierli (voller Tatendrang), Chef Fahndung. Die drei Polizeioffiziere in Uniform, besetzt mit Streifen und Sternen, dunkelblau und Silber ... ungewohnt für uns, Müller darin zu sehen. Ungewohnt auch für ihn selbst. Krähenmann trägt zum ordnungsultramarinblauen Anzug eine dezent rot-blau gestreifte Krawatte – ein Statement. Die Chefin des Justiz- und Sicherheitsdepartements mit smaragdbesetzter kleiner Basilisk-Brosche und in ochsenblutrotem Deux-Pièces.

»Randständige bringen Polizisten hinter Gitter. Eine verkehrte Welt«, murmelt Krähenmann Müller ins Ohr, während sich die Regierungsrätin für die Kameras, Mikrofone und No-

---

[*] Herzliche Gratulation, lieber Thomas.

tizblöcke ins Zeug legt, als stände der Wahlkampf unmittelbar bevor.

Müller hebt nur die Augenbrauen und nickt seinem Chef bestätigend zu.

Die Medienkonferenz läuft noch, schon bricht das Mediengewitter los.

Da texten welche in Echtzeit aus der Medienorientierung von RR Gruber & Cie. live aus dem Spiegelhof, die ungeheuerlichen Neuigkeiten fliegen hinauf zum Satelliten, durch den Server, hinein in die Redaktionsrechner, werden automatisch orthografiekorrigiert, umgehend hochgeladen. Zuerst online und erst knapp illustriert mit Fotos der Crème de la Crème der kantonalen Strafverfolgung und eilig hingeworfenen Bildlegenden. Versehen aber mit den Versprechen »Mehr folgt« und »Wird laufend ergänzt«, bis schließlich der diensthabende Onlineredaktor sich entschließt, einen »Live-Ticker« einzurichten. Chefsache.

Im Minutentakt mehr Stoff.

»TODESSCHWADRON DER BASLER POLIZEI«.

So lautet ein Titel.

Potenziell weltweit zu lesen.

Armageddon. Über der Nordwestschweiz verdunkelt sich der Himmel. Wird er nachmittags um drei aufreißen? Werden die sieben Posaunen heute noch vor der Mittagspause den Tag des Jüngsten Gerichts ankündigen?

Müller trotzt dem Blitzlichtorkan. Er lässt ihn vorüberziehen. In ihm denkt es sehr. Was, ist ihm nicht anzusehen. Dass, erkennt jeder, der ihn kennt.

»TODESSCHWADRON DER BASLER POLIZEI«, die Schlagzeile bildet bloß den Auftakt zu einer Schlacht der Wörter. Die »Faschoschläger von der Clarawache«, die »Selbstjustizfanatiker«, die »…« …

In Müller Benedikt denkt es sehr.

SECHSUNDZWANZIG

Mittwochabend, 6. März.

Pizza am Meter an der Güterstraße, Sie kennen das Vorgehen, wenn das Müllerteam einen wichtigen Fall abschließt. Diesmal war es ja nicht bloß einer. Müller könnte gar nicht klar benennen, wo ein Delikt anfängt und das andere aufhört. Genauer: angefangen und aufgehört hat. Ja, wo anfangen und wo aufhören? Das fragt sich der Müller nicht erst seit diesem Fall. Pause machen, sich aus der Polizeiarbeit zurückziehen, aufhören, etwas anderes machen. Er hat die letzten Tage lange mit Gülay darüber gesprochen, bevor er sich dazu entschlossen hat.

Heute Abend noch wird er das seinem Team mitteilen. In wenigen Minuten will er es ihnen erklären. Vorher noch zur Toilette. Sich beim Waschbecken Wasser ins Gesicht klatschen, um sich zu erfrischen. Im Spiegel das triefend nasse Gesicht überprüfen, mit den Papierhandtüchern abtupfen. Okay, passt. Ja, jetzt.

Er kommt zurück zu seinen Pizzafreundinnen und -freunden. Setzt sich und räuspert sich. Markus Gormann, Romina Wäckerlin, Freddie Dominguez, Valérie Allmendinger, Aspirantin Amber Odermatt, Aspirant Vlado Vakulic und Bucher Manfred, der interkantonale Einwechselspieler. Zur Feier des Tages sitzen auch die privaten Partnerinnen und Partner mit am Tisch: Gülay Sermeter, Rosa Dominguez und Frank Hersberger, der gehört zu Gormann. Selbst der Erste Staatsanwalt ist da, Thomas Krähenmann. Casual leuchtet er in Langarmpolo und grauen Chinos vor sich hin.

Alle schauen Krähenmann an. Dass er hier ist, verleiht der kleinen Feier etwas Offizielles. Als sich Müller räuspert, wenden sich alle Köpfe ihm zu. Die Szene wirkt wie einstudiert.

Das Müllerhüsteln bedeutet: Er will etwas Wichtiges sagen. Nein, er hat den Mut noch nicht und bestellt zwei Flaschen

Primitivo di Manduria. Als der Kellner le due bottiglie gebracht hat, die Gläser wieder gefüllt sind und die Geschmacksknospen dem beerigen Bouquet nachsinnen, aus dem die Sonne Apuliens spricht, platzt der Müller in den fruchtigen Abgang hinein: »Ich habe gerne mit euch zusammengearbeitet.«

Schlagartige Stille an den drei zusammengeschobenen Tischen.

Kann er davon erzählen, dass er sich vom Menschsein erholen muss, um Mensch zu bleiben? Will er seiner Equipe und deren Lieben zumuten, dass er Dinge sagt wie: »Wie ich mich suchte und dabei verlor«?

Kriminalkommissär Müller Benedikt blickt Gülay an, die neben ihm sitzt. Darauf fasst er Thomas Krähenmann ins Auge und der Reihe nach alle seine Mitarbeiterinnen und Mitarbeiter einzeln.

Wir haben ja vermutlich gar nicht alle Täter geschnappt, denkt er. »Wir haben ja vermutlich gar nicht alle Täter geschnappt«, sagt er. Von fünf bis sieben haben Romano und Schmutz gesprochen. Sieben haben wir nicht gefasst. Möglicherweise waren es noch mehr. Solche, die nicht auf unserem Radar aufgetaucht sind.

»Ich bin froh, dass ihr die Polizeiarbeit so seht wie ich.«

Gülay, Müllers Equipe, sein Chef, Rosa und Frank wirken, als hypnotisiere sie der Kommissär gerade. Andere Gäste der Meterpizzeria merken, dass im Lokal etwas vor sich geht, und schauen herüber. Ob sie verstehen können, was der Kommissär sagt?

Müller seufzt: »Dass wir im Korps solche Leute haben …«

Sein rechter Zeigefinger, spitz und scharf wie ein Speer, deutet in die Richtung, wo er den Waaghof und dessen Zellen weiß, »dass solche Typen unseren Beruf, unsere Aufgabe missbrauchen und entehren …«.

Bringt er den Satz noch zu Ende? Droht ein Wutanfall? Wird er weinen?

Atlas und Dreher, die beiden Gelenke, deuten ein Kopfschütteln an.

»… das kann ich nicht wegstecken. Mich widert das an.«

Gülay drückt mit der Hand Müllers Unterarm. Freddie Dominguez hält die Atmosphäre kaum aus. Es drängt ihn, die Stimmung un poquito aufzuheitern. Darum hebt er leicht sein Rotweinglas, um einen Gruß an alle Anwesenden anzudeuten. Niemand reagiert. Alle starren den Müller an. Außer Gülay, Bucher Manfred und Krähenmann, die bereits informiert sind.

»Ich brauche eine Pause. Ich höre auf.«

Bemerken wir die Träne in Markus Gormanns Augenwinkel? Im Mascaraauge von Romina Wäckerlin, trotz aller ideologischer Differenzen mit dem Kommissär? Einen Ausdruck der Verlorenheit in Freddie Dominguez' Gesicht, hat er doch vor Jahren seine Polizeilaufbahn als Aspirant bei Müller begonnen, damals in Zürich? Nehmen wir Bestürzung wahr bei Valérie Allmendinger, Amber Odermatt und Vlado Vakulic, die erst seit kurzer Zeit mit ihm zusammengearbeitet haben und noch nie erlebt haben, dass ein Kommissär, immerhin einer der höchsten Ränge, die man im Polizeiberuf erreichen kann, den Job aufgibt?

»Wir danken dir«, unterbricht Markus Gormann die Stille, »Chef.«

Und nach einigen Sekunden sagt er zu Müller: »Wir bleiben in Kontakt. Du bleibst doch in der Stadt, nicht?«

»Mhm«, will der sagen, doch aus seiner Kehle dringt kein Geräusch.

Danke, merci, grazie, grazcha fitg

Wichtige Informationen für dieses Buch verdanke ich Heiko Schmitz, der auf einem Rundgang des Straßenmagazins »Surprise« zum Thema Obdachlosigkeit durch Basel führt. Danke.

Dies war Müllers letztes Gefecht. Der Kommissär hat viel gearbeitet. Nun will er sich ausruhen.

2006 habe ich ihn kennengelernt, ab 2012 war er einsatzbereit. Seinetwegen habe ich viel Gutes erlebt.

Ich danke.

Zuallererst meiner Frau Annette Walz. Ihr gebührt ein Blumenberg für ihre Inspirationen, ihre Gedanken zu Müller Benedikt und seinen Fällen, aber auch für ihr scharfes Auge und ihren spitzen Bleistift bei der Redaktion der zehn Müllerromane. Der Austausch mit ihr war für Müller und mich sehr fruchtbar. Ohne sie wäre mein Kommissär nicht, was er ist. Danke.

Ein großes Merci geht an Irène Kost in Biel/Bienne. Sie hat alle Müllerkrimis lektoriert und die Melodie, die Sprache, die Geschichten oft besser erfasst als ich. Merci.

Über die Unterstützung meiner Lieblingsbuchhandlung Bachletten in Basel war ich all die Jahre sehr glücklich. Bei Matthias Jenny († 2021), der das Geschäft bis 2015 führte, konnte ich dem Publikum die ersten zwei Müllerbücher vorstellen. Seine Nachfolgerinnen, Claudia, Manuela und Isabella Probst, haben den Kommissär weiter unterstützt. Ab 2016 konnte ich bei ihnen jeweils die Premierenlesung abhalten, und sie haben jeden neuen Band liebevoll und prominent im Schaufenster präsentiert. Grazie.

Ihnen, geschätzte Leserinnen und Leser, danke ich für Ihr Interesse an Müller Benedikt und seinem Einsatz für die Gerechtigkeit. Grazcha fitg.

Nicht zuletzt danke ich dem Emons Verlag, der dieses Abenteuer offen und mutig ermöglicht und begleitet hat, insbesondere Hejo Emons († 2023) und Christel Steinmetz. Dem Verlag bleibe ich sehr verbunden. Danke.

Bleiben Sie zuversichtlich. Schauen Sie nicht weg. Try to be Mensch.

4054 Basel, April 2024, Raphael Zehnder

Weitere Bücher von Raphael Zehnder

Alle Krimis sind auch als eBook erhältlich.

Müller-Krimis:

Müller und die Tote in der Limmat
ISBN 978-3-95451-046-7

Müller und die Schweinerei
ISBN 978-3-95451-128-0

Müller und das Lächeln des Hundes
ISBN 978-3-95451-315-4

Müller und der Mann mit Schnauz
ISBN 978-3-95451-580-6

Müller und die Ambulanzexplosion
ISBN 978-3-7408-0011-6

Müller voll Basel
ISBN 978-3-7408-0322-3

Müller und der Schwarze Freitag
ISBN 978-3-7408-0694-1

www.emons-verlag.de

Müller und die Schützenmatte
ISBN 978-3-7408-1156-3

Müller und der Himmel über Basel
ISBN 978-3-7408-1611-7

Kriminalpoesie:

41'285 km² Verbrechen
ISBN 978-3-7408-1759-6

Bildband:

Zürich in den 1970er Jahren
ISBN 978-3-7408-0940-9

www.emons-verlag.de